Atlantika

Eisiges Feuer

Von Annika Kastner

ISBN: 978-3-7693-0349-0

Erstausgabe im Oktober 2024
© 2024 Annika Kastner

Verlag: BoD · Books on Demand GmbH,
In de Tarpen 42, 22848 Norderstedt
Druck: Libri Plureos GmbH, Friedensallee 273,
22763 Hamburg

Bibliografische Information der Deutschen Nationalbibliothek: Die Deutsche Nationalbibliothek verzeichnet diese Publikation in der Deutschen Nationalbibliografie; detaillierte bibliografische Daten sind im Internet über http://dnb.dnb.de abrufbar.

Liebe Leser und Leserinnen,

dieses Werk enthält potenziell triggernde Inhalte. Am Ende des Buches findest du eine Übersicht mit möglichen Themen, die bei manchen Menschen eine Reaktion auslösen könnten.
Bitte entscheide für dich selbst, ob du diese Warnung lesen möchtest, denn sie könnte Spoiler für die Geschichte enthalten.

Ich wünsche dir wundervolle Lesestunden.

Playlist

Running Up That Hill – Kate Bush
Let her go - Passenger
She is a Warrior - Alita
Heroes are Calling – Smash Into Pieces
Hold on – Chord Overstreet
Lost Boy – Ruth B.
Alone – Alan Walker
Me and my Broken Heart - Rixton
Burn it to the Ground – Nickelback
Queen of the Kings - Alessandra
Stand by you – Rachel Platten
Warrior (Remix) – Beth Crowley
Love Story (Taylors Version) – Taylor Swift
If you love her - Blakk
All for you – Cian Ducrot, Ella Henderson
Stay with me – Sam Smith
See you Again – Wiz Khalifa, Charlie Puth
You and me – Lifehouse
Monsters – Katie Sky
Monsters in my Head – Lizot, Bronsn
Breathe me -Sia
Like I´m Gonna Lose you – Jasmine Thompson
Echo – Jason Walker

Liebe gibt uns die Kraft, durchzuhalten, und
Hoffnung zeigt uns den Weg, wenn alles
dunkel erscheint.

Verfasser Unbekannt

Neve

Abscheuliche Kopfschmerzen zwingen mich aufzuwachen. Desorientiert versuche ich mich daran zu erinnern, was geschehen ist. Es fühlt sich fast an wie ein Déjà-vu und erinnert mich an den Moment des Aufwachens, als Ayden mich entführt und auf sein Schiff gebracht hatte. Nur, dass dieses Mal zarte Grashalme meine Nase kitzeln und Vögel über mir fröhlich ihre Lieder zwitschern.

Ich kann ihren Frohsinn in diesem Moment jedoch weder teilen noch ertragen. Meine Nase nimmt den erdigen und modrigen Duft des Urwaldbodens unter mir wahr und ich spüre die leichte Feuchtigkeit, die in meine Kleider eingezogen ist. Seit wann liege ich hier? Ich fühle mich erschöpft und meine Augen fallen immer wieder zu. Die Müdigkeit will einfach nicht weichen. Dabei ist es so wichtig, dass ich einen klaren Kopf bekomme. Also noch einmal: Warum bin ich hier?

Ich war bei Ayden, wir haben gegessen, gemeinsam gelacht und dann … nichts. Mein Schädel ist wie leergefegt. Wo ist …?

Plötzlich dämmert es mir. Ich zähle eins und eins zusammen und presse säuerlich die Lippen aufeinander. Die nächste Prüfung. Ich stecke bereits mitten drin. Das ist die Antwort auf meine Frage.

Er muss mich betäubt haben. Ayden – der Mann, den ich liebe und dem ich über alle Maßen vertraue. Grimmig spucke ich auf die Erde. Wieder dieser abscheuliche Geschmack in meinem Mund. Wie damals. Unverkennbar: Snickkraut. Kurz empfinde ich einen Hauch von Verrat, doch das ist nicht fair von mir. Ayden hatte keine Wahl – wie ich. Warum auch immer Ayden mich betäubt hat, er wird keinen anderen Ausweg gesehen haben. Trotzdem sticht dieses Wissen, dass er es gewesen ist, der mein Essen mit dem Gift bestückt hat, tief in mein Herz. Zwar habe ich noch keine Aufgabe erhalten, aber es kann nur die nächste Prüfung sein. Ich schließe die Augen für einen Moment. Ich brauche diesen Augenblick für mich, um mich zu sammeln. Fünfzehn Anwärterinnen werden sich dieser Aufgabe stellen. Aber wie viele werden sie meistern? Und vor allem: Was genau wird von mir erwartet? Ein paar Informationen wären schon hilfreich. Ich kann mir nicht vorstellen, dass sie uns hier draußen ohne jegliche Hinweise aussetzen.

Ich benötige meine ganze Kraft, um meinen Körper in eine sitzende Position zu bringen und blinzele angestrengt gegen das grelle Sonnenlicht. Übelkeit wallt kurz in mir auf, verebbt aber ebenso schnell wieder. Eine Nachwirkung des Snickkrautes. Oh, wie ich dieses Zeug hasse. Es ist auch einfach mit so unglaublich vielen negativen Erinnerungen verbunden. Ich frage mich, wie lange ich wohl bewusstlos war. Welchen Tag haben wir heute? Sind Stunden vergangen oder ein längerer Zeitraum? Das letzte Mal – gut, Sky hatte es überdosiert – war ich fast eine ganze Woche ausgeschaltet. Aber ich bin mir sicher, dass Ayden deutlich behutsamer und bewusster mit den Kräutern umgeht. Ich versuche, den Stand der Sonne abzuschätzen, was schwer ist, ohne den Horizont zu sehen. Wenn ich ihn sehen könnte, müsste ich nur meine Handfläche hochhalten, denn man sagt, eine Handbreite entspricht einer Stunde. Ist der Abstand zum Horizont zur Sonne also eine Hand breit, bliebe mir eine Stunde, bis die Sonne untergeht, doch das hilft mir jetzt nicht weiter. Das war etwas, das Adan mit mir geübt hat, ebenso, wie ich anhand des Mooses die Himmelsrichtung herausfinden kann. Moos wächst dort, wo der Baum am feuchtesten ist und am wenigsten Sonne bekommt – auf der Seite des Mooses liegen Westen und Nordwesten. Jeder von Aydens Freunden hat seine speziellen Stärken und sie alle haben sich bemüht, mich so gut es geht zu trainieren. Zwischen der Neve, die einst entführt wurde, und der Neve, die ich heute bin, liegen Welten. Und das nicht nur im wahrsten Sinne des Wortes. Ich bin jedem von ihnen unheimlich dankbar und traue mir durchaus zu, in diesem Urwald eine Überlebenschance zu haben. Mir ist bewusst, dass nicht alle Anwärterinnen so ein Glück haben wie ich. Ohne sie, meine Freunde, wäre ich vermutlich schon längst tot. Und wenn ich ehrlich bin, habe ich am Anfang keinem auch nur ansatzweise vertraut. Am wenigsten jedoch Ayden, in dem ich mich so unsagbar getäuscht habe.

Meine Augen werden feucht und ich blinzle die Tränen fort. Ich darf jetzt nicht an Ayden denken. Ich muss fokussiert bleiben, damit ich das hier überlebe.

Müde schaue ich mich um und bemerke in meiner Hand eine kleine Kugel, die mir bis jetzt nicht aufgefallen ist. Wahrscheinlich wegen der leichten Benommenheit, die noch immer auf mir lastet. Ich hebe sie an und betrachte sie von allen Seiten, drehe sie neugierig zwischen Daumen und Zeigefinger. Sie ist braun, nicht glatt, sondern besteht aus deutlich fühlbaren, zusammengepressten Pflanzenfasern.

Behutsam übe ich leichten Druck aus. Sie lässt sich zusammendrücken. Ich schnuppere vorsichtig, aber die kleine Kugel ist geruchslos. Ayden. Mein Herz zieht sich zusammen, als ich abermals an ihn denke. Es ist einfach unmöglich, nicht an ihn zu denken. Ich liebe ihn so unglaublich, aus tiefster Seele, wie ich es bei unserer ersten Begegnung nicht für möglich gehalten hätte.

Meine Mundwinkel verziehen sich zu einem schmerzlichen Lächeln. Er hat gesagt, dass er versuchen wird, einen Weg zu finden, mir zu helfen. Das ist er wohl. Ich bin mir sicher, dass diese Kugel von ihm stammt. Das Einzige, was er in diesem Augenblick tun konnte, um mir zu helfen und mein Leid zu lindern. Ohne zu zögern, stecke ich sie mir in den Mund und beiße drauf. Mein Gesicht verzieht sich zu einer angewiderten Grimasse – die kleine Kugel schmeckt unglaublich bitter und erdig. Mühsam kaue ich und zwinge sie widerstrebend hinunter. Pfui, absolut abscheulich. Doch die bestialischen Kopfschmerzen lassen fast augenblicklich nach und mein Verstand klärt sich auf. Das ist gut, denn wenn ich eins benötige, dann ist es ein wacher Geist. Ich muss mein Problem von allen Seiten betrachten können.

In meinem Kopf krame ich nach Informationen, die mir helfen können, die Gegend zu analysieren. Ich habe alle Bücher, die Ayden mir gegeben hat, ausgiebig gelesen. Habe mit Bluette sämtliche Landkarten studiert und den anderen aufmerksam gelauscht, wenn sie von ihren Abenteuern berichtet haben. Es muss etwas in meinem Kopf geben, was mir helfen kann, also schaue ich mich konzentriert um. Doch ich entdecke nur üppiges Grün und die wilde Vegetation des Urwaldes in ihrer ganzen undurchdringlichen Pracht. Wie es scheint, bin ich völlig alleine. Der Lärm der Stadt ist nicht zu hören. Der Rasen um mich herum ist weder plattgedrückt, noch sehe ich Spuren von anderen Elementarinnen, die hier gelegen haben könnten. Nein, ich bin alleine. Nur wie lange noch? Wo sind die anderen Anwärterinnen? Haben wir alle die gleiche Aufgabe bekommen oder bin ich die Einzige, die hier im Dschungel erwacht ist?

Die ganze Situation ist verwirrend und ich fühle mich verletzlich und auch ein bisschen entkräftet, während ich sämtliche möglichen Szenarien in meinem Kopf abspiele. Ich bin nicht gerne im Unklaren darüber, was passiert. Was für eine Prüfung soll das hier darstellen? Ich atme tief ein, versuche mich zu beruhigen und lausche, was um mich herum passiert. Ich höre die Klänge des Urwaldes: den fröhlichen Vogelgesang, das beruhigende Rauschen der Blätter im Wind und das leise, warnende Knacken von kleinen Tieren, die durch das Unterholz flitzen. Ein Summen dringt an mein Ohr und ich wende den Kopf, lege ihn leicht schief, während ich das kleine Insekt beobachte, das an mir vorbei zu einer tiefroten Blüte fliegt und sich darauf niederlässt. Es ist eine schöne Pflanze, mit großen farbenprächtigen Blättern und einer blutroten Farbe. Ich neige den Kopf in die andere Richtung und beobachte, wie das Insekt sich langsam zur Mitte der Blüte vortastet, auf der Suche nach Blütenstaub, wo der Nektar am nährstoffreichsten ist. Im nächsten Moment schließt sich die Blume und das Insekt ist gefangen. Ich zucke entrüstet zusammen und fühle einen Schauer über meinen Rücken laufen. Eine perfekte Metapher für

Atlantika, wie es leibt und lebt: Nicht einmal diese schöne Blume ist seelengut, sie ist ebenso blutrünstig wie der Rest dieses Ortes. Aber anders als das bemitleidenswerte Insekt, befinde ich mich in keiner akuten Bedrohung durch andere Anwärterinnen. Das ist für den Moment erfreulich. Auch wenn Hestia nur darauf wartet, mich zu verschlingen, dessen bin ich mir ziemlich sicher. Allerdings gibt es hier draußen, abseits der Kuppel im Dschungel, noch genügend andere Gefahren, denen ich aus dem Weg gehen sollte. Da stellt Hestia meine kleinste Sorge dar.

Ein Problem nach dem anderen, rufe ich mir in Erinnerung. Also beginne ich, den Boden um mich herum mit den Augen abzusuchen, zwinge mich, nicht auf die Blume zu achten, aus welcher ein aufgebrachtes Brummen ertönt und siehe da, nicht weit von mir entfernt werde ich fündig.

Etwas versteckt durch die hohen Halme des Grases entdecke ich eine lederne Tasche, die scheinbar für mich platziert wurde. Sie ist alt und abgegriffen, das Leder weich und nachgiebig. Mit flinken Fingern ziehe ich sie zu mir heran und breite den Inhalt vor mir auf dem Boden aus.

Ich drücke das Gras mit den Händen ein wenig nach unten, um besser sehen zu können, was diese Tasche ans Licht befördert.

Einen Trinkschlauch. Dem Himmel sei Dank! Ich verdurste fast und habe noch immer diesen grässlichen Geschmack in meinem Mund. Ich ziehe den Stöpsel heraus und rieche vorsichtig am Inhalt. Eine gesunde Portion Vorsicht hat in dieser Welt noch keinem geschadet. Es riecht nach nichts, deshalb tippe ich auf Wasser. Ayden würde mir nichts mitgeben, was mir schaden würde. Das weiß ich mit hundertprozentiger Sicherheit. Ein kleiner, faseriger Beutel, gefüllt mit Nüssen, getrockneten Beeren und Körnern erfreut mich ebenso wie das Wasser. Dann entdecke ich ein Seil und ein kleines Gefäß mit einer hellen Creme.

Ich drehe auch hier den Verschluss auf und schnuppere an dem Inhalt. Erfreut stelle ich fest, dass dieser Geruch mir vertraut ist. Diese Salbe wirkt antibakteriell bei Wunden. Adam hat sie schon einmal mit mir aus Mondschillerkraut hergestellt. Sie brennt abscheulich, aber beugt einer Blutvergiftung vor. Und dafür kann man das Brennen wahrlich in Kauf nehmen. Sie wird mir auf jeden Fall gute Dienste leisten. Auch wenn ich mir die Daumen drücke, dass ich sie nie benötigen werde.

Zu guter Letzt finde ich auf einem brüchigen Stück Pergamentpapier eine handgeschriebene Notiz – ohne Namen darunter. Doch ich würde die Schrift unter Hunderten erkennen: Ayden.

Finde den Weg zurück. Nur die ersten zehn werden weiter an den Wettkämpfen teilnehmen.

Kurz schließe ich die Augen, um mich zu sammeln und zerquetsche das Pergament in meiner Hand. Die Nachricht ist wahnsinnig kurz und doch gibt sie neue Kraft. Mehr konnte Ayden nicht schreiben, zu groß ist die Gefahr, dass jemand dieses Stück Papier findet. Ich lese es abermals mit Bedacht und Fassungslosigkeit. Nur die ersten Zehn. Das ist nicht besonders viel. Das sind sogar überaus beunruhigende Nachrichten, die mir erneut den Ernst der Lage zeigen. Fünf weitere Elementarinnen werden ausscheiden und ich will keine von ihnen sein. Ich bin schon so weit gekommen. Also muss ich den Weg zurück finden und das so schnell wie möglich. Durch diesen dichten Dschungel mit seiner wilden Vegetation wird es kein Vergnügen, doch ich habe keine Wahl. Weder kann ich mich in diesem Moment an Sternen noch am Sonnenlauf orientieren, da das Blätterdach über mir alles verdeckt. Ich muss aber meinen Verstand gebrauchen und darf nicht blindlings loslaufen. Was hat Ayden gesagt? Die Nächte werden kalt. Nächte. Mehrzahl. Also wird es mir nicht möglich sein, innerhalb eines Tages zurückzufinden. Das bedeutet, ich werde mir über Nahrung und Flüssigkeit Gedanken machen müssen, vor allem über Flüssigkeit. Wie viele Meilen liegen zwischen mir und der Kuppel? Das muss ich dringend herausfinden. Und dann, welche Strecke ich an einem Tag bewältigen kann. Auf jeden Fall bedeutet es, dass ich keine Zeit verlieren darf. Angespannt erhebe ich mich. Meine Beine zittern noch leicht, aber sie tragen mich. So schnell ich kann, sammle ich die Gegenstände wieder ein, von denen Ayden dachte, dass sie mir helfen würden, und versuche mich zu orientieren. *Du schaffst das,* ermutige ich mich selbst. Ich bin eine Kriegerin. Ich bin Aydens Gefährtin und mit ihm verbunden, einem der stärksten Ignis von Atlantika. Das macht auch mich stark. Mich selbst anzufeuern, ist ein guter Weg, mich abzulenken.

Währenddessen fahren meine Hände über den rauen Stamm eines Baumes.

Ich fühle jede Erhebung in den Fingerspitzen. Als sie auf Moos treffen, weiß ich, hier liegt Westen. Adan sei Dank. Der Terra ist ein großartiger Lehrer. Doch ich muss nicht in diese Richtung, sondern nach Osten. Also in die andere Richtung.

Grob geschätzt jedenfalls. Wenn doch nur Morgen wäre, dann könnte ich auf Nummer sicher gehen. Mit der Morgensonne im Gesicht wüsste ich, dass vor mir Osten liegt. Aber dafür müsste ich auch erstmal einen geeigneten Platz finden, an dem die Sonne den Boden berührt.

Ich komme nicht darum herum, mir einen Überblick zu verschaffen. Langsam schlage ich den Weg Richtung Osten ein, die Bäume immer im Blick, bis ich gefunden habe, was ich suche: Einen Baum, bei dem die Äste so tief hängen, dass ich hinaufklettern kann.

Ich lockere meine Arme, dehne sie kurz und schüttle sie wieder aus. Versuche, die restliche Wirkung des Giftes zu vertreiben.

Meine Hände schließen sich um einen Ast und mit einem Ächzen ziehe ich mich langsam in die Höhe. Mein Körper meistert dies dank des harten Trainings eigentlich ohne große Probleme, aber die Reste des Giftstoffes in meinem Organismus lassen meine Muskeln bei der kleinsten Anstrengung unglaublich zittern. Es wird noch ein paar Stunden dauern, ehe ich körperlich wieder vollständig hergestellt bin. Dank Aydens Hilfe schneller als üblich.

Aber es klappt besser, als erwartet, auch wenn die Äste von den Pflanzen und der hohen Luftfeuchtigkeit rutschig sind. Stück für Stück ziehe ich mich hinauf, schiebe Lianen beiseite, bis ich wie ein kleiner Vogel in der Spitze hocke. Es ist eine überaus wackelige Angelegenheit und ich befürchte, gleich einen Abflug nach unten zu machen, doch ich schaffe es, die Balance zu finden. Meine Beine zittern wie Espenlaub und es hat mich viel Kraft gekostet, hier oben anzukommen. Kurz blicke ich nach unten und schlucke. Sollte ich fallen, wird es eine schmerzhafte Erfahrung, so viel ist sicher.

Ich greife nach einer Liane, teste, ob sie fest am Baum hängt und wickle sie mir um den Arm. Es ist eine kleine Sicherheitsleine, die mich vielleicht nicht retten wird, aber mir zumindest helfen könnte.

Langsam, mein Gewicht ausbalancierend, richte ich mich auf und spähe blinzelnd aus dem Blätterdach. Ein Hochgefühl durchströmt meinen Körper und ich strahle vor Glück, dass ich es geschafft habe. Ich werde es bis zum Ende schaffen, ganz sicher. Die Hoffnung stirbt zuletzt, oder wie heißt es so schön?

Meine Augen wandern über den wolkenlosen Himmel. Dieser Anblick freut mich gleich doppelt. Wenn ich etwas absolut nicht gebrauchen kann, sind es Wolken, die Regen oder gar einen Sturm ankündigen. Ich bestimme den Stand der Sonne und in weiter, verflucht weiter Ferne erspähe ich die Kuppel von Atlantikas Hauptstadt. Ist das ihr Ernst? Sie ist kaum zu sehen und nur ein kleiner Punkt am Horizont. Ich werde etliche Meilen überwinden müssen und zwischen mir und meinem Ziel liegt sogar ein kleines Gebirge. Eine Strecke voller tödlicher Gefahren.

Mal ganz abgesehen davon, dass es mit Sicherheit auch etliche Kreaturen geben wird, die nur darauf warten, dass sie mich als Snack verspeisen dürfen. Plötzlich scheint es gar nicht mehr so unrealistisch, unter die ersten Zehn zu kommen – denn es müssen erst einmal so viele von uns ins Ziel kommen!

Das wird nicht einfach. Alles andere als einfach. Josias hat wirklich großartige Ideen, was seine blöden Prüfungen angeht, denke ich zähneknirschend. Was wird es über mich und meine Qualitäten aussagen, wenn ich rechtzeitig ins Ziel komme? Aber egal. Eines Tages wird ihm jemand, Ayden so hoffe ich, in den arroganten Hintern treten. Wie viele Tage wird es dauern, bis ich die Kuppel erreichen könnte? Zwei, drei oder gar vier Tage? Ich kann die Strecke nicht wirklich einschätzen, auch nicht die Beschaffenheit des Gebirges. Das bedeutet, ich muss wirklich erst Trinkwasser und Nahrung finden. Ein Lächeln legt sich auf meine Lippen. Beides sollte mir leichtfallen. Dank meines Dolches und der Trinkflasche kann ich mir genügend Flüssigkeit aus dem Wasserspeicher der Bäume schöpfen. Ein Loch an der richtigen Stelle des Yumabaumes und süßes Wasser sprudelt nur so heraus. Und Beeren sollte es zu dieser Jahreszeit ebenfalls ausreichend geben. Wenn nicht, finde ich sicher einige wilde Wurzeln, Klee, Brennnesseln und Löwenzahn. Etwas, das Adam und ich schon oft zusammen geübt haben. Mein Lächeln wird breiter.

Gerade will ich voller Motivation den Abstieg beginnen, als ich plötzlich das Knacken von Zweigen im Unterholz höre. Etwas Großes bewegt sich durch den Dschungel.

Reflexartig hocke ich mich hin und verharre reglos auf meinem Ast. Er biegt sich leicht unter meinem Gewicht, bricht aber zum Glück nicht. Ich bete, dass es so bleibt. Die Blätter verbergen mich, so gut es geht und bieten mir einen minimalen Schutz vor dem, was da unter mir herumschleicht. Was auch immer es ist – es müsste erst einmal diesen Baum erklimmen, um mich zu erreichen. Und ich habe einen Dolch und bin bereit, alles zu geben, um das zu verhindern.

Meine Augen suchen das Unterholz ab und ich lausche mit gespitzten Ohren angestrengt auf die Laute um mich herum.

Knack. Mein Kopf fährt in die Richtung, aus der das Geräusch an mein Ohr gedrungen ist.

Von links sehe ich eine Elementarin durchs Unterholz stolpern. Fieberhaft überlege ich, wie sie hieß. Aril … Ell… Aella! Das wars. Eine Aeria wie Sky.

Mein Blick wandert neugierig über die grüne Fläche unter mir, während ich beschließe, mich nicht zu zeigen. Stattdessen beobachte ich, wie sie unbeholfen an einer knorrigen Wurzel hängen bleibt und kurz ins Straucheln gerät. Meine Augen bleiben an ihr haften, während sie sich ungelenk wieder aufrappelt. Fast hätte ich das Aufblitzen von Metall in einem Sonnenstrahl, der sich durch das Blätterdach stiehlt, übersehen. Mein Körper beginnt zu kribbeln, als eine unangenehme Vorahnung sich in mir breitmacht.

Angestrengt kneife ich die Augen zusammen, versuche, etwas mehr zu erkennen. Eine innere, unerklärliche Anspannung durchzieht mich und wie ein siebter Sinn drängt sie mich, mich noch fester an den Baumstamm zu pressen. Vor wenigen Minuten habe ich genau dort unten gelegen.

Aella hält genau auf die Stelle zu, an der ich eben das Aufblitzen erspäht habe. Ich bin hin und her gerissen. Warne ich sie? Aber damit würde ich mein Versteck verraten. Vielleicht ist es auch eine Falle und sie wollen mich so herauslocken? Ehe ich handeln kann, tritt Askja, Hestias Verbündete, in den Weg der Aeria.

„Dein Weg endet hier, Aella."

„Verschwinde, ich habe keine Zeit für sowas Askja. Und du solltest auch deine Beine in die Hand nehmen, wenn ..."

Weiter kommt sie nicht, denn hinter ihr ist Hestia lautlos aus dem Gebüsch gestiegen und hat ihr mit einem Dolch von hinten die Kehle durchgeschnitten. Dunkles Blut sprudelt hervor und ich starre auf den tiefen Schnitt am hellen Hals der Aeria. Das Ganze passierte unglaublich schnell.

Meine Augen weiten sich vor Entsetzen und für einen Herzschlag habe ich das beängstigende Gefühl, den Halt unter meinen Füßen zu verlieren.

Ich presse mir die Hände vor den Mund, um nicht zu schreien. Adrenalin pulsiert in meinen Adern und versetzt meinen Körper in einen Zustand der nervösen Anspannung. Die Aeria gibt ein gurgelndes Geräusch von sich und sinkt auf die Knie, die Hände fest um ihren Hals gelegt, als könnte sie damit das Blut aufhalten, das aus ihrem Körper fließt und ihre Hände bereits rot gefärbt hat. Diese Wunde ist tödlich, selbst für Wesen wie uns. Nichts und Niemand wird sie noch retten können. Es ist nur eine Frage von Augenblicken, ehe sie sterben wird.

Wären Hestia und Askja wahre Kriegerinnen, würden sie Aella von ihrem Leid erlösen und ihr einen ehrenhaften, gnädigen Tod schenken. Stattdessen wischt Hestia ihren Dolch am Rasen ab und schnaubt nur belustigt auf ihr Opfer herab, was mich vor Zorn zittern lässt. Es ist nicht fair. Nichts davon. Ihr Tod ist sinnlos. Dieser ganze Wettkampf ist es.

„Und wieder eine weniger."

Hestias Stimme klingt belustigt und ich empfinde für diese Elemantarin nur Abscheu.

Mein Magen rebelliert angesichts dessen, was ich mitansehen musste, und Schweißperlen bilden sich vor Anstrengung, hier zu hocken, auf meiner Stirn. Vor wenigen Minuten lag ich noch da unten auf dem Boden und es hätte mich treffen können, hallt das Echo meiner Gedanken abermals durch meinen Kopf. Ich glaube, ich habe einen Schock. Denn dieses Mantra wiederholt sich immer und immer wieder. Ich mache mir nichts vor: Hestia hätte mich ebenfalls kaltblütig ermordet.

Aella sinkt vollends zu Boden. Noch immer sprudelt das Blut unter ihren Fingern hindurch, doch sie ist noch nicht bereit aufzugeben. Dabei war dieser Kampf verloren, bevor er begonnen hatte. Es war feige. Unglaublich feige, ihr Leben auf so unwürdige Weise zu beenden. Es ist nicht der Tod, der eines Kriegers würdig ist. Hestia ist ein Monster. Sollte sie siegen, wird sie niemals eine gute und gerechte Herrscherin sein. Aber sie bildet das perfekte Gegenstück zu Josias. Sie sind beide ehrlose Scheusale.

Das Rauschen meines Blutes in den Ohren übertönt jedes andere Geräusch, sodass ich nicht mehr verstehe, was sie sagen. Wie kann man so erbarmungslos und abgestumpft sein. Sie löschen hier ein Leben aus, als wäre es unwichtig. Als wäre es alltäglich. Angeekelt empfinde ich nur eins für diese beiden Elementarinnen – Abscheu. Ich muss mich vor ihnen in Acht nehmen. Hestia wird alles dafür tun zu siegen. Warum Askja ihr hilft, ist mir hingegen ein Rätsel. Es kann schließlich nur eine siegreich neben Josias sitzen. Wahrscheinlich ist es nur ein Bündnis auf Zeit.

So leise wie möglich, bewege ich mich auf dem Ast vorwärts, steige vorsichtig auf einen dicken Ast des Nachbarbaumes. Jedes Knarren lässt mich zusammenzucken und mein Herz hämmert vor Angst. Es ist eine wackelige Angelegenheit. Bei jedem Blatt, das Richtung Boden fällt, fürchte ich, entdeckt zu werden. Und so bewege ich mich fort – achtsam wie ein Eichhörnchen. Von Baum zu Baum, von Ast zu Ast. Mit der ständigen Angst im Nacken, dass einer der Äste unter mir brechen könnte. Ich bewege mich unglaublich langsam, aber zum Glück unsichtbar. Hauptsache weg von dem Geruch des Blutes und der sterbenden Aella. Es wird nicht lange dauern, dann wird der Geruch auch andere Bewohner des Dschungels zu sich rufen und Aellas Körper wird den Boden nähren. Der Kreislauf des Lebens – und doch ist der Gedanke, sie einfach zurückzulassen, schrecklich, auch wenn ich sie nicht kannte. Was war sie für eine Frau? War sie wie Hestia oder wie Sky? Oder so sanft wie Bluette? Hat sie freiwillig teilgenommen oder wurde es von ihr erwartet? Ich hasse diesen Wettkampf. All das ist mir zu wider. Bin ich in der Lage, ebenso ein Monster zu sein, wie sie es sind? Was, wenn ich ihnen gegenüberstehe und es heißt: sie oder ich? Werde ich stark genug sein, um bis ans Äußerste zu gehen?

Spätestens wenn es dazu kommt, weiß ich, ob ich bereit bin, noch einmal jemanden zu töten. Noch immer raubt es mir nachts den Schlaf, dass ich den Ignis ermordet habe, der mich angegriffen hatte. Auch wenn es Selbstverteidigung war. Ayden meinte zwar, mit jedem Tod wird es leichter, doch ich bezweifle es stark. Dieser Tod hat einen dunklen Fleck auf meiner Seele hinterlassen, der nun für immer dort verbleiben wird. Sind wir alle auf eine Art und Weise Monster oder werden wir erst zu welchen? Eine Frage, deren Antwort mir Sorge bereitet. Diese Welt formt uns nach ihren Maßstäben.

Als ich nicht mehr weiterkomme und kein Ast mehr breit genug für mein Gewicht ist, halte ich inne und klammere mich an den dicken Stamm des Baumes. Ich bin völlig ausgelaugt, das Klettern verlangt viel Kraft.

Der Himmel verdunkelt sich merklich und erschwert mir die Sicht. Die Nacht bricht herein und mit ihr die Kälte.

Das ist ideal für mich, denn ich spüre sie nicht wie die anderen. Wenn sie möglicherweise Schutz suchen, werde ich Kilometer gutmachen und laufen, bis meine Beine mich nicht mehr tragen. Ich muss so weit es geht von Hestia und ihrer Freundin fort. Die Nächte hier können frostig werden, vor allem so nah am Montes Glaciei, dem Eisberg dieses Landes. Das Gebirge, das ich überwinden muss, geht in den Eisberg über. Es sind kleine Ausläufer des großen Gebirges, das sich weiter oben mit Schnee und Eis überzieht. Vielleicht ist dies genau mein Weg. Wir werden sehen.

Langsam lasse ich mich die Äste hinabgleiten und komme schließlich mit einem dumpfen Ton auf dem Erdreich auf.

Der Geruch des Dschungels steigt in meine Nase - der feuchte Boden, die Pflanzen und verrottende Bäume.

Ich schrecke einige Tiere auf, die sich rasch ins Unterholz verziehen und setze meinen Weg entschlossen fort. So lautlos wie möglich, husche ich durch das Dickicht, denn hier im Dschungel lauern weit schlimmere Ungeheuer als Hestia. Alleine der Gedanke an all die Kreaturen, die hier in der Dunkelheit lauern, treibt mir die Schweißperlen auf die Stirn. Ich stolpere über eine Wurzel und fluche leise. Je dunkler es wird, desto schwerer fällt es mir weiterzugehen. Ich habe unterschätzt, wie undurchdringlich die Finsternis im Urwald sein kann und sie macht mir zunehmend zu schaffen. Feuer machen steht außer Frage. Unwillkürlich denke ich an Ayden. Ich sehne mich danach, mit ihm zu sprechen und ihm zu erzählen, was ich eben erlebt habe. Den Anblick, wie Hestia ohne zu zögern die unschuldige Aeria ermordet hat, werde ich so schnell nicht vergessen. Ohne einen Hauch Gewissensbisse. Ich weiß, hier gilt das Gesetz des Stärkeren, aber dennoch … Sollte nicht jeder von uns ein gewisses Maß an Mitgefühl besitzen? An Ehrgefühl? Das Wissen um richtig und falsch? Wir sind doch keine gefühllosen Kreaturen. Niemand wird so geboren, oder? Ich bin es gewohnt, mit Ayden über alles zu reden. Auf wunderbare Weise ist er zur wichtigsten Person in meiner Welt geworden, was auch nicht anders zu erwarten war, nachdem sich unsere Elemente und Seelen miteinander verbunden haben. Von ihm getrennt zu sein, bereitet meinem Herzen Schmerzen.

Ich laufe, trotz meiner Schwierigkeiten, durch die Dunkelheit, die ganze Nacht hindurch, bis weit in den nächsten Morgen hinein. Meine Füße fühlen sich an, als würden sie nur noch aus Blasen bestehen, die wiederum Blasen haben. Nicht mehr lange und mein Körper ist am Ende seiner Kräfte angelangt. Allerdings mache ich kein Auge zu, sondern kämpfe gegen die lähmende Müdigkeit an, die Stück für Stück Besitz von meinem Körper ergreift. Schlafen kann ich später noch. Es ist zu gefährlich. Ich wage es nicht, auch nur einen Augenblick die Augen zu schließen. Nicht, solange Hestia und die anderen Anwärterinnen auf der Jagd sind. Auch nach mir. Meine Angst ist größer, als das Verlangen zu rasten. Die Furcht ist der Treibstoff, der mich am Laufen hält.

Keine weiteren Elementarinnen kreuzen in dieser Nacht oder am Morgen meinen Weg. Das kann von mir aus so bleiben. Ich werde mich nicht unterkriegen lassen. Auch wenn ich erschöpft bin, habe ich noch längst nicht die Grenze meiner Belastbarkeit erreicht. Das weiß ich genau. Ich musste diese Nacht einmal einem Dschungeldrachen ausweichen, der sich zuvor ein anderes Tier gerissen hatte und es ruhig verspeiste. Er nahm, zufrieden mit seiner Beute, keine Notiz von mir. Anders als seine Verwandten in den Bergen, sind seine Flügel im Laufe der Jahrtausende verkümmert und er wurde zu einem Bodenläufer, mit kräftigen Beinen und langen Klauen, die sich ins Erdreich graben. Zweimal habe ich den Blick auf friedliche Anthropoiden erhascht, die denen der Erde ähneln. Dort werden sie Menschenaffen genannt. Sie leben in Kolonien hoch oben in den Bäumen und sind meine geringste Sorge. Solange man sie nicht stört, lassen sie einen in Frieden. Ayden hat mir sogar einmal eine Ansiedelung von ihnen in der Nähe der Kuppel gezeigt, um sicherzustellen, dass ich die harmlosen von den gefährlichen Wesen unterscheiden kann.

Schnaufend bleibe ich einen Augenblick stehen, stütze meine Hände auf die Oberschenkel. Meine Muskeln brennen. So lange bin ich noch nie am Stück gelaufen. Wie viele Meilen habe ich wohl zurückgelegt? Seufzend richte ich mich wieder auf und strecke den Rücken durch. Er knackt laut und ich verziehe mein Gesicht.

In der Ferne steigt in diesem Augenblick Rauch in den Himmel auf und ich frage mich, ob jemand ernsthaft so dumm gewesen sein kann, ein Feuer zu entzünden. Das würde schon an Dämlichkeit grenzen.

Nicht nur ich werde davon angezogen, sondern jedes Leben im Umkreis. Egal ob Anwärterin oder Ungeheuer. Wer auch immer diese Idiotin ist, könnte auch gleich ein Schild aufstellen mit *Hier bin ich, kommt und holt mich.*

Langsam nähere ich mich dennoch der kleinen Lichtung. Angetrieben von meiner überaus dämlichen Neugier, will ich genauer wissen, wer oder was dort ein Feuer entfacht hat. Vielleicht macht es mich zu ebenso einer Idiotin. Ganz bestimmt sogar. Dort im Schein des Feuers erkennte ich drei Gotratores.

Üble Wesen, wenn ich den Geschichten glauben darf, denn es sind die ersten, die ich in meinem Leben in Wirklichkeit zu Gesicht bekomme. Von mir aus auch die letzten. Angewidert weiche ich zurück.

Ihre grüne, ledrige Haut spannt über dem hässlichen Antlitz. Große scharfe Hauer ragen aus ihren Schnauzen, während der muskulöse, massige Körper auf der Erde sitzt und sie irgendetwas oder irgendwen über ihrem Feuer rösten. Der Gestank von verbrannten Haaren weht zu mir herüber und ich rümpfe die Nase.

Neben ihnen entdecke ich einen Kleiderhaufen, meinen Gewändern nicht unähnlich und das ist mein Stichwort, unhörbar zu verschwinden. Ich möchte vielleicht nicht genau wissen, was oder wen sie dort gleich verspeisen werden. Mir ist aber hundertprozentig klar, dass nur noch dreizehn Anwärterinnen im Rennen sind. Mein Magen rumort vor Ekel und ich unterdrücke eine aufwallende Übelkeit. Ich bete für die Kriegerin, die dort ihr Ende gefunden hat, dass es schnell und schmerzlos gewesen ist. Hier gilt das Gesetz des Stärkeren, wohl wahr. Mein Blick scannt achtsam die Fläche. Ich schaue, ob es etwas gibt, was mir helfen könnte.

Ihre mit spitzen Steinen bestückten Keulen ruhen neben ihnen im Gras. Kurz bin ich versucht, mir eine zu stehlen, doch ich verwerfe diesen Gedanken schnell wieder. Es ist zu gewagt, egal wie gut sie mir vielleicht nützen würde.

Sollten sie mich erwischen, bin ich ebenfalls nicht mehr als ein Kleiderhaufen im Gras und eine warme Mahlzeit. Es schaudert mich und eine Gänsehaut breitet sich auf meinen Armen aus.

Also schleiche ich, so leise ich kann, zurück in die Tiefen des Dickichts, lasse die Lichtung und die Ungetüme hinter mir. Sie sind beschäftigt.

Nur wenige Augenblicke später höre ich einen lauten Schrei. Ich zucke erschrocken zusammen und kauere mich reflexartig auf die Erde, um Schutz zu suchen.

Über mir fliegen etliche Vögel aufgeschreckt in den Himmel und kreischen laut.

Es ertönt kein weiterer Schrei, also erhebe ich mich langsam wieder, begutachte wachsam meine Umgebung.

Unruhig versuche ich mich zu orientieren, während mein Blick umherwandert, um herauszufinden, wo der Schrei hergekommen sein könnte. Ich drehe mich im Kreis um meine eigene Achse und lausche angestrengt. Ein unüberhörbares

Brüllen folgt einem weiteren ängstlichen Schrei, so qualvoll, dass sich meine Nackenhaare aufstellen. Mein Puls schießt in die Höhe. Sofort bin ich in höchster Alarmbereitschaft. Angestrengt runzle ich die Stirn. Mir ist bewusst, dass Furcht ein schlechter Begleiter ist und doch kann ich nichts gegen diese Urangst in meinem Inneren unternehmen. Ich versuche, trotz meines rasenden Herzens, ruhig zu bleiben und nicht kopflos zu handeln.

Ein Surren, welches die Blätter um mich herum in Schwingung versetzt, kommt immer näher. Zitternd blicke ich mich um, unentschlossen, was ich tun soll oder wohin ich gehen kann. Ich zermartere mir mein Hirn, trete von einem Fuß auf den anderen und die Sorge, einen Fehler zu machen, ist gigantisch. Denn jeder Fehler könnte mit dem Tod enden.

Ich halte den Atem an, spüre, wie die Angst nun in jeder Pore sitzt. Aufmerksam lausche ich den Geräuschen um mich herum: Das Rascheln der Blätter im Wind, das Knacken des Unterholzes und dieses Summen, welches meinen Körper zittern lässt. Was ist das für ein Geräusch? Unsicher hadere ich mit mir, überlege fieberhaft, ob ich einfach losrennen soll. Aber wenn ja, wohin? Bleibe ich besser stehen? Soll ich wieder auf einen der Bäume klettern? Das Surren wird immer lauter. Das Beben meines Körpers nimmt zu. Die feinen Härchen auf meinen Armen stellen sich auf. In meinem Kopf grabe ich nach Informationen. Welche Wesen sorgen für diese Vibration?

Im nächsten Augenblick prescht etwas durch das Dickicht des Dschungels und ich wirble herum.

Ich ahne plötzlich, welche Bestie wir aufgeschreckt haben. Auf einmal fällt es mir wie Schuppen von den Augen.

Die Morena Apis. Bestialische und monströs große bienenähnliche Wesen.

Sie nagen dir bei vollem Bewusstsein und in wenigen Sekunden die Haut von deinem Körper. Das erklärt das Vibrieren der Luft. Es sind die hektischen Flügelschläge dieses Monstrums. Einem Insekt, dem ich auf keinen Fall begegnen möchte, so viel ist sicher. Todesangst beschleicht mich. Das sind wirkliche Ungetüme, mit denen selbst die Atlantika ihren Kindern Angst machen können. In Sekundenbruchteilen realisiere ich: Klettern ist sinnlos, Stehenbleiben bedeutet den sicheren Tod.

Ohne zu zögern renne ich los, laufe so schnell ich kann, obwohl mein Körper lautstark protestiert. Jetzt zählt nur, mich in Sicherheit zu bringen. Großer Spielraum für Pläne bleibt in dieser Situation nicht.

Das Surren kommt immer näher. Ich spüre, wie es in meinem Körper widerhallt. Nacktes Grauen kriecht in meine Glieder und ich versuche vergeblich, es in den Griff zu bekommen. Angst ist kein guter Begleiter, erinnere ich mich an die Worte meines Vaters. Es ist wichtig, dass ich einen klaren Kopf behalte, was leichter gesagt ist als getan, wenn man mit dieser schrecklichen Welt konfrontiert wird. Vor meinem inneren Auge male ich mir aus, wie mich diese Ungetüme fressen – und meine Fantasie sorgt dafür, dass meine Angst sich auf ein neues Level hebt.

Nicht weit von mir erspähe ich eine Morena Apis. Der lange Stachel ragt aus ihrem gigantischen Unterleib, von ihren Mundwerkzeugen tropft Geifer und Schaum bildet sich in den Mundwinkeln des starken Kiefers. Ihre langen, gebogenen Fühler zucken, suchen nach Opfern, die sie durch Gerüche wahrnehmen. Die sechs Beine, die an ihrer Brust wachsen, sind von dunkelroten Dornen bedeckt, die jedes Opfer ohne Probleme pfählen können. Sie sind zwar nur halb so groß wie ich, aber zehnmal gefährlicher. Ihre feingliedrigen Flügel sind löchrig und ausgefranst. Ein Zeugnis harter Kämpfe in der Vergangenheit. Der Anblick treibt mich dazu, meine Geschwindigkeit zu erhöhen, auch wenn ich Gefahr laufe, gegen einen der Bäume zu prallen, da das Ausweichen zunehmend schwieriger wird. Immer wieder bleibe ich mit den Füßen im Unterholz hängen. Fluchend und nach Luft schnappend, stolpere ich durch den Dschungel. Aber selbst auf einen Baum hinaufklettern wäre keine Lösung, denn wenn sie mich entdecken, säße ich in der Falle. Sie können mit ihren gewaltigen Flügeln, die vielleicht fragil wirken, es aber nicht sind, locker die Baumspitzen erklimmen. Ihre Facettenaugen scannen den Dschungel haargenau. Ihnen entgeht nichts und – vor allem – niemand. So mancher Heiler würde für eine Phiole Bluthonig alles geben. Doch nur Verrückte wagen es, einen Bau dieser Bienen zu plündern.

Mein nächster Schritt katapultiert mich aus dem Dschungel an das Ufer eines dunklen Sees. Ich wage es nicht zu stoppen, sondern renne, so schnell ich kann, einfach weiter. Meine Lunge brennt und ein stechender Schmerz hat in meiner Seite eingesetzt. Warum muss mein Körper nun auch noch gegen mich arbeiten? Ich versuche, meine Atmung zu kontrollieren, beobachte im Laufen die Umgebung ganz genau und schicke ein kurzes Dankgebet in den Himmel. Wasser. Morena Apis meiden jegliche Art von Wasser. Langsamer laufen kommt dennoch nicht in Frage, also renne ich und blicke in kurzen

Abständen über die Schulter. Bislang ist mir nichts und niemand auf den Fersen.

Der See dehnt sich vor mir aus, seine glatte dunkle Oberfläche gleicht einem Meer, riesig und still. Ich kann ihn weder umrunden noch zurück in den Wald. So wie ich das sehe, reicht er fast bis an den Montes Glaciei heran.

In diesem Moment durchbrechen einige weitere Elementarinnen hinter mir den Dschungel und wirken ebenso furchtsam und konzentriert wie ich. Niemand wagt es, mit dieser Gefahr im Nacken stehen zu bleiben. Wir alle wurden wie Vieh aufgescheucht. Und nun werden wir wie eine Herde Schafe zusammengetrieben.

Ich entdecke Hestia und ihre Freundin, aber auch Flora, die Terra, mit der ich meine erste Prüfung hatte. Sie alle haben verbissene Gesichtsausdrücke. Jede Einzelne von uns ist sich der Gefahr bewusst, die uns im Nacken sitzt.

Immer mehr Elementarinnen stürmen aus sämtlichen Richtungen aus dem Wald. Ich meine, zwölf von uns zu erkennen, aber sicher bin ich mir nicht und ich werde ganz gewiss nicht stehen bleiben und nachzählen.

Mein Blick trifft den von Flora, ehe ich mein Augenmerk wieder auf den See vor mir richte.

Still liegt er vor uns. Trügerisch ruhig. Die ganze Szenerie verursacht ein mulmiges Gefühl in meiner Magengegend und mein Verstand warnt mich davor, dieses Gewässer zu betreten. Meine Nerven sind zum Zerreißen gespannt und ich versuche mir verschiedene Szenarien auszumalen, bei denen ich dieses schwarze Wasser nicht betreten muss.

Schlussendlich habe ich nur zwei Möglichkeiten – und keine von beiden gefällt mir. Bienen oder See. Genauer gesagt, blutgierige Insekten, die mich aussaugen und bei lebendigem Leib verspeisen oder das riesige Wasserbecken, von dem ich nicht weiß, was sich unter der Oberfläche verbirgt. Unbehagen breitet sich in mir aus. Ein Gefühl der Hilflosigkeit und Schwäche ergreift mich. Ich war so arrogant zu glauben, dass meine Fähigkeit, keine Kälte zu spüren, mir einen Vorteil verschafft. Das war wohl Wunschdenken, denn nun sind wir alle hier, gleichzeitig gefangen in dieser so verzwickten Situation.

Meine Zeit, eine der beiden Optionen zu wählen, läuft mit jedem meiner Schritte ab. Wenn mir jetzt spontan keine zündende Idee mehr kommt, muss ich mich wohl oder übel entscheiden.

Die Frage wird mir abgenommen, als eine Elementarin nicht weit von mir entfernt von einem langen Stachel durchbohrt wird. Ich höre das schmatzende Geräusch von reißendem Fleisch, das Knacken ihrer Knochen und mein Blick haftet an der schrecklichen Szene neben mir. Ihre Augen weiten sich erschrocken, ihre Hände legen sich um den sie durchbohrenden Dorn. Sie versucht noch, sich zu befreien, doch es ist zu spät. Sie wird zurückgerissen, als ihr Körper sich langsam verändert. Aber sie schafft es nicht mehr, ihre Elemantarform anzunehmen und verschwindet ganz plötzlich aus meinem Blickfeld. Ihre qualvollen, panischen Schreie hallen weiter zu mir herüber. Ich möchte mir die Ohren zuhalten, all das hier ausblenden. Tränen vernebeln mir die Sicht. Ich fühle mich wie ein Feigling, dass ich sie ihrem Schicksal überlassen habe, doch sie ist verloren. Ich hasse diesen Ort, diesen Wettkampf und das, was er aus uns macht. Immer mehr Morenas tauchen aus dem Dschungel auf. Sie sind hungrig und auf der Jagd. Nach uns. Sie umzingeln uns, kreisen uns ein. Der Geruch von frischem Blut lockt immer mehr von ihnen herbei, ebenso der Duftmarker, den sie für ihresgleichen in die Luft setzen. Sie sind intelligente Biester. Nicht ohne Grund ist die Hauptstadt unter einer schützenden Kuppel verborgen. In Atlantika sind wir nicht immer Jäger, sondern auch gelegentlich die Gejagten. Je nachdem, wo wir unterwegs sind. Ich wage einen weiteren Blick auf ihre Körper. Ihre dürren Gliedmaßen schweben über die Erde. Schaum tropft von ihren Mundwerkzeugen zu Boden und sie haben nur ein Ziel – Beute. Es ist ein Albtraum. Und sollte ich das überleben, werde ich bis zu meinem Lebensende Albträume haben.

Nein, nichts ist schlimmer als das. Ich will nicht bei lebendigem Leib verspeist werden. Meine Entscheidung ist gefallen. Rein ins Gewässer. Egal was darin lebt, ich werde es damit aufnehmen. Was auch immer dort lauert, damit werde ich klarkommen müssen, nur weg von diesen Insekten.

Wie auf Kommando stürmen auch meine Kontrahentinnen weiter zum rettenden Wasser. Scheinbar sind alle zu dem gleichen Schluss gekommen: Im Wasser ist es auf den ersten Blick sicherer als an Land. Der Boden wechselt von weichem Gras zu pudrigem Sand, was das Laufen erschwert. Jedenfalls mir. Eine Terra, nicht weit von mir entfernt, scheint vom Sand getragen zu werden. Der Augenblick der Unachtsamkeit kommt mich teuer zu stehen. Hestia stößt mich beim Laufen hart in die Seite und ich taumle. Innerlich bebe ich vor

Zorn, doch ich darf jetzt nicht die Nerven verlieren. Es ist nicht die Zeit, Vergeltung zu planen. Ich muss mich auf mich selbst fokussieren.

Wenn ich hinfalle, ist alles verloren. Ich schaffe es, meinen Rhythmus wiederzufinden, während ich mich durch den weichen Sand kämpfe, ohne zu stürzen. Meine Füße sinken in dem weichen Sand ein. Hestia ist ein gefährliches Miststück und ich bin mir sicher, sie wird noch über viele Leichen gehen, um zu siegen. Nur meine wird es nicht sein. Nicht, wenn ich es verhindern kann.

Sie erreicht das Wasser kurz vor mir, sprintet hinein, nur um gleich von einer plötzlichen Welle getroffen zu werden, die sie untergehen lässt. Das Wasser begräbt sie gnadenlos unter sich. Ein Funken Schadenfreude wallt in mir auf. Feuer hat im Wasser keine Macht, Miststück. Ich hoffe, du ersäufst, du bösartiges Biest.

Leider ist mir das Glück nicht hold. Nach Luft japsend kommt sie wieder an die Oberfläche. Ihre lodernden Augen sind zu wütenden Schlitzen zusammengezogen.

Nicht weit von ihr steht eine Aqua halb im Wasser und formt es nach ihrem Belieben. Ayden hat recht. Jeder ist sich hier selbst der Nächste. Statt den anderen zu helfen und die Bienen zurückzutreiben, versucht sie, die übrigen Elementarinnen zurück an den Strand zu schieben, wo die Bienen auf ihre Beute warten. Mit vor Geifer tropfenden Mündern verharren sie, auf dass wir die Arbeit für sie erledigen.

Ein kaltes, unnachgiebiges Lächeln liegt auf den Lippen der Aqua, während sie erneut eine Welle in unsere Richtung schleudert. Die gewaltige Woge drückt sie unbarmherzig zurück zum Strand.

„Ertrinken oder niedergestochen werden, trefft eure Wahl. Mir ist es gleich. Ich lasse euch nicht vorbei."

Ihre Stimme ist gefühllos, noch kälter als mein Eis und ich habe einen Kloß im Hals. Ihre gnadenlose Ausstrahlung durchdringt mich bis ins Mark. Ich bin weit genug von ihr entfernt. Sie kann mir nichts anhaben. Die anderen versuchen ihr auszuweichen, während ich endlich das rettende Nass erreiche. Meine Lunge brennt und meine Seite sticht so sehr, dass mir das Atmen schwerfällt. Es fühlt sich an, als würde ein Dolch in meinen Eingeweiden stecken. Ich bin am Ende meiner Kräfte und doch muss ich weitermachen. Tränen benetzen meine Wangen und nur der schmerzerfüllte Gedanke an Ayden hält mich auf den Beinen. Du musst weitermachen, ermahne ich mich selbst, doch Schlafmangel und Erschöpfung setzen mir zusätzlich zu. Es ist ein schreckliches Gefühl und die Verzweiflung in meinem Inneren nimmt weiter zu. Die Angst zu versagen wächst mit jedem Schritt. Ich bin so weit gekommen, es darf jetzt nicht enden. Nicht hier.

Du Schwächling, schimpfe ich mich selbst. Du stammst von großen Kriegern ab. Dein Gefährte ist eine Legende. Also reiß dich zusammen, murmle ich mit zusammengebissenen Zähnen.

Aufgeben steht nicht auf meinem Plan. Ich beiße mir so fest von innen auf die Wangen, dass ich Blut schmecke. Der Schmerz, sorgt dafür, dass ich fokussiert bleibe.

Mir kommt ein Film in den Sinn, den ich als Kind oft geschaut habe: In einer Szene rennt eine Frau mit magischen Fähigkeiten über einen See und lässt ihn dabei gefrieren.

Ich habe keine Ahnung, ob es funktioniert, aber ich rufe meine Gabe, überziehe meine Füße mit Eis und als mein Fuß auf dem Wasser aufsetzt, bildet sich eine kleine Eisscholle. Es kostet mich viel Energie, das Eis unter meinen Füßen fest werden zu lassen, aber ich habe Erfolg: Schritt für Schritt laufe ich über das Wasser. Es ist eine wackelige Angelegenheit und das Eis schmilzt bei dieser Wärme fast sofort wieder, aber es trägt mich. Stück für Stück schreite ich so voran.

Um mich herum höre ich Schreie, doch ich bin völlig auf mich und mein Eis fokussiert und blende die anderen aus. Das Ufer rückt schnell in weite Ferne.

Als die nächste Welle mich von den Füßen holen will, reiße ich die Hände empor und gefriere sie, bevor sie mich erreicht. Und so ragt sie über mir empor, anstatt mich zu versenken – sehr zum Missfallen der Aqua, deren flüssige Augen sich wütend verengen. Sie alle halten mich für ein leichtes Opfer, doch sie täuschen sich. Ich fletsche meinerseits die Zähne wie ein Tier.

„Leg dich nicht mit mir an, Niara, sonst bist du es, die hier gleich festfriert", drohe ich wütend. Ich habe so die Nase voll von all dem Mist hier. Von der Brutalität, der Rohheit und Erbarmungslosigkeit der Anderen. Ich kann auch meine Krallen ausfahren.

Um meinen Worten Nachdruck zu verleihen, mobilisiere ich meine Energie und gefriere das Wasser um mich herum. Spitze Stalagmiten erheben sich krachend links und rechts von mir aus dem Wasser. Sie funkeln im Sonnenlicht – gefährlich und schön zugleich. Stolz erfüllt mich. Ich bin ihnen allen ebenbürtig. Ich darf mich nur nicht in meiner Angst verlieren. Wut ist in diesem Wettkampf besser, in meinen Zorn kann ich all meine Emotionen stecken.

„Willst du dich mit mir anlegen?", lacht die Aqua ungläubig und meine Hände zittern leicht vor Anstrengung. So viel Energie aufzuwenden, nach der Nacht und dem Lauf, ist eine ganz dumme Idee. Aber habe ich eine Wahl? Nein. Ich muss sie einschüchtern und egal, wie arrogant ihr Lachen klingt, weiß ich, dass sie mich nun ernst nimmt.

„Ich will dich nicht töten, aber wenn ich muss, werde ich es tun", erkläre ich kühl und meine jedes Wort genau so, wie ich es sage. Ich will sie nicht verletzen, aber wenn es heißt, sie oder ich, wähle ich mich. Ich glaube, eine Elementarin ist bereits ertrunken, denn ich kann sie nicht mehr entdecken. Niara war also schon erfolgreich.

Ihre Augen funkeln angriffslustig. Wird sie es tatsächlich wagen, sich mit mir zu messen? Eis ist stärker als Wasser. Nur: Kann meine körperliche Kraft es auch mit ihr aufnehmen? Oder besitzt sie mehr Durchhaltevermögen? Aggressiv fletscht sie die Zähne.

Sie will gerade ihre Hände zum Angriff heben, als hinter ihr ein mächtiger, violetter, mit Seetang überzogener Tentakel aus dem Wasser schießt. Er schlingt sich um ihren Bauch und eine Sekunde später wird sie unter Wasser gezogen. Ihr überraschter Gesichtsausdruck brennt sich in meinem Kopf ein, während ich auf der Stelle verharre. Was war das?

Weitere Tentakel tauchen aus dem Wasser auf und es beginnt ein Kampf ums Überleben aller Elementarinnen, die sich im Wasser und an Land befinden. Doch es ist nicht meiner, denn ich habe eine reale Chance, hier schnell wegzukommen. Zügiger als alle anderen, denn ich muss nicht schwimmen. Auch wenn mein Körper protestiert, kann ich rennen, wenn es sein muss. Ich schaffe es. Ich bin stark. Ich muss mich nur selbst hin und wieder daran erinnern, wie großartig meine Gabe ist. Wie einzigartig. Ich will meinen Weg gerade fortsetzen, als mich eine Hand am Knöchel packt, nach hinten reißt und von der kleinen Eisscholle zerrt.

Ich lande hart mit dem Bauch auf dem eisigen Nass und meine Hände suchen verzweifelt Halt. Fauchend trete ich nach hinten.

Das Eis ist vom Wasser rutschig und ich habe nichts, an dem ich mich richtig festhalten kann. Meine Energie ist fast aufgebraucht und es fällt mir schwer, mein Eis weiter auszubreiten. Ich war noch nie so ausgelaugt wie in diesem Moment.

„Stirb endlich!" Hestia reißt an meiner Kleidung und drückt mich mit aller Kraft unter Wasser.

Luftblasen steigen aus meinem Mund empor, als ich vor Schreck lautlos schreie und das Wasser mich verschluckt. Unter mir sehe ich einen Kraken, der sich einen erbitterten Kampf mit Niara liefert, während er eine Elementarin in einem anderen Tentakel unter Wasser hält. Ich versuche Hestia zu kratzen, doch meine Hände rutschen im Wasser immer wieder ab. Ich bäume mich auf und kämpfe wie verrückt. Immer wieder drückt Hestia mich mit roher Gewalt nach unten und ich versuche verzweifelt, mich zu befreien. Meine Luft wird merklich knapper. Mein Brustkorb fühlt sich an, als würde er gleich explodieren. Im Gegensatz zu richtigen Aquas kann ich unter Wasser leider nicht atmen. Vergeblich versuche ich, meine Angst in den Griff zu bekommen und irgendwie an die Oberfläche zu gelangen. Doch Hestia ist im

Vorteil. Ihre Hände sind in meinen Haaren verkeilt und sie drückt mich mit all ihrer Energie nach unten. Es fühlt sich an, als würde sie mich skalpieren, während sie an mir reißt und zerrt.

Meine Lunge droht zu zerbersten. Ich greife nach Hestias Knöchel und lasse, als ich ihn zu fassen bekomme, mein Eis frei. Wie ein letzter Hilfeschrei schießt es aus mir heraus. Etwas, dass ich so noch nie getan habe: Meine Gabe nutzen, um jemandem körperlich zu schaden. Meine Macht bäumt sich auf, alle Reserven schöpfe ich, so gut es geht, aus und ich spüre die Welle der Energie.

Es fängt mit kleinen Eiskristallen an, die um uns herumwirbeln, ehe das Eis sich an Hestia regelrecht festsaugt.

Eine dicke, schwere Schicht legt sich um sie und beginnt nun, Hestia abwärts zu ziehen, in Richtung des Kraken. Das Gewicht des gefrorenen Wassers ist enorm. Um sie herum brodelt es, doch sie ist nicht in der Lage, ihr Feuer zu rufen. Wasser und Eis harmonieren hingegen wunderbar miteinander und so wird es dauern, bis sie mein Eis zum Schmelzen bringen wird. Endlich hat sie meine Haare losgelassen und ich bin frei.

Während sie blindlings strampelnd unter Wasser gezogen wird, treffen sich unsere Blicke einen Moment lang, bevor ich durch die Wasseroberfläche schieße und gierig Luft in meine Lunge ziehe. Nie hat sie süßer geschmeckt als in diesem Augenblick.

Doch ich habe keine Zeit zum Verschnaufen. Ich muss hier weg – so schnell ich kann. Hestia ist niemand, der aufgibt und ich bezweifle, dass meine Attacke sie töten wird. Dazu gibt es auch noch die anderen Gefahren, die dafür sorgen, dass ich mit aller Mühe wieder eine kleine Eisscholle herstelle.

Meine Hände zittern vor Erschöpfung und mein Atem kommt in kurzen, hastigen Stößen. Als das Eis eine gute Dicke erreicht hat, durchfährt mich pure Erleichterung. Ich bewege mich gefährlich an den Grenzen meiner Macht. Ich muss aufpassen, sie nicht zu überschreiten. Denn dann würde es kein Zurück mehr geben.

Ich ziehe mich hoch auf das kleine Stück Eis. Mein Körper schreit danach, sich endlich auszuruhen, doch ich muss mich in Sicherheit bringen. Fort von den Todesschreien und Hestia, dem Kraken und diesen tödlichen Apis. Wie ein Mantra wiederhole ich es immer wieder in meinem Kopf. Ich funktioniere nur noch. Die Kämpfe und Schreie ziehen automatisch weitere Monster an. Sie riechen das Blut und wittern Beute. Links am Ufer entdecke ich einige Ocolos, die mit ihren schilfbedeckten Rücken ins Wasser abtauchen. Eine gefährlich perfekte Tarnung für ahnungslose Opfer. Riesenhafte Amphibienwesen, Fröschen nicht unähnlich, aber ebenso Fleischfresser wie die Morenas. Das Sekret, welches sie einem entgegen spucken, frisst sich wie Säure durch die Haut und lässt einen erblinden. Dieser See scheint die Heimat des Schreckens zu sein. Ich fühle mich wie in einem Albtraum gefangen. Wird es überhaupt jemand schaffen zurückzukehren oder veranstalten sie gleich einen neuen Wettkampf? Ist dieser See, dieser Weg unser aller Grab? Oder ist es das, was Josias eigentlich von Anfang an geplant hat: Dreißig tote Teilnehmerinnen zu seiner ganz persönlichen Erheiterung?

Ayden, denke ich verzweifelt. *Wie soll ich es zu dir zurückschaffen? Wie? Bin ich wirklich stark genug für das hier? Ich wünschte, du wärst hier. Ich brauche dich, so sehr.*

Heiße Tränen rinnen meine Wangen hinab und ich blinzle sie wütend fort. Versuche, meine Gefühle unter Kontrolle zu bringen. Ayden ist nicht hier und niemand kann mir helfen, nur ich selbst.

Die letzten Prüfungen waren nichts gegen das, was ich hier erlebe. Niemand hätte mich auch nur im Ansatz auf dieses Gemetzel vorbereiten können. Es ist eine neue Stufe der Grausamkeit. Wer auch immer am Ende siegreich sein sollte, wird über Leichen gegangen sein. Würde es Ayden und meine Familie nicht geben, die auf mich zählen, hätte ich in diesem Moment vielleicht einfach aufgegeben. Doch sie verlassen sich auf mich. Unter Aufbringung all meiner Kräfte schaffe ich es, mich zu erheben. Ich will Ayden die Gefährtin sein, die er verdient. Stark. Unbezwingbar. Tapfer. Meine Beine zittern wie Espenlaub und das Eis unter mir ist beängstigend dünn. Es knirscht und knackt unter meinem Gewicht, doch es muss mich halten. Nein, es wird mich halten. Schwimmen würde ich in diesem Augenblick nicht mehr schaffen. Das Eis ist meine einzige Hoffnung. Mir ist bewusst, dass ich nicht mehr lange durchhalten werde. Ich brauche dringend eine Pause und muss so schnell wie möglich das rettende Ufer erreichen.

Die Tränen laufen unaufhörlich, als ich zittrig einen Schritt vor den anderen setze und all meine Kraft mobilisiere, um den Weg über das Wasser zu schaffen. Eine Eisscholle nach der anderen. Ich achte nur auf meine Füße.

Eisklumpen für Eisklumpen. Es fühlt sich quälend langsam an. Ich kann nur auf ein gutes Ende hoffen und darauf, dass meine Willenskraft mich retten wird. Denn wenn ich eins bin, dann dickköpfig. Trotzig erschaffe ich den nächsten Eisblock. Nimm das, Josias, du Dreckskerl. Ich werde dir höchstpersönlich den Arsch aufreißen, wenn das alles vorbei ist.

Im nächsten Augenblick entdecke ich Flora. Die Terra, die mir im Kolosseum das Leben gerettet hat. Weil sie sich für mich und gegen die andere Terra entschieden hat. Sie ist aus meiner alten Welt. Wie ich ist sie ein Opfer dieses Wettkampfes. Ich fühle mich ihr alleine dadurch verbunden, dass wir beide gekidnappt und nach Atlantika verschleppt wurden. Das verbindet uns miteinander.

Ich höre in meinem Kopf seine Stimme schreien, dass dies eine ganz dumme Idee ist, die mir gerade in den Kopf schießt. Dass ich zusehen soll, endlich das Ufer zu erreichen, aber ich kann nicht. Was wäre ich für ein Wesen, wenn ich Anstand und Anteilnahme völlig aufgeben würde?

Während Hestia und die anderen mir feindselig gesonnen sind, war Flora das genaue Gegenteil. Jedenfalls bis jetzt. Sie ist wie ich. Ein Opfer der Umstände. Sie hätte mich damals nicht verschonen müssen. Es wäre ihr ein leichtes gewesen, mich mit auszuschalten – uns beide loszuwerden. Aber sie hat es nicht getan und das habe ich nicht vergessen. Und dieses Bewusstsein hilft mir dabei, eine Entscheidung zu treffen, die ebenso gut meinen Tod bedeuten könnte. Wir werden sehen. Wenn ich sterbe, dann würdevoll und mit reinem Gewissen. Ich bin kein Feigling und kein Monster wie Hestia, auch wenn diese Welt mich dazu machen will.

Einen letzten sehnsuchtsvollen Blick Richtung Land werfend, ändere ich mühsam und voller Qualen meine Richtung. Ayden würde über meine Torheit den Kopf schütteln, doch er ist nicht hier. Also handle ich nach meinem Gewissen. Meine Beine krampfen immer wieder. Mein Körper ist ganz klar der gleichen Meinung wie der imaginäre Ayden in meinem Kopf: *Weichherzige Idiotin.* Ich schaffe das. *Sei still,* halte ich dagegen und sollte vielleicht beunruhigt über die Selbstgespräche sein, die ich in diesem Moment führe. Diese paar Schritte mehr machen keinen Unterschied, ermutige ich mich selbst, wohlwissend, dass es eine dicke fette Lüge ist. Jeder weitere Schritt könnte mein letzter sein.

„Flora, hier, komm zu mir", schreie ich, so laut ich kann und ihre braunen Augen suchen mich im aufgewühlten Wasser. Als sie mich entdeckt, schaut sie skeptisch zu mir herüber.

Ich winke ihr zu, versuche ihr zu verstehen zu geben, dass sie zu mir kommen muss und die Terra runzelt die Stirn. Sie zögert. Vermutlich ist sie schlauer als ich. Natürlich bin ich eine potenzielle Gefahr für sie. Ich warte ab. Es liegt an ihr, denn ich biete ihr einen Ausweg aus diesem Chaos. Lange werde ich nicht mehr warten können. Unsere Zeit rinnt uns durch die Finger. Sie schaut zurück, wo in diesem Moment der Krakenkopf aus dem Wasser bricht. Seine Fangarme reichen mehr als vier Meter weit und ich sehe Saugnäpfe, größer als mein Kopf, die in diesem Moment eine Anwärterin durch die Luft werfen. Sie wird gegen die Bäume am Uferrand geschleudert und bleibt leblos liegen. Sofort bewegen sich schattenhafte Schämen im Dschungel hinter ihr, die Beute wittern. In diesem Gemetzel fallen wir wie die Fliegen.

Kraken sind dazu überaus intelligent. Er wird uns seinerseits bereits genau analysieren und sich eine nach der anderen holen, wenn wir nicht schnell sind. Anscheinend entscheidet Flora sich für das kleinere Übel – mich.

Im nächsten Moment schwimmt sie in meine Richtung. Ich bin wohl nicht so furchteinflößend wie der Kraken.

Als sie bei mir ankommt, reiche ich ihr meine Hand.

„Quid pro quo, du hast mich gerettet, nun rette ich dich", teile ich ihr mit und sie wirkt nicht überzeugt.

„Warum tust du das? Du könntest mich hier sterben lassen. Es würde deine Chancen erhöhen."

„So will ich nicht gewinnen. Eigentlich möchte ich gar nicht gewinnen, nur überleben."

Gebe ich zu viel preis? Ich möchte Flora vertrauen. Eine Verbündete in ihr finden, egal was Ayden sagt. Ich sehne mich geradezu verzweifelt danach, in diesem Moment.

Ich brauche das, um mir einen Teil Menschlichkeit in dieser Welt zu bewahren. Auch wenn ich kein Mensch bin, wie Ayden immer betont.

„Tja, wer will das schon", grummelt sie und greift endlich nach meiner Hand. Sie spürt mein Zittern sofort. Beunruhigt schaut sie auf die poröse Eisscholle unter unseren Füßen.

„Bist du sicher, dass du es schaffst?"

„Nein. Aber ich werde es herausfinden. Bleib dicht hinter mir, dass Eis wird schnell brechen, sobald ich es verlasse."

„Alles klar."

„Und eins noch." Ich schaue ihr in die Augen.

„Ich wäre dankbar, wenn du mich nicht von hinten erstichst."

„Erst wenn wir am Ufer sind." Wir lächeln uns an und setzen unseren Weg gemeinsam fort. Zwei vorübergehende Verbündete.

Der Lärm wird leiser. Wir entfernen uns von den anderen.

Ich gehe bis an meine Schmerzgrenze und doch halte ich durch. Die Kampfgeräusche werden nebensächlich. Niemand folgt uns.

Es fühlt sich an wie eine Ewigkeit. Mein Körper krampft immer wieder und als wir das Ufer erreichen, breche ich sofort zusammen. Meine Beine versagen, knicken unter mir ein. Ich sollte mich vor Sorgen quälen, dass ich gerade ein leichtes Ziel abgebe, doch auch dazu bin ich zu erschöpft. Meine Brust hebt und senkt sich viel zu schnell, mein Herz rast in wildem Galopp. Ich fühle mich so elend wie nie zuvor. Meine Elementarenergie ist völlig aufgebraucht. Ich darf sie nicht mehr nutzen oder ich verliere mich in ihr und werde selbst zu einem Monster. Selbst wenn ich es wollte, könnte ich mich gerade nicht schützen. Aber ich habe es geschafft. Ein Funke Stolz wallt in mir auf. Ich habe dieses furchtbare Wasser besiegt.

Ich erwarte, dass Flora mich zurücklässt, doch sie tut nichts dergleichen. Sie mustert mich eindringlich und führt wohl gerade ihre ganz eigenen Kämpfe mit sich selbst. Schließlich seufzt sie so schwer, als würde die Last der ganzen Welt auf ihren Schultern ruhen.

„Nun beiß die Zähne zusammen, wir müssen hier weg", faucht sie mich ungeduldig an.

„Ich kann nicht", jammere ich und verabscheue mich selbst dafür, wie erbärmlich ich klinge. Aber es ist die Wahrheit. Ich bin am Ende. Fix und fertig.

Selbst wenn ich wollen würde, ich könnte nicht aufstehen. Aber es interessiert sie nicht sonderlich, dass ich keuchend und gebrechlich am Boden liege. Verächtlich schüttelt sie den Kopf.

„Ich sollte dich liegen lassen, aber nein, ich bin genauso ein Dummkopf wie du. Eine Idiotin. Statt dich hier liegen zu lassen, muss ich mich jetzt auch noch mit dir rumschlagen", meckert sie mehr zu sich selbst als zu mir.

Energisch und beinahe grob reißt sie mich an meinen Händen in die Höhe. Ich schwanke gefährlich, denn meine Beine fühlen sich an wie Wackelpudding. Meine Muskeln protestieren, doch Flora zeigt kein Erbarmen.

„Ich kann nicht mehr, Flora. Ich bin am Ende meiner Kräfte."

„Du kannst und du wirst. Zwinge mich nicht dazu, dich zum Laufen zu bringen, Ice."

„Ayden würde dich mögen."

„Ich verabscheue ihn. Sie alle. Ich will nur zurück in meine Welt. Diesen ganzen Scheiß hinter mir lassen."

Dieses Geständnis entlockt mir ein schiefes Lächeln. In meiner Brust steigt sogar ein völlig unangebrachtes Kichern empor.

Wohl kein Mitglied in Aydens Fanclub.

„Findest du das etwa lustig? Du solltest ihn ebenso hassen wie ich."

Flora legt meinen Arm um ihre Schulter und trägt mich mehr, als dass ich laufe in den Dschungel. Ich bin überrascht, was für eine Kraft in ihr steckt, denn sie schwankt nicht einmal. Und das, obwohl ich wie ein nasser Sack an ihr hänge und mehr schlecht als recht mitlaufe. Doch sie lässt mich nicht zurück.

Siehst du, raune ich dem imaginären Ayden in meinem Kopf zu, doch er schnaubt nur entrüstet.

„Er ist gar nicht so verkehrt", nuschle ich müde.

„Hast du dir den Kopf angeschlagen? Er ist ein Monster. Er hat uns gegen unseren Willen hierher verschleppt."

„Er hatte keine Wahl."

Flora grummelt nur wütend und wir belassen es dabei.

An einer Felswand bleibt Flora schließlich stehen und lässt mich einfach los.

Ich falle sofort zu Boden. Ohne Widerstand, einfach so. Meine Knie landen schmerzhaft auf einem Stein, doch ich gebe keinen Ton von mir. Außer vielleicht einem glückseligen Ächzen, dass ich mich endlich ausruhen kann. Meine Lider sind unglaublich schwer und der Boden hat sich nie besser angefühlt.

Die Warnungen meiner Eltern kommen mir in den Sinn. Dass man nie so weit gehen darf, dass ich mein Element nicht mehr rufen kann, denn dann kann es passieren, dass man ausbrennt. Was dann passiert, ist schlimmer als der Tod. Man wechselt in seine Elementargestalt und wird der Schatten von einem Selbst. Ein umherwandelndes Monster, welches dem Wahnsinn verfällt, nicht mehr in der Lage, sich zurückzuverwandeln. Ich stehe kurz davor, dass genau das passiert. Vielleicht hätte es noch ein, zwei Eisschollen gebraucht und ich wäre verloren gewesen.

Ich fühle mich noch ganz klar im Kopf, was ein gutes Zeichen ist. Ächzend hieve ich mich an die Felswand und beobachte Flora.

Sie hebt ihre Hände, erschafft mit einer Handgelenkdrehung eine kleine Einbuchtung im Boden. Die Erde unter mir bebt. Steine rieseln auf meinen Kopf, als sie durch die Erschütterung den Berg hinab kullern.

„Du musst dich ausruhen, du siehst furchtbar aus. Ich werde Wache halten."

Ich befinde mich im Zwiespalt.

Vertraue ich ihr oder nicht? Ich kann Aydens Meinung dazu fast in meinem Kopf hören. Doch wenn ich ehrlich bin, habe ich keine Wahl, denn meine Beine tragen mich nicht mehr, meine Augen fallen immer wieder zu. Meine Entschlossenheit ist aufgebraucht. Ich brauche diesen Schlaf. Ich laufe nun schon seit mehr als 24 Stunden ununterbrochen durch diesen Dschungel und wenn ich weiter machen will, muss ich meine Energie aufladen.

Also nicke ich und füge mich meinem Schicksal.

Sie hilft mir in die Erdhöhle, ehe sie einen schützenden Kokon aus Pflanzen, Erde und Ästen um uns baut und uns so vor fremden Blicken schützt. Schon praktisch diese Gabe, denke ich schläfrig.

„Hier sind wir sicher, vorerst."

Die Erschöpfung sorgt dafür, dass meine verspannten Glieder langsam erschlaffen.

Ich reagiere nicht, sondern falle in einen traumlosen Schlaf.

Lautes Geschrei lässt mich einige Zeit später aus meinem Schlaf aufschrecken. Ich richte mich kerzengerade auf und ziehe meinen Dolch mit flinken Fingern aus meinem Stiefel. Ich weiß nicht, wie lange ich geschlafen habe, aber ich spüre, dass ein wenig meiner alten Kraft zurückgekehrt ist. Kurz fühle ich mich orientierungslos, ehe mir siedendheiß einfällt, wo ich mich befinde.

Eine Hand legt sich auf meinen Mund und Flora legt ihren Zeigefinger auf ihre Lippen. Mein Herz klopft vor Schreck noch immer wild in meiner Brust.

Die Geste ist eindeutig. Ich soll mich still verhalten.

Wieder höre ich qualvolle Schreie, die mir kalte Schauer über den Rücken jagen und ich schaue Flora fragend an.

Der erdige Geruch von feuchtem Laub und modriger Erde steigt mir in die Nase, als Flora ihre Hand langsam zurückzieht und sich leise neben mich hockt.

Sie hält ebenfalls eine Klinge in ihren Fingern. Ich schaue nach oben, mustere das provisorische Dach unseres Unterschlupfs. Es wirkt so, als wären es viel mehr Äste und Blätter als zuvor. Flora war nicht tatenlos, während ich geschlafen habe.

Nur dank des Vollmondes, der ein wenig Licht ins Innere unserer kleinen Behausung wirft, kann ich Flora überhaupt sehen.

Wie viel Zeit ist vergangen?

Mein Körper fühlt sich viel erholter an als vor einigen Stunden. Diese Pause war dringend nötig, auch wenn es mir nun unangenehm ist, dass ich meine Schwäche so offen gezeigt habe.

Wieder erklingt ein Schrei, gefolgt von einem wütenden Fauchen. Geräusche eines Kampfes auf Leben und Tod.

Wer auch immer sich dort befindet, scheint in Schwierigkeiten zu stecken. Gerade nachts sind viele Jäger im Gehölz unterwegs und auf der Pirsch.

Ein Funke in mir drängt danach, der Person dort draußen zur Hilfe zu eilen, doch ich bin nicht töricht. Nun, zumindest nicht immer.

Hier bin ich vorerst in Sicherheit. Zumindest glaube ich das. Flora und ich scheinen für den Augenblick Verbündete, vielleicht sogar Weggefährten zu sein. Dagegen habe ich nichts einzuwenden - ganz im Gegenteil. Es kann sehr nützlich sein, jemanden an seiner Seite zu haben, der einem den Rücken stärkt. Hoffe ich jedenfalls.

Zu zweit können wir uns besser gegen Hestia behaupten. Auch wenn ich mir ausmale, dass sie von dem Kraken in die Tiefe gezogen wurde, hege ich keine große Hoffnung, dass mir dieses Glück wirklich vergönnt ist. Jemand wie sie beißt sich durch. Vermutlich wird sie uns alle überleben.

Mein Bauch meldet sich gluckernd und Flora reißt anklagend die Augen auf.

Ist schon klar, ich soll still sein. Das war auch keine Absicht, sondern eine rein körperliche Reaktion.

So leise wie möglich ziehe ich den kleinen Lederbeutel aus meiner Tasche. Das kühle, glatte Material fühlt sich vertraut an. Ich schütte einige Beeren und Nüsse in meine Handfläche. Sie sind durch das Wasser feucht und aufgeweicht, aber in der Not isst man alles, denke ich mir. Ich kann es jedenfalls kaum erwarten, sie in meinen hungrigen Magen zu bekommen.

Zaghaft biete ich Flora, die mich nachdenklich mit einem Hauch Misstrauen mustert, ebenfalls welche an.

Also stecke ich mir zuerst eine Handvoll in den Mund und kaue langsam und bedächtig, ehe ich schlucke und ihr die Zunge herausstrecke. Es schmeckt scheußlich, hilft aber gegen den nagenden Hunger in meinem Magen. Das Gluckern verschwindet augenblicklich.

Sie wirkt kurz perplex, ehe sie zaghaft lächelt, dankend nickt und mir den Beutel abnimmt.

Mein Mund fühlt sich völlig ausgedörrt an und ich bin froh, dass ich noch Wasserreserven habe. Ayden sei Dank. Ich muss die Flasche dringend wieder auffüllen. Es sah anfangs nicht nach viel aus, aber diese wenigen Gaben helfen mir nun sehr.

Ich könnte vor Glück weinen, als das kühle Nass meinen Hals herunterrinnt. Flora verfolgt alles aufmerksam und ich biete ihr großzügig meine Flasche an.

Idiotin, höre ich den imaginären Ayden abermals in meinem Kopf.

Dankbar nimmt sie auch diese entgegen und so essen und trinken wir einige Minuten in stiller Eintracht, während die Schreie draußen verstummen. Wie es scheint, hat ihr zugeteilter Krieger ihr nichts mitgegeben und ich bin doppelt dankbar, Ayden zu haben. Ich vermisse ihn so unglaublich doll, dass ich beinahe körperliche Schmerzen verspüre. Ich würde mich jetzt zu gerne an ihn kuscheln und ihn dafür sorgen lassen, dass ich mich in dieser Umarmung sicher und geboren fühle. Er würde all diese Schrecken vertreiben, die mir Angst einjagen. Und ja, ich verstehe Floras Abneigung gegen ihn. Aber anders als ich kennt sie auch nicht seine Beweggründe. Sie hat nicht die Narben auf Rainns Körper gesehen, die Angst, die in Skys Augen aufblitzt, wenn wir über Josias reden und die Trauer in den Blicken meiner Freunde, wenn sie über Cilia sprechen, die sie nicht retten konnten. Ayden ist ebenso ein Verdammter und Gefangener in dieser Welt wie wir. Er ist stark, aber er muss sich diesen grausamen Regeln genauso beugen wie wir. Ich habe zu Beginn dieser Reise nicht erwartet, dass ich ihn lieben könnte. Dass Hass und Liebe so nah beieinander existieren können. Und doch wurde ich eines Besseren belehrt. Ich liebe Ayden mit jeder Faser meines Körpers. Ich habe ihm einen Teil meiner Seele geschenkt. Ihn Anspruch auf mich erheben lassen und nichts und niemand wird dies je rückgängig machen können. Wir sind für immer miteinander verbunden und alleine der Gedanke an ihn und seine tiefe Liebe zu mir sorgt dafür, dass in mir Mut wächst. Mut und Hoffnung sind zwei Gefühle, an denen ich mich festhalten muss. In jedem einzelnen Moment ohne ihn, besonders jetzt, fühle ich eine Leere, die nur seine Nähe füllen kann – eine Sehnsucht so tief, dass mein Herz schmerzt und mir wieder vor Augen führt, wie sehr ich ihn liebe und vermisse.

Aus dem Dschungel dringen die Geräusche der Nacht. Tiere, die durchs Unterholz ziehen, Grillen, die zirpen und zwischendurch Laute von Tieren, die ihrem Jäger erlegen sind.

Wie viele von uns sind wohl schon umgekommen in dieser Nacht? Wie viele sind noch übrig?

„Du solltest ebenfalls etwas schlafen", flüstere ich und Flora schüttelt verhärmt den Kopf. So weit geht ihr Vertrauen in mich dann doch nicht.

Ich rolle mit den Augen.

„Hätte ich dich töten wollen, hätte ich dich wohl kaum im Wasser gerettet, sondern einfach ersaufen lassen", lasse ich sie wissen. Ihre Augen verengen sich leicht.

„Ich bin eine hervorragende Schwimmerin. Ich hätte es auch ohne deine Hilfe geschafft. Du hingegen wärst dort am Ufer vermutlich vom nächstbesten Ocolos verspeist worden."

„Vielleicht wärst du auch untergangen wie ein Stein, Terra. Die Treiben normalerweise nicht an der Oberfläche."

Verblüfft verstummt sie kurz, ehe sich ein gurgelndes Lachen aus ihrer Kehle löst.

Ich stimme mit ein und trotz dieser Scheißprüfung habe ich plötzlich ein gutes Gefühl.

Unter anderen Umständen hätte Flora meine Freundin werden können. In einer anderen Welt, zu einer anderen Zeit, in einem anderen Leben.

Wir einigen uns darauf, uns beide etwas auszuruhen. Flora hat uns mit ihrer Gabe ein kleines perfektes Versteck geschaffen, in dem wir im Augenblick sicher sind. So sicher, wie man in dieser Welt eben sein kann. Bevor ich wegdämmere, habe ich Aydens Worte im Ohr, dass ich niemandem trauen soll. Vielleicht hat er nicht unrecht. Auch wenn ich Flora nicht so einschätze, möchte ich auch mein Versprechen an Ayden halten, auf mich achtzugeben.

Also überziehe ich meinen Körper mit einer dünnen, kaum sichtbaren Eisschicht. Ein kleiner minimaler Schutzschild, der jedenfalls einen ersten Schlag abfedern würde, wenn ich im Schlaf überrascht werden sollte.

Er würde mich nicht retten, aber mir eine Chance zur Reaktion verschaffen. Ich rufe mir Aydens Gesicht vor Augen, sein Lächeln. In meiner Vorstellung nickt er mir zufrieden zu. Er fehlt mir unglaublich. Mein letzter Gedanke gilt ihm, bevor ich in einen unruhigen Schlaf gleite.

Ayden

Beunruhigt wird mein Blick beinahe magisch vom Montes Glaciei, dem schneebedeckten Berg in weiter Ferne, angezogen. Seine kalte Präsenz erinnert mich qualvoll daran, dass Neve da draußen ist. Einen Tagesmarsch hinter dem Bergpass habe ich sie zurückgelassen - meine Gefährtin. Einen Teil meiner Seele, den ich um alles in der Welt schützen will und es dennoch nicht vermag. Nichts ist mir je schwerer gefallen, als sie dort in das weiche Gras zu legen und doch haben wir beide keine Wahl. Wir müssen diese Scharade aufrechterhalten, sind Spielfiguren, bis wir eine Lösung gefunden haben. Das Ganze ist nun zwei Tage her und es gibt keinerlei Zeichen von einer der Anwärterinnen. Eine tiefe Leere füllt mein Herz. Eine drohende Dunkelheit. Ein Teil von mir fehlt. Wir sind nicht länger zwei einzelne Individuen. Nein. Wir haben unsere Elemente verbunden, sind in die Seele des Anderen eingetaucht und haben uns unwiderruflich aneinandergebunden. Ohne den anderen fühlt es sich an, als würde ein Stück der Seele fehlen. Ich fühle mich innerlich unruhig und angespannt. Geht es ihr gut? Auch der animalische Wunsch, sie vor all dem zu schützen und das Wissen, es nicht zu können, rauben mir fast den Verstand. Neve ist so unglaublich tapfer und mutig. Ohne Wehklagen steht sie diesen schrecklichen Wettkampf durch. Es erfüllt mich mit Stolz, dass sie mich gewählt hat – dass wir zusammengehören wie die zwei Seiten einer Münze. Mein Blick liegt noch immer auf dem Berg. Wie weit ist sie noch von dem Bergpass entfernt? Oder hat sie eine andere Route eingeschlagen? Ich hoffe nicht, da Schnee und Eis ihre treuen Wegbegleiter sind und die Anderen diesen Weg, den sie problemlos beschreiten könnte, meiden werden. Am liebsten hätte ich ihr eine Karte hinterlassen, aber das wäre zu riskant gewesen. Allein der Beutel wurde gerade so gebilligt. Dabei war es viel zu wenig und doch alles, was ich für sie tun konnte. Die Rune, die verhindert, dass ich ihr helfe und mehr verrate, brennt heiß auf meinem Rücken. Es ist ein anderes Brennen als mein Feuer. Es ist ein Werk der Saceridis – der Priesterinnen. Ein sorgenvolles Seufzen entfleucht meinen Lippen, ehe ich es stoppen kann. Sie wird es schaffen, beschwichtige ich meine Sorgen immer wieder. Alles andere steht außer Frage. Neve hat einen starken Willen. Ich habe versucht, ihr den Anfang so einfach wie möglich zu gestalten. Essen, trinken, Medizin und etwas gegen das Gift, welches ich ihr ins Essen mischen musste. Ich habe gegen die magische Rune angekämpft, wollte es ihr sagen, doch gegen diese Magie bin selbst ich machtlos. Ich habe mich wie ein beschissener Verräter gefühlt, als ich ihr den Teller servierte. Ich habe jeden Bissen genau verfolgt, wie sie lachend die Gabel an den Mund führte, ohne zu ahnen, dass ich sie gerade hintergehe. Ihre Augen haben geleuchtet, als sie mit mir sprach, während ich immer nur auf das Essen starren konnte, welches mit Gift bestückt war.

Schuldgefühle nagen an mir, auch wenn mein Verstand weiß, dass ich es tun musste. Ich liebe Neve – mehr als mein eigenes Leben und doch habe ich sie verraten. Wenn ihr etwas zustößt, werde ich mir das niemals verzeihen. Jeder Atemzug ohne sie fühlt sich an wie eine Qual und das Wissen, dass ich der Grund für ihr Leid bin, zerreißt mich innerlich. Wenn ich einen anderen Weg als diesen sehen würde, würde ich ihn ohne zu zögern beschreiten. Doch noch gibt es keinen. Noch glaubt die Welt, dass Neve ungebunden an den Wettkämpfen um die Hand eines anderen kämpft – um die unseres Herrschers Josias. Dass er Anspruch auf sie erheben wird, obwohl ich dies schon längst getan habe. Neve gehört mir, ebenso wie ich ihr gehöre.

Der Gedanke, sie zu verlieren, ist unerträglich und so erlaube ich mir diesen nicht. Neve wird ihre Intelligenz und ihren Verstand nutzen und zu mir zurückkehren. Sie wird durchhalten. Nein, sie muss. Ich habe sie gerade erst gefunden und bin nicht bereit, sie wieder zu verlieren. Uns gehört die Zukunft. Wir werden all das hinter uns bringen und zusammen ein Leben aufbauen. Eine Familie gründen, irgendwann. Und ich werde sie lieben, bis an mein Lebensende. Das habe ich verdient. Das hat sie verdient. All das, all die Jahrhunderte, in denen ich diesem Königreich gedient habe, sind meine Prüfung gewesen, um mich ihrer würdig zu erweisen. Und – die Götter sind meine Zeugen – ich würde alles dafür tun, dass diese Vision einer Zukunft eintritt, denn diese Elementarin bedeutet mir mehr als die verfluchte Welt. Wenn es sein muss, würde ich sie eigenhändig niederbrennen, um Neve zu retten.

Man erwartet die ersten Anwärterinnen frühestens in zwei Sonnenumläufen zurück. Wenn sie schnell vorankommen. Niemand kann im Vorfeld sagen, auf wen oder was sie im Dschungel stoßen werden. Vermutlich wird es länger dauern. Es lauern einfach zu viele Gefahren dort draußen. Ich lege meine Hand auf meinen Magen, der nervös grummelt. So viele Ungeheuer, die nur darauf warten, sich das zu holen, was ich begehre. Sobald die ersten Zehn zurück sind, wird das Schicksal der Anderen egal sein. Wenn der Dschungel sie nicht tötet, wird es Josias erledigen. Es wäre überhaupt ein Wunder, wenn zehn zurückkehren.

Niemand von uns darf bis dahin die Kuppel verlassen, um zu verhindern, dass man ihnen zu Hilfe kommt. Sie ist magisch versiegelt. Es gibt aktuell nur einen Ausgang und zwar zu den Häfen und dieser wird strengstens bewacht.

Ich seufze schicksalsergeben, was Aros und Bluette veranlasst, sich zu mir umzudrehen. Ihre Blicke sind teils besorgt, teils fragend. Doch ich werde ihnen mit Sicherheit nicht meinen Kummer klagen. Dabei würden gerade sie ihn verstehen, da sie, ebenso wie Neve und ich, miteinander verbunden sind. Nach all den Jahrhunderten verstehe ich ihre innige Verbindung nun besser denn je. Es zu spüren ist anders, als es zu sehen.

Sky, die hinter mir läuft, ächzt hingegen in meinem Rücken. „Einfach nicht beachten. Er trägt aktuell den Weltschmerz mit sich herum und vergisst dabei, dass wir gerade möglichst still sein sollten."

„Halt deine Klappe", brumme ich missmutig, was Sky ignoriert. Und wenn ich ehrlich bin, hat sie recht. Wir haben eine Mission und ich bin nicht hundertprozentig bei der Sache, was nicht nur für mich, sondern für alle fatal enden kann. Es sieht mir nicht ähnlich. So etwas ist mir noch nie passiert. Ich war immer der fokussierte Part bei all unseren Missionen. Mich brachte nichts und niemand aus der Ruhe – bis jetzt.

„Sei nicht so hart zu ihm, Sky. Wir machen uns alle Sorgen um Neve. Ich verabscheue Josias. Für ihn ist ein Leben nichts wert", tadelt Bluette unsere Freundin sanft und wirft mir ein aufmunterndes Lächeln zu. Sie ist immer verständnisvoll und freundlich. Bluette ist der gutmütige Teil unserer Gruppe, im Gegensatz zu Sky, die immer direkt, grob und ungefiltert sagt, was sie denkt und deren Wildheit sie oft in Schwierigkeiten bringt.

„Ich mache mir keine Sorgen", erwidere ich hochmütig, doch sie kennen mich besser. Sie durchschauen diese dreiste Lüge sofort. Aber ich bin nicht der Typ Mann, der gerne über seine Gefühle redet. Ich leide still in mich hinein. Bluette lächelt nachsichtig und dieses Belächeln bringt mich innerlich auf die Palme. Ich hasse Mitleid. Es sorgt dafür, dass ich mich unwohl fühle. Warum kümmern sie sich nicht um ihren eigenen Mist?

„Wenn es Neve gelingt, endlich mal ihre Gesundheit an erste Stelle zu setzen und Moral und Gewissen abzuschalten, dann könnte sie es schaffen …", murmelt Sky und ich möchte ihr manchmal eine Ohrfeige verpassen, wenn ich sie reden höre. „*Ich werde niemanden töten*", äfft Sky meine Gefährtin nach und ich seufze abermals unbewusst. Es macht mich sauer, dass sie so über Neve redet, aber ich verstehe, was sie meint. Neve ist … sanft und gutherzig. Sie ist einfach gut. Von Grund auf eine reine Seele, ohne die schwarzen Flecken, die wir anderen mit uns herumtragen. Anders als wir, ist sie nicht so abgebrüht und gewissenlos. Sie ist fast menschlich in ihren Handlungen, was ganz klar ein Fehler ihrer Eltern ist und mir manchmal Sorgen bereitet. Wir sind keine Menschen. Ihre Ansichten unterscheiden sich stark von unseren. Ihr ganzes Weltbild ist unserem fern. Dies ist nicht die Erde und Neve ist hier nicht aufgewachsen. Daher weiß sie nicht, was es bedeutet, an diesem Ort zu leben oder um sein Dasein zu kämpfen. Aber sie wird es lernen müssen, wie wir alle. Und gerade dieser Wesenszug, dieses barmherzige und freundliche, zeigt mir deutlich, dass sie viel zu gut für mich ist. Für uns alle. Diese Welt wird sie ebenso verschlingen wie uns, aber nicht, wenn ich es verhindern kann.

Ich habe sie nicht verdient. Niemand hat das. Aber ich bin in dieser Geschichte nicht der Held und habe es nie behauptet. Was Neve angeht, bin ich selbstsüchtig und werde einen Teufel tun, sie abzuweisen, wenn sie mich wählt. Und aus irgendeinem Grund hat sie genau das getan. Sie hat mich gewählt. Obwohl ich derjenige war, der ihr das alles eingebrockt und sie entführt hat. Großherzig hat sie es geschafft, mir zu verzeihen, hat Verständnis für meine Motive gezeigt, was ich schier unglaublich finde. Sie hätte mich zum Teufel jagen müssen, aber das hat sie nicht. Stattdessen schenkte sie mir ihr Herz und ich werde es hüten wie einen Schatz.

Denn ich liebe diese Frau mit jeder Faser meiner Seele. Ich werde alles dafür tun, sie zu schützen. Und wenn ich dafür diese ganze verdammte Welt in Flammen setzen oder mich selbst zerstören muss, dann sei es so. Wie gesagt, ich bin kein Held, das weiß ich besser als jeder andere. Meine Hände sind blutbefleckt. Unser aller Hände. Aber für Neve würde ich alles tun. Sie hat mir etwas geschenkt, was ich bereits verloren glaubte – Hoffnung. Für sie würde ich jede Schlacht schlagen, jede Hürde nehmen und jeden und alles opfern, mich eingeschlossen, wenn es ihr Leben schützen würde.

Verflucht. Diese Gefühle sind furchteinflößender als jeder Gegner oder jedes Ungetüm, dem ich bisher gegenüberstand. Dagegen ist Josias ein Witz.

Aber es macht mich auch angreifbar. Denn Neve ist zu etwas geworden, worauf viele gewartet haben – ein Schwachpunkt. Mein einziger Schwachpunkt. Sobald dieser ans Licht kommt, wird es genügend Elementare geben, die mir über Neve versuchen werden zu schaden.

„Leise jetzt", faucht Aros, der die Geduld mit uns verliert. Er gibt uns ein Zeichen, dass wir anhalten sollen.

Wenn wir jetzt erwischt werden, war's das. Abseits vom Schloss, umgeben vom Dschungel und unglaublich gut versteckt in der Nähe vom Tempel der Saceridis, haben wir einen heimlichen Unterschlupf von Josias ausgemacht. Wir haben ihn abwechselnd beschattet, so unauffällig wie möglich Fragen gestellt und waren schließlich erfolgreich. Kelvin hat diesen Ort gefunden. Nach der letzten Prüfung ist Josias nachts hierher geschlichen, im Schutz der Dunkelheit und stundenlang nicht wieder hinausgekommen. Was genau ist dies für ein Ort und was hat er dort getrieben? Ist Gaia dort gefangen? Ein winziger Funke Hoffnung keimt in mir auf, doch ich mache mir nichts vor. Das wäre zu leicht.

Was hat er zu verbergen?

Bluette hat von einigen anderen Zofen erfahren, dass er heute den ganzen Tag irgendwelche Zeremonien im Tempel begleiten wird. Das ist unsere Chance, uns dieses Haus einmal gründlich anzusehen. Es hat uns viel Vorbereitung gekostet, denn diese Chance ist vielleicht einmalig.

Adan und Kelvin sind als Wachposten eingeteilt. Ein geschickter Schachzug, das Einfordern von einigen Gefallen und ein kleiner Tropfen Gift im Essen der eigentlichen Wächter. Nichts, was sie tötet, aber sie werden heute sehr lange nicht von der Latrine kommen und die beiden können von ihrem Posten aus Josias im Auge behalten. Rainn dient als weitere Absicherung. Wenn Adan und Kelvin ihm ein Zeichen geben, wird er herkommen, um uns zu warnen, dass wir verschwinden müssen. Jeder von uns hat seine Aufgabe und wir verlassen uns aufeinander. Diesen Elementaren vertraue ich bedenkenlos mein Leben an.

Über uns kreischt ein großer Raubvogel, sein Ruf durchdringt die düstere Nachtluft, ehe er in die Tiefe stürzt. Das darauffolgende, qualvolle Quieken seiner Beute hallt durch die Finsternis und bestätigt, dass der tödliche Jäger heute Nacht erfolgreich war.

Wir schleichen leise weiter durch die Büsche, verdeckt für neugierige Augen, bis wir endlich unser Ziel erreichen.

Wir mussten uns durch den Dschungel kämpfen, denn bis auf einen kleinen Trampelpfad führt kein Weg zu diesem Ort. Unsere Fußabdrücke wären zu auffällig. Der Boden ist vom Regen der letzten Tage weich und aufgequollen. Wir würden Spuren hinterlassen. Also bleibt uns nur der mühsame Weg durch das Dickicht. Wortlos teilen wir uns auf, um die Umgebung zu sichern. Ein kleiner Ast bricht unter meinen Füßen und abgesehen von den Geräuschen des Dschungels ist es das Einzige, was an meine Ohren dringt.

Aufmerksam mustere ich die Umgebung und das leicht verwitterte Haus. Der Wind raschelt im

Blattwerk um mich herum. Reglos und unscheinbar liegt das kleine Gebäude vor mir, als sei es in Vergessenheit geraten. Doch der Schein trügt. Es soll uns genau das glauben machen, da bin ich mir sicher.

Aros stößt ein lautes gurrendes Geräusch aus, imitiert die heimischen Vögel. Ein Zeichen für mich und unsere Freunde, dass es sicher ist.

Ich überwinde die letzten Meter zur Hintertür, wo die anderen bereits auf mich warten. Geschickt öffnet Sky diese, ohne Spuren zu hinterlassen. Niemand darf erfahren, dass wir hier waren und niemand ist so gut darin wie die Aeria. Ein stolzes Funkeln tritt in ihre Augen, als wir das leise Klicken vernehmen und die Tür einen Spalt aufschwingt. Dunkelheit erwartet uns, es ist kein Licht zu entdecken. Meine Nerven sind angespannt. Was werden wir hier finden?

Wir schlüpfen ins Innere, wo uns durch die kleine tanzende Flamme auf Aros Handfläche dämmriges Licht empfängt. Ich blinzle einige Male, damit meine Augen sich an die schummrigen Lichtverhältnisse gewöhnen können und sehe mich um.

Alles in diesem Haus wirkt alt und verschlissen. Die faserigen Vorhänge an den Fenstern, die in die Jahre gekommenen Regale voller Bücher und das ungemachte Bett in der Ecke. Staubpartikel flirren durch die abgestandene Luft, sichtbar im schwachen Licht, das Aros Flammen verursachen.

Wortlos teilen wir uns auf und beginnen, das Haus vorsichtig zu durchsuchen. Es ist wichtig, dass alles so bleibt, wie es ist. Wenn es wirklich verlassen wäre, würden uns hier viel mehr Staub und Spinnenweben erwarten, doch das Gegenteil ist der Fall. So alt und morsch, wie es von draußen wirkt, so sauber ist es von innen. Man merkt, dass regelmäßig jemand zu Gast ist. Denn genau eben genanntes fehlt – Dreck, Bodensatz und Spinnenweben.

Stück für Stück arbeiten wir uns vor, keiner von uns spricht ein Wort. Wonach wir suchen, wissen wir selbst nicht genau. Ein Hinweis, ein Zeichen von Gaia. Einen Ausweg aus diesem Übel namens Josias. Ein Gefühl der Frustration wallt in mir auf. Hier muss es etwas geben. Ich spüre es einfach. Uns rinnt die Zeit durch die Finger – Neves Zeit. Meine Zähne knirschen, so fest presse ich die Kiefer zusammen. Eine kleine Spur, ein winziger Hinweis, dem wir folgen können. Mehr verlange ich doch nicht.

Ich bleibe vor einem steinernen Tisch stehen, auf dem etliche Kerzenstummel und Wachs davon zeugen, dass Josias hier irgendetwas gebraut hat. Der Boden ist übersät von Kratzspuren, tiefen Kerben und Wachsflecken. Was genau treibst du hier, verborgen vor allen Augen?

Etliche Ampullen, Flakons und Flaschen mit trüben Substanzen stehen in den Regalen dahinter und ich vermag nicht einmal ansatzweise zu bestimmen, was sie beinhalten.

Wenn ich raten müsste, würde ich auf Gifte tippen. Ich glaube nicht, dass jemand wie er sich damit die Zeit vertreibt, Medizin herzustellen. Josias ist ein Narzisst. Er sieht nur sich selbst. Ich laufe an einem Glas vorbei, in dem ein kleines Wesen eingelegt wurde. Es liegt ruhig im gelblichen Wasser und die schwarzen, zu Klauen geformten Nägel sind bereits porös. Es schüttelt mich und schnell wende ich mich ab. Er betreibt Experimente mit Lebewesen. Die feinen Härchen auf meinen Armen stellen sich auf.

Bluette tritt in diesem Moment neben mich. Sie mustert nachdenklich die zerstoßenen Pflanzen, die sich noch im Mörser auf dem Tisch befinden und beugt sich hinab, um daran zu riechen. Aros beäugt seine Geliebte dabei aufmerksam.

„Bluette", warnt er sie leise und eindringlich, doch sie ignoriert ihn völlig.

Im nächsten Moment befeuchtet sie einen Finger mit der Zunge, tunkt ihn in die Reste hinein und steckt ihn sich zu meinem Entsetzen in den Mund. Aros zieht schockiert die Luft ein, seine Augen weiten sich fassungslos und seine Miene lässt tief blicken.

„Bluette", knurrt er energisch, aber sie winkt nur ab und runzelt nachdenklich die Stirn.

Ich greife nach ihrem Arm und schaue sie bestürzt an.

„Bist du verrückt geworden?", fluche ich, während sie, was auch immer sie eben im Mund hatte, auf ihren Ärmel spuckt.

„Ayden, ich weiß, was ich tue", flüstert sie beinahe fröhlich und Aros brummt nicht weit von uns: „Damit treibt sie mich in den Wahnsinn. Diese Frau wird mein Untergang sein."

„Halt die Klappe und lass mich meine Arbeit machen", erwidert sie liebevoll tadelnd, während ihr Ton einen charmanten Hauch von Schalk trägt. Aros sagt nichts weiter, aber seine Blicke sprechen Bände.

Seine Gefährtin schnaubt nur belustigt und wirft ihr langes schwarzes Haar zurück, welches mich beinahe im Gesicht trifft. Ich weiß genau, dass das Absicht gewesen ist. Ihre Rache für meinen Kommentar.

Bluette ist unsere Gift-Expertin. Es gibt keine Pflanze, die sie nicht bestimmen kann, kein Gift, welches sie nicht selbst brauen könnte. Wir müssen ihr vertrauen, dass sie wirklich weiß, was sie tut. Auch wenn keinem von uns gefällt, wie waghalsig sie vorgeht.

„Habt ihr etwas gefunden?"

Auch Sky gesellt sich zu uns und schaut uns über die Schulter, während Bluette nachdenklich wirkt und es scheint, als würde sie im Kopf noch rätseln, was an dem Mörser klebt. Wir alle fühlen denselben Frust in uns, waren wir uns doch so sicher, hier etwas zu finden. Mehr Zeit - vielleicht hätten wir mehr Zeit gebraucht?

Ich könnte vor Wut schreien. Hier muss es etwas geben! Ich bin mir ganz sicher. Was übersehen wir nur? Ich drehe mich abermals im Kreis. Mustere das kleine Haus, die Bücher in den Regalen, die Waschschüssel, das ungemachte Bett - alles wirkt viel zu normal, viel zu langweilig. Ich kann einfach nicht glauben, dass wir hier nichts finden. Bluette reißt mich schließlich aus meiner Grübelei.

„Das ist Nekrosakraut. Selten. Sehr selten. Er versetzt Wesen in einen todesähnlichen Schlaf."

„Und du meinst, es ist schlau, es zu probieren?", brummt Aros hinter uns und ich höre eine Mischung aus Frustration und Belustigung in seiner Stimme.

„Ich habe es gleich wieder ausgespuckt. Entspann dich, Liebling. Ich weiß, was ich tue."

„Den Eindruck habe ich nicht immer …", murrt er, missmutig und gleichzeitig belustigt, als sie sich nachsichtig lächelnd zu ihm umdreht. Ich grüble weiter.

Ist das unser Hinweis? Wozu benötigt Josias dieses Pulver?

„Nekrosakraut? Na, wenn das kein Zufall ist", bemerkt Sky und scheint ähnliche Gedanken zu haben wie ich. Das Kraut könnte unsere Spur zu Gaia sein, ein erster Hinweis darauf, wie jemand sie überwältigen konnte. Doch eine Vermutung genügt noch nicht, wir brauchen eine richtige Spur. Wie kann eine Herrscherin samt Kriegern einfach so vom Erdboden verschwinden? Wo sind sie geblieben?

Ein lautes Brüllen lässt uns zusammenzucken. Rainn hat uns fast zu Tode erschreckt. Er imitiert einen Tierruf im Wald.

Unser Zeichen, dass jemand kommt – wir müssen gehen.

Ärger wallt in mir auf. Warum ausgerechnet jetzt? Wütend drehe ich mich um und beobachte die anderen. Jeder sieht sich aufmerksam um und stellt sicher, dass wir keine Spuren hinterlassen.

Einer nach dem anderen verlässt lautlos das Haus. Aros antwortet mit der gleichen Vogelimitation wie vorhin. Unser Zeichen für Rainn, dass wir Bescheid wissen, alles nach Plan verläuft und wir kommen.

Ich trete zur Tür, verharre allerdings im Rahmen. Es ist zu wenig, was wir heute erreicht haben. Mit einem tiefen Atemzug schließe ich kurz die Augen und sehe mich ein letztes Mal im Raum um. Gerade als ich enttäuscht über die Schwelle treten will, stoppe ich abrupt. Etwas stört mich. Etwas, das mir zuvor nicht aufgefallen ist.

Penibel auf jedes Detail achtend schaue ich mich abermals um. Alles ist an seinem Platz. Niemand wird wissen, dass wir hier waren. Und doch habe ich das Gefühl, dass ich etwas übersehen habe. Ich kann es nur einfach nicht greifen. Es scheint so, als wären wir so nah dran und würden doch immer wieder daran vorbeilaufen.

Rainn stößt eine erneute Warnung aus und ich knurre unzufrieden. Ich muss noch einmal hierher zurück, koste es, was es wolle. In diesem Moment huscht mein Blick zu dem fleckigen Boden und ich bemerke, was mich zuvor unbewusst gestört hat. Adrenalin rauscht durch meine Adern. Die Kratzspuren. Sie stammen von dem Tisch. Nicht von Klauen oder Händen. Sie passen genau zu der Form der Füße. Warum sollte Josias diesen schweren Tisch immer wieder hin- und herschieben, wenn nicht, um etwas zu verstecken? Eine Bodenluke? Plötzlich bin ich mir sicher, dass wir genau das unter dem alten Teppich finden würden, auf dem der große Tisch steht. Alles in mir verlangt danach, meine Vermutung zu untermauern, zurückzugehen, um mir Bestätigung zu holen.

„Ayden!" Skys Stimme klingt eindringlich und sie hat allen Grund dazu. Draußen hören wir Stimmen. Sie greift fest und bestimmend nach meinem Arm.

So nah dran, ich kann es spüren und doch wende ich mich meiner Freundin zu. Wir schauen uns an, führen ein Blickduell. Die Luft um Sky herum knistert. Ein Zeichen, dass sie wütend wird.

„Wir kommen wieder", wispert sie und schließlich nicke ich, ziehe die Tür, so leise es geht, ins Schloss und folge den anderen. Geschickt verschließt Sky die Tür wieder mit einem Klicken und wir verschwinden im Dschungel. Als Josias sein Haus betritt, sind wir längst im Buschwerk verschwunden und die Dunkelheit hat uns verschluckt.

Ich werde dich erwischen, du Bestie, du wirst schon sehen. Ich bin dir bereits auf den Fersen, denke ich blindwütig, schmecke die Wut beinahe auf der Zunge und lasse das Haus und die Bodenluke widerwillig vorerst hinter mir.

Neve

Das sanfte Sonnenlicht, welches in unser provisorisches Nachtlager dringt, weckt mich am nächsten Morgen allmählich auf. Die Sonnenstrahlen kitzeln mein Gesicht und ziehen mich sanft aus dem Schlaf.

Es dauert einen Moment, bis ich vollständig wach bin, aber trotz des unbequemen, harten Untergrundes fühle ich mich erstaunlich ausgeruht. Diese wenigen Stunden Schlaf haben für meinen Organismus wahre Wunder bewirkt und ich merke, dass ein Großteil meiner Kraft zurückgekehrt ist. Ich war viel zu leichtsinnig gestern, zu nah dran auszubrennen. Ab jetzt kenne ich meine Grenzen besser und werde es nicht mehr so weit kommen lassen. Die Erfahrung hat mir eine wertvolle Lektion erteilt und ich werde zukünftig besser auf mich selbst achten.

Das sanfte Vogelgezwitscher dringt an mein Ohr und am Stand der Sonne wird mir bewusst, dass wir schon weit nach Mittag haben und nicht, wie zunächst angenommen, frühen Morgen.

Abrupt setze ich mich auf und verfluche mich selbst dafür, den halben Tag verschlafen zu haben. Kein Wunder, dass ich mich erholt fühle. Warum hat Flora mich nicht geweckt? Wir hätten uns längst auf den Weg machen müssen. Jetzt verlieren wir wertvolle Zeit, auch wenn ich bezweifle, dass es noch Zehn von uns gibt, die ins Ziel gelangen könnten.

Ich ziehe mein Eis, welches meinen Körper noch immer schützend bedeckt, langsam zurück und drehe mich zu der Terra um. Erst denke ich, dass eine dünne Staubschicht auf ihrem Körper liegt und sie ebenfalls noch schläft. Sie scheint genauso erschöpft gewesen zu sein wie ich. Doch dann fällt mir auf, dass ihr Brustkorb sich weder hebt noch senkt. Unsicher kneife ich die Augen zusammen, betrachte sie genauer. Mein Gehirn versucht verzweifelt, die Situation zu analysieren, während ich mich vorsichtig auf die Knie setze. Die rauen Steine bohren sich unangenehm in meine Haut, doch ich schenke ihnen keine Beachtung. Eine kalte, drückende Angst kriecht in meine Glieder und lässt meine Nackenhaare vor Entsetzen zu Berge stehen. Spielen meine Augen mir einen Streich?

„Flora?", flüstere ich argwöhnisch und kann die Angst in meiner Stimme hören. Langsam rutsche ich immer näher zu ihr herüber. Vor wenigen Stunden haben wir noch gescherzt – und jetzt bete ich innerlich, dass sie sich jeden Moment zu mir umdreht. Aber es passiert nichts dergleichen. Ich habe einen Kloß im Hals, als ich die letzten Zentimeter überwinde.

Ihr Körper ist von einer hellen, fast durchsichtigen Schicht überzogen. Mein erster Gedanke, dass es sich um Staub handelt, war falsch. Neugierig lege ich den Kopf schief, mustere den Film auf ihr. Es sieht eher aus wie … ein dünner Schleier, aus zarten Fäden. Die feinen Stränge sind komplex miteinander verwoben - ein Spinnennetz, von kleinen Insekten gewoben. Wie ein Kokon umhüllt es sie, spannt sich gleichmäßig und präzise in eleganten Kurven um ihren Körper. Ein ungutes Gefühl steigt in mir auf und ich spüre den bitteren Geschmack von Magensäure in meinem Hals.

Das leichte Sonnenlicht spiegelt sich in den Fäden und lässt sie leicht glänzen.

Ich fühle mich wie gelähmt, weil ich nicht verstehe, was ich hier sehe. Oder es nicht verstehen will. Mein Kopf versucht, einen plausiblen Grund zu finden, einen, der mir keine Albträume bescheren wird.

Mein Magen zieht sich zusammen und mein Puls beschleunigt sich vor Aufregung. Unruhig rutsche ich hin und her, während ich angespannt auf eine Reaktion warte. Jeder Nerv in meinem Körper ist angespannt und ich erwarte über kurz oder lang, dass sie plötzlich in die Höhe schießt. Doch nichts dergleichen passiert.

„Flora?", wispere ich heiser, wage es aber nicht, sie zu berühren. Meine Hand zittert vor Aufregung und ich ziehe sie hastig zurück. Stattdessen beuge ich mich noch weiter über ihr Gesicht, die Angst lässt meinen Puls rasen. Vorsichtig schiebe ich mein langes Haar zur Seite, damit es sie nicht versehentlich berührt. Ich muss aufpassen, nicht nach vorne zu kippen, denn ich kann mich nirgendwo abstützen. Allein meiner Körperspannung verdanke ich es schließlich, dass mein Gesicht über ihrem ist. Plötzlich stoße ich einen lauten Schrei aus, dessen durchdringender Ton die Vögel in der Nähe erschreckt auffliegen lässt. In diesem Moment interessiert es mich nicht, wer oder was mich hören könnte.

So schnell ich kann, springe ich auf die Beine, reiße das provisorische Dach unseres Lagers ab und taumle aus dem Erdloch. Mit wackeligen Beinen entferne ich mich einige Schritte von der Erdkuhle.

Ich ringe nach Luft und habe das Gefühl zu ersticken. Mein Herz hämmert so rasend schnell in meiner Brust, dass ich befürchte, es könnte gleich aufhören zu schlagen. Meine Hände krallen sich schützend um meinen Hals, als ob ich dadurch die Übelkeit stoppen könnte, die in mir hinaufkriecht. Mein Körper zittert unkontrolliert, während eisiger Schweiß meine klamme Haut bedeckt. Schwindel und Übelkeit legen sich über mich aus wie eine drückende, schwere Decke und ein lähmendes Gefühl der Ohnmacht setzt ein. Vor meinen Augen tanzen weiße Punkte und es fühlt sich an, als ob tausende kleine Stecknadeln in meine Haut stechen.

Meine Beine zittern so heftig, dass ich kaum einen Fuß vor den anderen setzen kann. Der Schwindel sorgt dafür, dass ich es nicht weiter als bis zum nächsten Baum schaffe, bevor die Nüsse und Beeren von gestern ihren Weg aus meinem Körper finden. Die dringend benötigte Nahrung landet zu meinen Füßen. Ich klammere mich an den Baum und übergebe mich so lange, bis ich nur noch trocken würgen kann und das Zittern allmählich nachlässt. Kalter Schweiß läuft mir über die Stirn und ich wische ihn hastig ab, während ein Gefühl der Schwäche und des Krankseins mich überwältigt. In meinem Mund brennt der Rest der Magensäure. Im nächsten Augenblick lasse ich mich kraftlos am Baum hinab gleiten und versuche das Bild, welches sich mir eben geboten hat, zu vergessen. Doch wie soll ich es schaffen? Es hat sich in meinen Kopf geradezu eingebrannt. Ich weiß, dass ich eine Panikattacke hatte. Mein Körper bebt noch immer unkontrolliert, doch ich habe das Gefühl, wieder Luft zu bekommen. Gierig ziehe ich sie in meine Lunge, versuche mich zu beruhigen, wohlwissend, dass ich in diesem schwachen Moment ein leichtes Ziel abgebe. Und doch kann ich nichts dagegen unternehmen, denn das nackte Grauen steckt mir noch immer in den

Gliedern. Die harte Rinde des Baumes drückt in meinen Rücken, die Urwaldgeräusche um mich herum nehme ich kaum wahr.

Verzweifelt ziehe ich meine Beine an den Körper und mache mich so klein wie möglich, lasse meinen Tränen und dem Entsetzen, welches mir in den Knochen steckt, freien Lauf. Meine Schluchzer hallen laut durch den Dschungel, doch ich habe gerade keine Kraft, mich damit zu beschäftigen. Zu abscheulich ist das Bild, welches ich mit Sicherheit nie wieder vergessen kann. Aufgebracht halte ich inne. Ich hätte ebenso tot sein können wie sie. Diese einfache Erkenntnis macht mich fassungslos und ich schäme mich für die Spur Erleichterung, die ich gleichzeitig verspüre. Ich lebe. Flora nicht. Zwei Tatsachen, an denen ich nichts mehr ändern kann. Ich bin ein Monster, dass ich Trost verspüre, verschont worden zu sein. Ich existiere, atme und bin froh darum, während Floras Seele bereits fort ist. Es hätte mich nur eine andere Entscheidung gekostet und ich wäre ebenfalls fort. Ich bin nur am Leben, weil ich ausnahmsweise auf Aydens Rat gehört habe. Er war es, der mich eigentlich vor dem Schicksal, welches Flora ereilt hat, beschützt hat. Ich treffe so oft leichtsinnige Entscheidungen, dass mein Überleben in diesem Moment ein reiner Glücksfall gewesen ist. Wäre ich hier gestorben, hätte Ayden überhaupt je erfahren, was passiert ist? Hätte er meine Überreste je gefunden – oder hätte er gedacht, dass ich ihn verlassen habe? Hätte er gewusst, dass ich gekämpft habe? Es wäre ein schrecklich ehrloser und vor allem unfairer Tod gewesen. Nach all den Prüfungen und dem Leid. Zu Fall gebracht von diesen winzigen heimtückischen Arachnoiden. So winzig klein und doch so tödlich.

Ich versuche, diesen Gedanken aus meinem Kopf zu verbannen und rufe mir damit zwangsläufig wieder die Bilder von Flora ins Gedächtnis. Dieser Anblick hat mir den Boden unter den Füßen weggezogen und ich habe das Gefühl, meinen Körper gerade nicht kontrollieren zu können, dabei muss ich es. Ich habe keine Zeit für diesen Zusammenbruch und doch kann ich ihn nicht verhindern.

Sie ist tot. Dessen bin ich mir absolut sicher. Ohne jeden Zweifel ist die wunderschöne Terra mit der dunkelbraunen Haut und den glänzenden schwarzen Haaren auf solch bestialische Weise gestorben, dass es mir noch immer den Atem raubt. Ich fühle mich plötzlich so unglaublich verloren und alleine. Bekümmert krümme ich mich zusammen und sehne mich qualvoll nach Ayden. Ich möchte mich in seine Arme werfen und an seiner Brust vor all dem Übel verstecken, das diese schreckliche Welt zu bieten hat. Ich sehne mich nach der Sicherheit seines Körpers, seiner beruhigenden Stimme und dem Wissen, dass er mich beschützt. Oh Ayden, ich brauche dich so sehr. Ich fühle mich nicht stark genug für all das hier. Diese Welt verschlingt mich mit Haut und Haaren - jedenfalls fühlt es sich so an. Immer wenn ich denke, schlimmer kann es nicht werden, belehrt Atlantika mich eines Besseren. Wie soll ich diese Prüfung ohne Ayden meistern? Ohne seine Stärke?

Mit Tränen in den Augen lasse ich den Kopf nach hinten fallen, bis er hart gegen den Baumstamm stößt. Mein Blick wandert zum Blätterdach über mir. Es weht leicht im Wind. Das trügerisch friedliche Rascheln der Blätter wirkt wie ein Paradies – nicht wie der Vorhof zur Hölle. Ich beobachte einen pinken Vogel mit gebogenem Schnabel dabei, wie er aus einem Astloch kleine Insekten pikt. Wo war er heute Nacht? Da hätten wir ihn brauchen können.

Die gutherzige Terra, die gestern noch mit mir gescherzt hat, ist heute Nacht still und leise neben mir verendet, während ich geschlafen habe. Ob sie wenigstens nicht gelitten hat? Ich wünsche es mir für sie. Ich lag genau neben ihr, während sie getötet wurde. Hätte ich sie retten können? Wie konnte ich nicht bemerken, dass sie neben mir bei lebendigem Leib gefressen wurde?

Ein Gedankenblitz schießt durch meinen Kopf und ich erhebe mich wankend. Drücke meine Hand fest auf meinen flauen Magen. Er grummelt und gluckert noch immer vor sich hin. Doch es ist nichts mehr da, was ich erbrechen könnte.

Ich habe sie im Stich gelassen - jedenfalls fühlt es sich so für mich an. Selbstvorwürfe quälen mich, während ich zu dem Erdhügel schaue, dessen Dach ich vorhin eingerissen habe. Er wirkt so friedlich. Nichts zeugt von dem, was in seinem schützenden Wall verborgen liegt.

Das Eis hat mich gerettet. Hätte ich mich nicht selbst damit überzogen, wäre ich ebenso tot wie Flora, beginnen meine wirren Gedanken von vorne. Ich stehe völlig neben mir. Ich weiß nicht, wie viel Zeit vergangen ist oder wie viele Tränen ich vergossen habe, ehe ich den Mut aufbringe, mich unserem Verschlag erneut zu nähern. Doch ich muss es tun. Ich muss stark sein. Wenn nicht für mich, dann für Ayden. Meine Augen sind geschwollen und ich wimmere noch immer leise, als ich vorsichtig über den Erdhügel klettere. Kleine Steine rieseln dabei zu

Boden und ich zwinge mich, die junge Frau anzuschauen, die dort still und ruhig in ihrem Totenbett liegt.

Ihr gestern noch so attraktives Gesicht wirkt heute aufgedunsen und wässrig. Ihre Haut ist aschfahl, als ob alle Farbe daraus entwichen wäre. Feine grünliche Adern durchziehen sie und lassen sie krank aussehen. Ihre Augen sind geöffnet oder jedenfalls die Lider, denn die Augenhöhlen sind leer. Sie haben ihre Augäpfel bereits verspeist. Tiefe dunkle Löcher blicken nun zum Himmel hinauf. Was sie wohl in ihren letzten Augenblicken gedacht hat? Hat sie gekämpft oder ist sie friedlich im Schlaf gestorben? Ich wüsste es gerne, für meinen eigenen Frieden und doch werde ich es nie erfahren.

Wir müssen ein Nest von Erdspinnen aufgeschreckt haben. Sie leben tief im Boden und sind lebenszerstörende kleine Biester, wenn man ihnen zu nahekommt. Sie überziehen ihre Opfer mit einem Netz, welches sie langsam erstickt, damit sie dann … oh Gott. Ich kann nicht einmal zu Ende denken, dass sie ihre Opfer von innen nach außen verspeisen. Tief in den dunklen Höhlen der Augäpfel sehe ich grünlich schimmernde, daumennagelgroße Spinnen hin und her krabbeln. Sie legen dort ihre Eier ab. Nutzen ihren Körper jetzt als Brutstätte und Futter. Würgend trete ich einen Schritt zurück. Ich kann mir das nicht länger ansehen. Es geht einfach nicht. Ich muss hier weg.

Sie werden ihr Opfer aktuell nicht verlassen, denn sie hassen Sonnenlicht. Aber ich muss von diesem Ort verschwinden und zwar so schnell es geht. Sie mögen die kleinsten Monster sein, denen man hier begegnen kann, doch ihre geringe Größe täuscht. Denn trotz ihrer Winzigkeit besitzen sie die Macht, selbst die Größten zu unterwerfen. So wie Flora, die im Schlaf überlistet wurde. Adan hat mich vor diesen Spinnen gewarnt. Nicht nur einmal. Doch ich war gestern nicht mehr Herrin meiner Sinne. Zu erschöpft, um einen klaren Gedanken zu fassen. *Gib Acht*, hat er immer gesagt, *vor Erdhöhlen und Ausbuchtungen im Boden, die einem Schutz versprechen, aber in Wahrheit tödliche Fallen darstellen.* Wir sind hineingetappt. Wie zwei Idioten. Warum? Weil wir diese Welt nicht kennen, nicht so wie die Elementare, die hier leben. Wie töricht und leichtsinnig wir doch waren.

Ich muss immer wieder trocken schlucken, versuche den toten Körper neben mir nicht weiter zu beachten, was schier unmöglich ist. Immer wieder schaue ich herüber, habe Angst, dass die Spinnen auch zu mir kommen, doch sie laben sich an ihrem Opfer, sind fürs Erste völlig zufrieden mit ihrer Beute.

Eilig packe ich meine Sachen zusammen und gerade, als ich unser Lager verlassen will, verharre ich doch noch einen kleinen Moment. Ich zwinge mich, Flora ein letztes Mal anzusehen. Alles, was sie ausgemacht hat, ist längst weitergezogen. Das, was dort liegt, ist ihre Hülle. Die Natur wird sich ihrer annehmen. Erde zu Erde.

„Ruhe in Frieden, Flora", flüstere ich und erweise ihr die letzte Ehre. Ich nicke ihrem toten Körper ein letztes Mal zu und verlasse diesen abscheulichen Platz.

Ich werde nicht mehr zurückschauen, will versuchen zu vergessen, was ich gesehen habe.

Diese Welt kann gleichzeitig bezaubernd und grauenhaft sein, von liebreizender Schönheit und zugleich tödlicher Gefahr durchzogen.

Ich entscheide mich, den beschwerlicheren Weg über die Schneepfade des Montes Glaciei zu wählen. Es wird anstrengend werden und ich werde länger brauchen als durch den Dschungel, doch der Berg bietet mir auch mehr Sicherheit. Nach hier oben verirren sich weit weniger Wesen. Die Kälte macht mir nichts aus und so beginne ich, dem schmalen Bergpfad zu folgen, der sich durch die frostige Landschaft windet. Meile um Meile geht es weiter in die Höhe und kalter Wind liebkost meine Wangen. Auch als meine Beine müde werden, gehe ich weiter, lasse Flora hinter mir, gehe Ayden entgegen. Ich bleibe einen Augenblick stehen um die Kälte in mich aufzusaugen und sie zu genießen. Der Schnee gibt mir Kraft. Ich habe beinahe vergessen, wie gut es sich anfühlt, so in seinem Element – und nicht immer der schwülen Hitze des Dschungels ausgesetzt – zu sein. Ich genieße es in vollen Zügen und ziehe die Luft, die anderen in der Kehle brennen würde, tief ein. Es ist herrlich, unvergleichbar und berauschend. Am besten wäre es, mich weiter zu schneebedeckten Abschnitten vorzutasten. Sie bieten mir Schutz.

Jeder Schritt muss jedoch wohlüberlegt sein. Ich öffne meine Augen, lasse sie unter mir über den Dschungel Atlantikas schweifen. Ich bin schon ein gutes Stück vorangekommen und bekomme so die Möglichkeit, weit in die Ferne blicken zu können.

Ich sehe die schützende Kuppel der Hauptstadt und fühle, wie sich mein Herz vor Sehnsucht zusammenzieht. Ayden. Dort wartet er auf meine Rückkehr. Dies ist mein Ziel, mein Anker in der Ferne. Ich kann es kaum erwarten, in seine Arme zu sinken und all das hier zu vergessen.

Was er und die anderen wohl gerade tun? Haben sie Erfolg? Haben sie eine Spur zu Gaia gefunden oder eine Lösung für unsere verzweifelte Lage entdeckt? Ich hoffe es inständig. Denn wenn ich diese Prüfung überlebe, kann die nächste nur noch grausamer sein.

Zu gerne würde ich ihnen ein Zeichen senden. Irgendwas, um sie wissen zu lassen, dass ich lebe und auf dem Weg bin, aber mir sind die Hände gebunden. Und doch fühle ich mich tief mit ihnen verbunden - meinen Freunden und meiner Familie. Sie sind da unten und glauben an mich, geben mich nicht auf. Also werde ich durchhalten. Ich werde mich nicht unterkriegen lassen und spüre neuen Lebenswillen in mir aufsteigen. Immer wieder werde ich aufstehen, wenn diese Welt versucht, mich zu Boden zu drücken. Ich werde unbeugsam sein, wie der Eisberg unter meinen Füßen, der unerschütterliche Stürme übersteht.

In zwei oder drei Tagen könnte ich es schaffen, die Distanz zu überwinden. Doch wie geht es dann weiter? Wie wird die nächste Prüfung aussehen?

Ich verharre noch einen Augenblick, den Blick auf den Horizont gerichtet.

Gerade als ich mich abwenden möchte, höre ich ein leises Knacken hinter mir im Schnee. Die feinen Härchen auf meiner Haut stellen sich auf und mein Instinkt schreit mich geradezu an – Gefahr!

Vor Entsetzen reiße ich unwillkürlich meine Augen auf und will herumwirbeln, doch es ist bereits zu spät. Oh, ich törichte Idiotin, denke ich mir noch, als im nächsten Augenblick ein unsagbarer Schmerz durch meinen Körper schießt. Ein Schrei entfährt meinen Lippen und voller Unglauben schaue ich auf das Schwert hinab, welches aus meinem Leib herausragt. Meine Hände umfassen das eisige Metall, schneiden sich an der scharfen Klinge, während es langsam gedreht wird. Ich keuche, versuche es aufzuhalten, doch ich bin machtlos. Kleine Punkte tanzen vor meinen Augen und meine Beine beginnen zu zittern, während der Schmerz mich zerreißt. Meine Hände sind blutgetränkt, doch ich weigere mich, kampflos aufzugeben und versuche noch immer, das Schwert festzuhalten. Ein Rinnsal dunkles Blut findet seinen Weg aus meinem Mundwinkel hinaus. Fließt mein Kinn hinab. Während ich schwer atme, tropft es vor mir in den weißen unschuldigen Schnee. Färbt ihn. Ein Ton des Wehklagens verlässt meinen leicht geöffneten Mund, ein gepeinigtes Stöhnen, während mein Angreifer keine Gnade kennt. Das scharfe Metall reißt Haut und Fleisch auf, durchtrennt Muskeln und Sehnen. Mein ganzer Körper beginnt zu zittern, ohne dass ich etwas dagegen unternehmen kann. Ich fühle plötzlich eine tiefe Leere, aber auch eine unbändige Wut in mir. Tausende Gedanken rasen durch meinen Kopf, als mir bewusst wird, dass es vorbei ist. Dass ich hier sterben werde. Hinterrücks erdolcht. Ayden. Ich werde ihn nie wiedersehen.

„Habe ich dich endlich erwischt. Das war schwerer, als anfangs erwartet, kleine Glacies." Der Geruch von Feuer und Glut steigt in meine Nase. Aydens nicht unähnlich und doch gänzlich anders. Während ich seinen Duft liebe, habe ich gelernt, diesen zu hassen.

Ich weiß, wer dort hinter mir steht und das Schwert eisern in meinem Körper festhält. Ein unkontrolliertes Wimmern entweicht meinem Mund, begleitet von dem Wunsch, dass dieser unerträgliche Schmerz endlich aufhören möge.

Hestias Lippen streifen fast mein Ohr, als sie mir diese Worte hämisch zuflüstert. Ich höre ihre unbändige Freude und Genugtuung. Ich versuche meinen Körper mit Eis zu überziehen, mich zu wehren, doch der Schmerz ist so allumfassend, dass ich es nicht schaffe. Hestia lacht über meine jämmerlichen Bemühungen und stößt mich mit aller Kraft von sich. Meine Knie landen im Schnee, versinken und sorgen dafür, dass ich auf die Seite falle.

Noch immer umklammere ich verzweifelt das Schwert. Erbarmungslos schaut Hestia mit einem mitleidslosen Blick auf mich hinab. Zum ersten Mal in meinem Leben spüre ich eine allumfassende Kälte und mir ist schmerzlich bewusst, dass dies kein gutes Zeichen ist. Ich denke an meine Eltern und spüre einen Kloß in meinem Hals. Sie werden Ayden die Schuld geben. Nie erfahren, dass er und ich keine Feinde, sondern Liebende waren. Ich bereue so vieles, dies ist eins davon. Ein Lächeln stielt sich auf Hestias Lippen, während ich keuchend vor ihr liege und meine Gedanken immer wirrer werden. Es fällt mir schwer, fokussiert zu bleiben.

Ich muss husten und rotes Blut sprenkelt den Schnee um mich herum. Mir ist schmerzlich bewusst, dass ich es versaut habe. Ich habe versagt.

„Beende es", wispere ich zwischen zusammengebissenen Zähnen und warte auf den letzten tödlichen Schlag. Doch ich hätte es besser wissen müssen.

Sie geht vor mir auf die Knie, schaut mich abschätzend und herablassend an.

„Dich erlösen? Du wirst hier oben langsam verbluten oder dein Blut wird Wildtiere und Monster anlocken, die dich bei lebendigem Leib verspeisen. Genau so ein Schicksal habe ich mir für dich gewünscht, nachdem du mir so einen Ärger gemacht hast." Sie hält mir ihre linke Hand vor die Nase. Drei der fünf Finger sind schwarzgrau verfärbt. Unsere Blicke treffen sich.

„Schade, dass es nur deine Finger erwischt hat, ich hatte gehofft, dass der Kraken dir dein verdammtes Genick bricht", platzt es aus mir heraus und sie schnalzt mit der Zunge. Ihre Finger sind durch mein Eis im See abgefroren, vermute ich.

„Ich hoffe, es wird lang und qualvoll für dich werden. Es ist ein ehrloser Tod, genau das, was jemand wie du verdient hat", faucht sie und tritt mir ein letztes Mal in den Magen, ehe sie aufsteht.

Wortlos dreht sie sich nun um und beginnt, sich von mir zu entfernen. Ich schaue ihr schweigend hinterher. Für sie bin ich nun Geschichte und sie lässt mich zum Sterben zurück. Das Schwert, mit seinen scharfen Kanten, nur dazu geschmiedet, um größtmöglichen Schaden anzurichten, steckt tief in meinem Körper und ich habe nicht mehr die Kraft, mich davon zu befreien.

Mein Herz blutet vor Kummer, während ich kaum noch die Augen offenhalten kann. Eine bleierne Müdigkeit hat von mir Besitz ergriffen. Die Wut ist verflogen und übrig bleibt nur tiefes Bedauern – für all das, was ich verloren habe oder niemals erleben werde. All die Träume, die ich hatte, die Pläne, die sich nie erfüllen werden. Ich wollte ein Leben mit Ayden. Eins ohne Heimlichkeiten. Ich hätte mir gewünscht, dass meine Eltern wissen, wie viel er mir bedeutet und dass sie erfahren, warum er tat, was er getan hat. Er trägt ebenso wenig Schuld hieran wie ich. Der Einzige, der Schuld auf sich geladen hat, ist Josias.

Tränen vernebeln meine Sicht und ein Gefühl der Verzweiflung wallt kurz auf. Es ist nicht gerecht, nichts davon. Ich habe gekämpft, mich bemüht und alles gegeben, doch es war nicht genug. Ich war zu schwach.

Ein Schluchzen dringt aus meiner rauen Kehle hervor und der stechende Schmerz in meinem Körper fängt an, sich in etwas anderes zu verwandeln. Es beginnt langsam. Ein Gefühl der Schwerelosigkeit. Eine Art Erlösung. Während diese quälende Pein nachlässt, fühle ich eine unerwartete Erleichterung. Was wird mich hiernach erwarten? Es gibt Menschen, die glauben an ein Leben nach dem Tod. Werde ich dort auf Ayden warten? Oder wird meine Seele erlöschen? Nun, niemand weiß es, da niemand je von diesem Ort zurückgekehrt ist, an den wir alle nach unserem Schwinden gehen.

Mein Atem rasselt in meiner Lunge. Ich merke, wie Blut aus meinem Mund in den Schnee tropft und blicke, auf der Seite liegend, zum Himmel. Das Schwert ist längst vergessen. Es ist nicht mehr wichtig. Meine Kräfte schwinden immer mehr und die Punkte vor meinen Augen vermehren sich. Ich fühle mich gebrochen wie ein Vogel, dem die Flügel gestutzt wurden und der in einem Käfig gefangen ist, die Freiheit vor Augen und doch unerreichbar.

Ich blicke in die Wolken, die weich, bauchig und wattig am Himmel treiben. Sie sehen gar nicht anders aus als auf der Erde. Man nennt sie auch Quellwolken und sie sagen mir, dass es Morgen schönes Wetter gibt. Warum kommt mir dies jetzt in den Sinn? Ich schweife immer wieder ab. Tausende Gedanken schwirren durch meinen Kopf und einer nach dem anderen verblasst. Mein Körper wird immer leichter und es fällt mir sekündlich schwerer, meine Augen offenzuhalten. Die Pausen zwischen dem Blinzeln werden länger. Sterben fühlt sich anders an, als erwartet. Gnädiger. Dies ist nicht der Tod, den Hestia sich für mich ausgemalt hat und mein Mundwinkel zuckt unter einem weiteren rasselnden Husten. Ein letztes Mal trotze ich ihr, denke an Ayden. Bis zum Ende.

Es tut mir so unglaublich leid, mein Geliebter. Ein weiterer Schluchzer lässt meinen Körper erbeben. Ich wollte zu dir zurückkehren, ein Leben an deiner Seite, doch waren uns nur diese wenigen gestohlenen Momente vergönnt. Zu gerne würde ich ihm sagen, dass ich ihm keine Schuld gebe. An nichts hiervon. Dass er sich selbst verzeihen muss, denn er wird die Schuld bei sich suchen. Sky und die anderen müssen ihn auffangen, für ihn da sein, jetzt, wo ich es nicht mehr kann.

Ich weiß, dass ich im Sterben liege. Hier oben gibt es niemanden, der mir helfen könnte. Vielleicht … wenn man das Schwert entfernen würde und meine Selbstheilung einsetzen könnte … vermutlich wäre es selbst dann unrealistisch. Meine Zähne klappern und mein Körper zittert unabsichtlich, doch ich spüre es kaum.

Es ist nicht mehr wichtig. Nichts davon. Ein Schleier legt sich über meine Augen und ich schließe sie endlich. Es tut so gut, nicht mehr gegen diese Müdigkeit anzukämpfen. Doch ein letzter Funken in mir ist noch nicht bereit zu gehen und ich versuche, mir Aydens Gesicht vor Augen zu rufen. Wie gerne würde ich ihn noch einmal sehen, ihn noch ein einziges Mal küssen oder nur sein Lachen hören. Ich verspüre ein schlechtes Gewissen bei dem Gedanken, dass ich ihn zurücklasse.

Ayden.

Ein letztes Mal reiße ich die Augen auf, der Funke in mir flammt noch einmal auf, mein Körper kämpft und ich versuche mich der Benommenheit entgegenzustellen und das Schwert herauszupressen. Doch es hat keinen Sinn. Es hat sich in meinem Körper verkeilt. Ich richte nur noch mehr Schaden an. Meine Kraft ist fort.

Und ohne es zu merken, gleitet mein Bewusstsein schließlich davon und mein letzter Gedanke, bevor ich in die Dunkelheit entschwinde, gilt dem Mann den ich liebe – Ayden.

Ayden

Ein unerwarteter Schmerz in meiner Brust lässt mich urplötzlich taumeln. Mein Schwert fällt mir aus der Hand und ich presse, nach Luft ringend, meine Hand auf meinen Brustkorb. Es fühlt sich an, als hätte mich ein Schwert entzweigerissen und ich beiße verbissen die Zähne zusammen. Was ist das für ein fauler Zauber?

Das Schwert landet laut scheppernd auf dem Boden und bleibt dort stumm liegen. Staub wirbelt um es herum und legt sich langsam auf das noch heiße Eisen, welches vor einigen Augenblicken noch von meinen Flammen überzogen war.

Sky lässt nun ihrerseits erschrocken ihr Schwert fallen und rennt auf mich zu, während unsere Freunde wie erstarrt wirken. Wir waren gerade mitten im Training, als mich diese Attacke so unerwartet getroffen hat. Mir bleibt die Luft weg und das Atmen fällt mir schwer. Dunkle Punkte tanzen vor meinem Sichtfeld. Adrenalin schießt durch meinen Körper und ich dränge den Schwindel zurück.

Schwer atmend sinke ich mit einem Knie auf die Erde und reibe noch immer meine Brust, in der dieser plötzliche Schmerz langsam, aber sicher verebbt. Es beunruhigt mich zutiefst, dass er aus dem Nichts aufgetaucht ist.

Ich bin einen Moment verwirrt und durcheinander, brauche einen Augenblick, um mich zu sammeln.

„Ayden, verflucht, was ... habe ich dich getroffen? Bist du verletzt? Ich bin mir sicher, ich habe nicht ... ich wollte nicht ...", brüllt Sky bestürzt und tastet mich hektisch ab. Unwirsch schiebe ich sie zur Seite und stehe mit zittrigen Beinen auf. Mit einem grimmigen Gesichtsausdruck schaue ich meine Freunde einen nach dem anderen an. Ich kann die Sorge in ihren Blicken kaum ertragen.

„Alles wieder okay, es ist nichts. Es ... keine Ahnung, was es gewesen ist, aber es ist vorbei. Mir geht es blendend."

Ich blicke in die kummervollen Mienen meiner Freunde – ach was, meiner Familie.

„Schaut mich nicht so an, ich verabscheue diese Blicke", murmele ich mürrisch, wohlwissend, dass ihnen meine Forderung ziemlich gleichgültig ist.

„Für heute reicht es", erklärt Aros und steckt sein Schwert weg. Die anderen folgen seiner Bewegung und ich knurre frustriert auf. Eine heiße Welle der Unzufriedenheit und Ärger durchströmen mich. Ich muss mich ablenken. Training ist das perfekte Mittel dafür, sonst drehe ich durch.

„Ach kommt schon, was soll das? Mir geht's gut", beharre ich, doch ein kleiner Restfunke Schmerz verbleibt in meiner Herzregion. Das behalte ich aber für mich, denn ich möchte niemanden beunruhigen.

„Hör auf, vor uns immer den unbezwingbaren Krieger raushängen zu lassen", schimpft Kelvin und Bluette streicht sanft über meinen Arm, lächelt mich zögerlich an.

„Ich bin unbezwingbar", antworte ich und Rainn klopft mir ziemlich hart auf den Rücken, was mich einen Schritt nach vorne taumeln lässt. „Hättest du wohl gerne."

„Ich könnte dich noch immer verprügeln, wie früher, als wir kleiner waren", erinnere ich ihn an unsere Raufereien.

„Versuch es nur, es wird ein böses Erwachen für dich geben, Flämmchen."

„Ich lasse dich gleich verdampfen, du mickriger Wassertropfen."

Wir necken uns ein wenig hin und her und die eben noch angespannte Stimmung lockert sich wieder.

Auch wenn ich es nicht zugebe, habe ich mich eben selbst erschreckt.

„Wann wollen wir einen nächsten Versuch wagen, Josias Hütte noch einmal zu durchsuchen?", erkundigt sich Bluette und lässt sich von Aros in eine Umarmung ziehen. Sie schmiegt sich lächelnd an ihren Geliebten und pustet sich eine verschwitzte dunkle Haarsträhne aus dem Gesicht. Ihre Wangen sind vom harten Training gerötet. Aros schaut sie mit solch einer Liebe an, dass ich unweigerlich an Neve denke und daran, wie weit meine Geliebte von mir entfernt ist. Genau der Grund, warum ich dieses Training brauche. Ablenkung.

„Ist es besser, wenn wir alle gehen oder nur einer oder zwei von uns?", forscht Sky nach und wir schauen uns an.

„Da wir nicht wissen, ob Ayden recht hat und was uns, wenn ja, dort unten erwartet, würde ich sagen alle", wirft Adan ein.

Er fährt sich mit einer Hand durch das kurze Haar, ehe er sich auf dem Boden niederlässt, die langen Beine von sich gestreckt. Auch sein Gesicht glänzt von der Anstrengung des Trainings.

„Ich könnte alleine ...", setze ich an und alle rufen zeitgleich: „Nein. Keine Alleingänge."

Diese verfluchten Idioten. Ich will sie doch nur schützen.

„Lass uns warten, bis Josias abgelenkt ist, wenn die ersten Anwärterinnen zurück sind", schlägt Rainn vor und Sky erwidert ziemlich mitleidslos, wie sie eben ist: „Wenn überhaupt eine zurückkehrt."

„Sky", zischt Bluette und Sky wird sich ihrer eben laut ausgesprochenen Worte bewusst. Eine deutliche Röte kriecht ihren Hals hinauf und sie schaut mich mit großen Augen an „So war das nicht gemeint, Ayden. Neve wird zurückkommen. Es … du kennst mich. Mein Mund war schneller als mein Gehirn."

„Keiner von uns zweifelt an ihrer Rückkehr", stimmt Aros zu, „wir haben sie gut trainiert. Und ich glaube nicht, dass Hestia sich vom Dschungel in die Knie zwingen lässt. Sie wird sich auch durchbeißen."

„Niara darf man auch nicht unterschätzen", hält Rainn dagegen, „und Askja, sie steckt mit Hestia unter einer Decke."

Ich blicke auf den majestätischen, verschneiten Berg, der sich in weiter Ferne am Horizont erhebt. Sein Gipfel ist in dichte, weiße Nebel gehüllt, die wie ein sanfter Schleier die schroffen Kanten verhüllen. Die Sorge, die ich empfinde, kann ich nicht vollends verdecken, nicht vor ihnen. Neve. Wir erwarten jeden Tag die Rückkehr der ersten Anwärterinnen. Wird sie unter ihnen sein? Wie viele werden zurückkehren?

„So sei es. Wir warten auf Neve und werden anschließend einen weiteren Vorstoß wagen", erkläre ich schließlich.

„Was machen wir mit diesem Terra, Adam? Sollen wir ihn einweihen oder lieber außen vor lassen? Ich habe das Gefühl, dass er mehr mitbekommt, als er vorgibt. Allerdings vertraue ich ihm nicht. Nicht, nachdem er versucht hat, Neve fortzulocken", knurrt Rainn, seine Worte scharf wie Klingen, die durch die

Luft schneiden und ich beiße die Zähne zusammen. Ein sensibles Thema. Er ist noch immer fuchsteufelswild über diese Impertinenz, die der Terra sich geleistet hat. Ich kann es ihm nicht verdenken, da ich dieselbe Wut und Empörung empfinde.

Er wollte mir Neve wegnehmen. Dies ist weder vergeben noch vergessen.

„Von mir aus kann er sich ein Loch graben und darin verrotten", zische ich, mit vor Wut zitternder Stimme. Sky wirft mir einen schelmischen Blick zu und schmunzelt: „Mir war gar nicht bewusst, wie amüsant es ist, wenn du eifersüchtig bist. Diese Seite an dir ist entzückend. Manchmal war ich nicht sicher, ob du überhaupt Gefühle besitzt. Aber ja, jetzt weiß ich es ganz sicher."

„Halt deine Klappe oder ich mache dir Feuer unter deinem Hintern", erwidere ich scharf, der Zorn noch deutlich hörbar.

Sky lacht leise und erwidert herausfordernd: „Versuch es nur, du wirst das Echo meiner Blitze zu spüren bekommen."

Wir kabbeln uns spielerisch, ein vertrautes Geplänkel unter Freunden, das die Anspannung etwas auflockert. Aros, der das Ganze amüsiert beobachtet hat, stößt mich sanft an, um mich auf etwas aufmerksam zu machen.

„Ayden."

Er nickt zum Rande des Trainingsfeldes, an dem Neves Eltern stehen. Ihre Mienen sind alles andere als einladend. Für sie bin ich ebenso ein Feind wie Josias. Nur, dass sie aktuell mit mir zusammenarbeiten, um Neve zu schützen. Auch wenn sie nicht einmal im Ansatz meine wahren Beweggründe kennen. In ihren

Augen hasst Neve mich und um sie zu schützen, muss es vorerst so bleiben.

Ich seufze genervt, denn ich habe heute kein Interesse, auch noch ihnen Gehör zu schenken. Dennoch jogge ich langsam auf sie zu. Ich zwinge mich, eine kühle Miene aufzusetzen und meine eigene Maske der Empathielosigkeit zurechtzurücken.

„Selale, Nereus." Ich nicke beiden zur Begrüßung zu.

„Gibt es Neuigkeiten von den Anwärterinnen?"

Neves Vater macht keinen Hehl aus seiner Abneigung gegen mich und der Missbilligung, dass ich die gleiche Luft atme wie seine geliebte Tochter. Alleine mit mir zu sprechen, scheint ihn schon anzuwidern, wenn ich seine verzogenen Mundwinkel korrekt deute. Er würde mir am liebsten die Kehle herausreißen, dessen bin ich mir sicher. Ich kann es ihm nicht einmal verdenken. Anders herum würde es mir wohl ebenso gehen.

„Glaubst du nicht, dann hättest du es bereits erfahren, Nereus? Diese Information hätte sich längst herumgesprochen."

„Wir dachten, du würdest vorbeikommen und mit uns über weitere Möglichkeiten sprechen." Selale ist sanfter als ihr Mann. Ihre Augen sind voller Sorge um ihre Tochter. Ich erkenne Neve in ihren weichen Zügen und mein Herz zieht sich vor Sehnsucht zusammen. Zu gerne würde ich direkt zum Schloss marschieren und Josias die Kehle aufschlitzen. In meinem Kopf laufen mehrere befriedigende Szenarien ab, wie ich seinem Leben ein Ende bereiten könnte. Ich kann es kaum erwarten.

„Meinst du das ernst, Selale? Warum meine Zeit verschwenden, wenn wir nicht einmal wissen, ob

93

Neve es schaffen wird? Sollte es dazu kommen, werden wir sprechen. Zu dem Zeitpunkt, an dem ich es für richtig halte."

Ich fühle mich miserabel, Neves Mutter so eine Abfuhr zu erteilen, aber es gehört zu unserer Show. Sie müssen, wie alle anderen auch, weiterhin glauben, dass Neve und ich uns hassen. Zu ihrem und ganz besonders zu Neves Schutz. Josias darf nicht erfahren, dass es anders ist.

„Am liebsten würde ich dich eigenhändig erwürgen", zischt Nereus zwischen zusammengebissenen Zähnen. Ich setze ein kleines, spöttisches Lächeln auf. Überheblich und kalt, ehe ich, bedrohlich leise, antworte:

„Versuch es nur. Ich kann es kaum erwarten, Nereus. Ihr beide, du und deine Frau, steht so weit unter meinem Rang, dass ich euch dort unten nicht einmal sehen könnte, wenn es ein Turm wäre. Vielleicht wart ihr mal jemand, jetzt allerdings, hunderte Jahre später, seid ihr niemand mehr. Unwichtig. Verräter. Geächtet. Das solltet ihr nicht vergessen und froh sein, dass ich Neve noch nicht aufgegeben habe. Sie ist verweichlicht und schwach. Ihr solltet dankbar sein, dass ich eure Tochter bis hierhin gebracht habe und mich lieber nicht reizen. Wenn mir danach ist, könnte ich sie einfach fallen lassen und dann, lieber Nereus, wäre ihr Schicksal besiegelt."

Die Worte brennen wie Säure in meinem Mund. Sie verätzen meine Kehle, mein Herz schimpft mich einen Lügner und doch mache ich Neve so klein vor ihnen.

Es ist eine Maske, erinnere ich mich selbst.

„Du widerst mich an", faucht Nereus und sein Hass ist beinahe greifbar. Er spuckt mir vor die Füße, seine Augen lodern vor Zorn. Meine Reaktion darauf ist ein genervtes Augenrollen.

„Sagte der Verräter seines Volkes. Ich habe dieses Land nicht im Stich gelassen. Ich war es nicht, der seine Tochter nicht korrekt ausgebildet hat und ich war es nicht, der sie Gaia nicht vorgestellt hat. Hättet ihr euch an die Regeln gehalten, sie zu Gaia gebracht, dann wäre die Situation eine andere. Dann wäre Neve niemals für diesen Wettkampf ausgewählt worden. Ist euch das bewusst? Es ist eine Reaktion auf euer Handeln, nicht auf meines. Wir alle tragen die Last unserer Entscheidungen. Sowohl ihr als auch ich. Doch es ist einfacher, die Schuld nur bei mir zu suchen, habe ich recht? Und nun verschwindet. Ich werde euch rufen lassen, wenn ich euch brauche."

Ich sehe, wie Nereus seine Fäuste ballt. Wasser sprudelt zwischen seinen Fingern hervor und sein Kehlkopf bewegt sich kräftig auf und ab. Es fehlt nicht mehr viel und er greift mich an. Es tut mir unendlich leid, so mit ihnen reden zu müssen, aber sie sollen mich hassen. Nein, sie müssen mich hassen. Und am besten alle wissen lassen, dass es so ist. So kommt es Josias zu Ohren, diese Fehlinformation hilft Neve. Hilft uns. Denn: Warum sollte jemand an uns zweifeln, sobald wir alleine sind, wenn wir uns doch so sehr hassen? Niemand würde glauben, dass wir in echt zwei Liebende sind, die sich nacheinander verzehren.

Also halte ich Nereus Blick stand, schaue ihm mit einer geübten Arroganz ins Gesicht, die ihn zur Weißglut treiben könnte. Ich bin gespannt: Wird er mich angreifen oder sich zusammenreißen? Mir ist beides recht, das erstere vielleicht sogar noch lieber, weil es mich ablenken würde.

Wütend dreht sich Nereus schließlich um und stapft davon. Schade. Statt ihrem Mann zu folgen, legt Selale ihre Hand sanft auf meinen Arm und schaut mich eindringlich an. Ihr Blick ist so intensiv, dass ich beinahe zurückweiche, während sie mich mustert.

„Du vergisst, dass ich einst selbst eine Kriegerin Gaias war. Ich kann in dir lesen wie in einem Buch, Ayden. Ich weiß nicht, was du und Neve vorhabt, aber ich erkenne genau, dass ihr beide, du und sie, uns etwas vorspielt. Es ist in eure Augen geschrieben. Dein Mund spricht schlimme Dinge, aber deine Augen und Gesten strafen dich Lügen. Du bist nicht so undurchschaubar, wie du denkst. Neve ist dir alles andere als egal und ich würde zu gerne erfahren, wie du wirklich zu meiner Tochter stehst. Aber bitte, spielt euer Spiel. Ich hoffe nur, ihr wisst, was ihr tut."

Bestürzt weiten sich meine Augen. Selale hat mich mit ihren Worten kalt erwischt. Und das Schlimmste: Sie hat recht. Ihre Beobachtungsgabe beeindruckt und verunsichert mich zugleich. Wie kann sie bemerken, was allen anderen verborgen geblieben ist? Ehe ich etwas erwidern kann, hebt sie die Hand und mich trifft eine schallende Ohrfeige, die meinen Kopf ruckartig zur Seite wirft. Nun, das kam unerwartet. Langsam öffne ich meinen Kiefer, bewege ihn leicht, während meine Wange von ihrem Schlang noch immer brennt und kribbelt.

Wachen, die gerade an uns vorbeilaufen, halten inne und schauen uns neugierig an. Sie flüstern miteinander und ich weiß, sie werden Josias berichten, was sie soeben erspäht haben.

„Dieses Spiel können zwei spielen, Ayden", wispert sie mit einem Lächeln und verpasst mir noch einen Schubs vor die Brust, ehe sie ihrem Mann folgt. Dabei schimpft und zetert sie so laut über mich, dass es selbst die Götter hören müssten.

Nun bin ich derjenige, der sprachlos zurückbleibt und Neves Eltern nachblickt, wie sie im Dickicht verschwinden.

Wie ihre Tochter stecken sie voller Überraschungen. Und ich mag sie. Hoffentlich können sie mir eines Tages verzeihen.

Vier Tage später wecken mich die donnernden Trommeln des Kolosseums. Sofort bin ich hellwach. Vergessen sind die schmerzenden Muskeln vom gestrigen Training. Eine Anwärterin ist zurückgekehrt. Nur deswegen erklingen die Trommeln.

Wie von selbst schwingen sich meine Beine aus dem Bett. Hastig greife ich nach der Kleidung, die seit gestern, als ich sie auszog, vor dem Bett liegt.

Wer wird es sein? Besteht die Möglichkeit, dass Neve es als Erste geschafft hat? Sie ist nun über eine Woche fort und in mir erwacht ein Funken Hoffnung. Sie ist schnell, geschickt und überaus klug. Es ist nicht undenkbar, dass sie diejenige ist, die die anderen hinter sich gelassen hat. Vor allem, wenn diese eher damit beschäftigt sind, andere Anwärterinnen auszuschalten. Neve wird fokussiert den Weg zurück gesucht haben.

Eilig ziehe ich mich an, schließe den Waffengurt im Laufen und stürme durch den Gang.

Mein Herz schlägt wild gegen meine Brust. Neve. Hoffnung ist wie eine Knospe, die sich mühsam öffnet, zunächst zögerlich, aber dann entfaltet sie ihre volle Pracht.

Ich treffe auf Aros und Bluette, die mir mit angespannten Mienen Hand in Hand folgen. Wir sprechen kein Wort und doch erkenne ich, dass sie ebenso fühlen wie ich. Wir bahnen uns einen Weg durch die Massen von Soldaten und neugierigen Zuschauern, bis wir den Platz erreichen, von dem aus wir die Arena überblicken können. Obwohl es noch früh am Tag ist, drückt die feuchte Hitze schon auf das Land und Schweiß bedeckt meine Haut. Es ist die bedrückende Atmosphäre, die unweigerlich auf ein heraufziehendes Unwetter hinweist. Ein Omen der Götter?

Josias steht an der Balustrade und schaut mit einem zufriedenen Lächeln auf die Elementarin hinab, die dort im Sand kniet. Die Hoffnung in mir fällt langsam in sich zusammen. Es ist nicht Neve. Vor glühendem Zorn auf Josias presse ich die Kiefer schmerzhaft aufeinander. Dieser Tyrann, der unser Leben kontrolliert, zwingt Neve und mich durch diese Hölle.

Die Menge um uns herum ist aufgeregt, beinahe euphorisch. Ihre Hochstimmung ist genau das Gegenteil von dem, was ich gerade fühle. In meinem Inneren herrscht ein Sturm aus Enttäuschung und Wut. In diesem Moment erklingen abermals die Trommeln, ihr dumpfer Schlag vibriert in meinem Inneren. Zwei weitere Elemantarinnen betreten, flankiert von zwei Wachen, die Arena. Ebenso wie die Erste, lassen sie sich auf die Knie sinken und warten geduldig darauf, dass Josias ihnen erlaubt, sich zu erheben. Ich mustere sie verstimmt. Alle drei sehen mitgenommen und verletzt aus. Blut, Dreck und

Unrat klebt an ihren Gewändern und Körpern. Man sieht ihnen an, wie beschwerlich diese Aufgabe war und alleine ihr Anblick sorgt dafür, dass meine Eingeweide sich vor Sorge verknoten.

Josias hebt die Hand und augenblicklich verstummen alle Zuschauer. Sie lassen sich gesittet auf ihren Plätzen nieder und man kann die Anspannung beinahe greifen, während sich in mir eine tiefe Enttäuschung ausbreitet. Neve ist nicht unter ihnen. Noch nicht. Sie hat noch genügend Zeit, den Weg zurückzufinden. Es sind erst drei von zehn, die weiterkommen könnten. Wenn sie wirklich den Bergpass gewählt hat, wird sie länger brauchen als jemand, der sich direkt durch den Dschungel geschlagen hat. Ich wünschte, es würde eine Möglichkeit bestehen, mit ihr zu kommunizieren. Mich zu vergewissern, dass sie wohlauf ist.

„Sind das alle?", ruft Josias und einer der Wachen tritt vor. Seine Stimme hallt über den Platz. „Vorerst ja, Princeps."

Josias nickt stolz und mustert die drei Frauen vor sich.

„Nennt mir eure Namen", fordert er sie unwirsch auf und die Erste von ihnen erhebt sich geschmeidig.

„Niara."

Die beiden anderen folgen ihrem Beispiel.

„Hestia."

„Askja."

Bei keiner der dreien wundert es mich, dass sie es zurückgeschafft haben. Sie sind ebenso bösartig wie Josias selbst.

„Könnt ihr uns etwas über den Verbleib weiterer Anwärterinnen berichten? Sind euch welche begegnet?"

Mein Körper spannt sich an. Jetzt haben sie auch meine volle Aufmerksamkeit.

„Ja, Princeps", antworten sie im Chor.

„Nun, dann sprecht. Unterhaltet uns mit euren Erzählungen."

Niara ist die Erste, die vortritt. Selbstsicher schaut sie zu Josias hinauf. Sie berichtet von einer Begegnung mit Morena Apis und einem Kraken. Dort habe sie viele Antwärterinnen getroffen, unter anderem die Glacies, so erzählt sie und mein Herz macht einen Satz. Neve. Sie lebt. Niara informiert ihn über den Tod zweier Elementarinnen, deren sie sicher ist. Aideen und Vaya. Ignis und Aeria. Beide sind durch ihre eigene Hand gestorben, weil sie diese im See ertränkte, bevor sie von dem Kraken angegriffen wurde. Sie berichtet, dass sie Neve und eine Terra über den See hat fliehen sehen und sie nicht wieder getroffen habe.

Als sie endet, tritt Hestia vor. Sie lässt lächelnd ihren arroganten Blick einmal über die Ränge schweifen. Sie steht hoheitsvoll dort vorne, als wäre sie bereits zur Siegerin gekürt worden. Als sie sich Josias zuwendet, beginnt sie zu berichten. Mit vor Stolz geschwellter Brust verkündet sie den Tod von Shaza, der sie und Askja die Kehle durchgeschnitten haben und im nächsten Moment, wird mir der Boden unter den Füßen weggezogen, jedenfalls fühlt es sich so an.

Meine Hände umgreifen das Geländer so fest, dass meine Fingerknochen weiß hervortreten.

„Ayden", zischt Aros und ich spüre, wie er dichter zu mir tritt.

Doch ich beachte ihn nicht. Ich kann mich nur auf das konzentrieren, was Hestia berichtet.

100

„"... vor vier Tagen verfolgten wir die Glacies. Wir sind ihren Spuren vom See aus gefolgt. Dank ihr verlor ich drei meiner Finger im Kampf am schwarzen Gewässer und ich bin jemand, der stets seine Rechnungen begleicht. Sie schlug, zusammen mit der Terra, den Weg zum Bergpass ein. Am Fuße des Berges fanden wir die Terra aus der anderen Welt. Sie war bereits tot. Erdspinnen hatten ihren Körper befallen. Wir ließen sie liegen und folgten den Spuren der Glacies. Sie bestieg den Montes Glaciei, also schlugen wir ebenfalls diesen Weg ein. Wir fingen sie im ersten Drittel der Strecke ab. Während Askja bei einer Weggabelung auf mich wartete, konnte ich sie endlich finden. Sie hat mich nicht einmal kommen sehen. Ich habe ihr mein Schwert langsam von hinten in den Körper gebohrt. Sie hat versucht, sich gegen mich zu wehren, allerdings war es in diesem Augenblick bereits entschieden. Der Seelenbrecher ist kein Schwert, das man einfach aus seinem Körper zieht. Die königliche Schmiede hat es eigens für mich angefertigt – mit tödlichen Widerhaken. Es hat ihr die Eingeweide zerrissen und ich habe jeden Moment ihres Todeskampfes genossen. Ich habe sie für euch erledigt, Princeps. Die letzte Verräterin. Sie ist dort oben keinen ehrvollen Tod gestorben. Ich ließ sie an ihrem eigenen Blut ersticken und habe sie zurückgelassen, damit die Ungetüme auch noch den letzten Rest von ihr von dieser Welt tilgen können."

Hestia verstummt und in meinem Blickfeld tanzen dunkle Punkte. Es fühlt sich an, als könnte ich nicht mehr atmen, während in mir ein wahres Inferno an Wut explodiert.

Die Menge raunt und flüstert aufgeregt, während die Welt um mich herum an Farbe verliert. Alles

verschwimmt, als mir eins bewusst wird: Vier Tage …
vor vier Tagen, als ich auf dem Feld
zusammengebrochen bin, war Neve in Gefahr. Vor
vier Tagen, als ich diese schrecklichen Qualen gespürt
habe. Es waren nicht meine, sondern ihre. Es war der
Kampf ihrer Seele, die mit meiner verbunden ist. Sie
soll Neve getötet haben? Und nicht nur das. Sie hat
sie ausgeweidet und einfach liegen gelassen?
Zornesröte bedeckt mein Gesicht. Das Monster in
mir, der primitive, animalische Teil meines Seins
fordert Blutrache. Vergeltung. Ein infernalisches
Feuer lodert in mir auf und ich will nur eins: Dort
hinunter gehen, Hestia Auge in Auge
gegenüberstehen und meinen Rachefeldzug beginnen.
Ich will sie alle brennen sehen. Hestia, Askja, Josias.
Blind vor Wut und Trauer will ich der höllisch heißen
Wut in mir Ausdruck verleihen, um meinen Schmerz
zu lindern. Jede Faser meines Körpers brennt vor
Zorn. Der Boden unter mir scheint zu vibrieren, als
ob er selbst meine Wut spürt und den Drang, dieses
Kolosseum in Schutt und Asche zu legen. Ich bin
gefangen in einem Meer aus rotem Zorn und
schwarzer Verzweiflung. Die Vorstellung, Neve
verloren zu haben, treibt mich an den Rand des
Wahnsinns. Der Drang, alles zu vernichten, es dem
Erdboden gleichzumachen, ist unermesslich. Sie alle
sollen von meinen Flammen in Asche verwandelt
werden. Ein unmenschliches Knurren entweicht
meinen Lippen.

Unwillkürlich überzieht sich mein Körper mit
Flammen. Einige Elementare weichen vor mir
zurück, während meine Augen sich zu Schlitzen
verengen und Hestia fokussieren, die nun wieder
ihren Platz in der Reihe eingenommen hat. Askja

wiederholt nun ihre Geschichte und bietet dem Inferno in mir Zunder. Die Zornesfalte auf meiner Stirn vertieft sich, mein Feuer flammt immer heller auf. Es hat sich ein Feuersturm in mir entfesselt, mit einer so heißen Wut, dass sie alles verschlingen wird, was ihr in die Quere kommt. Noch hat Josias es nicht bemerkt, aber bald. Und dann werde ich meine Gerechtigkeit bekommen. Ich werde Neve rächen. Ihr Tod hat auch deren Ableben besiegelt. Meine Muskeln spannen sich an, bereit, über die Balustrade zu springen. Das Flüstern um uns herum wird immer lauter.

„Ayden!" Aros´ Stimme scheint aus weiter Ferne zu kommen, als ob sie erst durch eine feste Wand aus Wut dringen müsste. Doch ich ignoriere ihn. Ich will ihm nicht zuhören. Mein Verstand und mein Herz sind nur auf ein Ziel fokussiert: Ich will töten. Morden. Sie alle abschlachten. Mein Herz verlangt nach ihrem Blut. Ich meine, Rainns Stimme zu hören. Hände greifen nach mir, halten mich fest umklammert, hindern mich daran, meinen Wunsch umzusetzen. Dampfwolken steigen auf, als Rainns mit Wasser überzogene Hände auf mein loderndes Feuer treffen. Es zischt und feiner Nebel entsteht. Aros und Rainn ziehen mich mit aller Kraft aus der Arena. Ich wehre mich, jeder Muskel in mir sträubt sich gegen diese Bewegung, denn ich will dieses Kolosseum nicht verlassen. Noch nicht. Doch sie geben nicht nach, während Bluette den Elementaren um uns herum Sand in die Augen wirft und für Unruhe und Chaos sorgt.

Sie alle drei reden nun eindringlich auf mich ein, versuchen verzweifelt mich davon abzuhalten, die Rache zu nehmen, die mir zusteht. Ich fühle mich krank vor Wut. Mit einer plötzlichen Bewegung entreiße ich mich Aros Griff und meine feurige Faust trifft Rainn mitten ins Gesicht. Doch er zuckt nicht einmal zusammen. Ich brülle laut auf, klinge wie ein verletztes Tier, aber wir sind bereits in einem der düsteren Tunnel verschwunden, so dass niemand auf mich aufmerksam wird.

Neve kann nicht tot sein. Das ... das müsste ich spüren, oder nicht?

„Ayden, reiß dich zusammen!" Trotz der Hitze meiner Flammen umfasst Bluette mein Gesicht. Ihre Miene verzieht sich vor Schmerzen, während meine Glut ihre Haut versengt. Doch sie hält stand, zwingt mich mit festem Griff, ihr in die Augen zu sehen.

„Das hätte Neve nicht gewollt, Ayden. Finde zu dir zurück."

Meine Augen füllen sich mit Tränen und mir fällt das Atmen schwer, als ob ein unsichtbares Gewicht auf meine Lunge drückt. Mein Herz zerreißt vor Schmerzen und Verzweiflung. Es fühlt sich an, als würde es in Stücke gerissen werden. Was, wenn es wirklich wahr ist?

„Ayden", brüllt Aros und schüttelt mich grob, während er Bluette von mir wegzieht. Ich sehe ihre von Blasen übersäten Hände, ehe ich Aros anblicke, ohne ihn wirklich wahrzunehmen. Ich muss zu Neve. Alles in mir brüllt danach, Gewissheit zu erlangen. Ich muss zum Montes Glaciei und sie finden ... sie retten ... und doch wird mir im nächsten Moment klar, dass es unmöglich ist. Wir alle sind an diesen Ort gebunden. Wir sind Gefangene. Bis Josias den Zauber aufheben lässt, der uns aktuell hier fesselt oder er in fünf Tagen von selbst nachlässt. So sind die Regeln.

Keiner darf den Anwärterinnen zu Hilfe kommen.

Ich höre einen Klageschrei, meinem nicht unähnlich und sehe in der Ferne, wie Nereus Selale aus der Arena trägt. Sie wehrt sich verzweifelt und ich spüre ihre Wut und ihren Zorn tief in mir, als wären sie meine eigenen. Es ist meine Schuld. Alles hier. Ohne mich wäre all das nie passiert. Ich lege meine Hand auf meine Brust, dort, wo mein Herz mit schmerzhafter Intensität schlägt. Neve hat dieses grausame Ende nicht verdient. Nicht sie. Sie war so viel besser als jeder von uns. Warmherzig, witzig und mitfühlend. Sie war kein Monster wie der Rest von uns. Unverdorben und voller Träume Und nun soll sie fort sein? Dieses lebensfrohe und gütige Wesen? Es ist nicht richtig. Wie kann jemand wie sie sterben und jemand wie Hestia hier stehen? Wie kann das gerecht sein? Es ist nicht richtig.

Ich sinke auf die Knie, gebrochen, mit einer tiefen Leere in mir. Zum ersten Mal in meinem Leben weine ich bittere Tränen, während Bluettes Arme mich sanft umfangen. Ihre eigenen Tränen vermischen sich mit meinen, während Aros und Rainn uns wie ein Schutzwall umgeben und neugierige Blicke abblocken.

In diesem Moment schwöre ich mir eins: Ich werde nicht sterben, ehe ich Neve gerächt habe.

Auch Tage später hält die schmerzvolle Leere in mir an und der Wunsch nach Rache brodelt in meinem Inneren.

Der kleine Funken Hoffnung, den ich noch in mir trage, schwindet mit jedem verstrichenen Tag mehr. Nach außen hin gebe ich mir Mühe, meine Fassade aufrechtzuerhalten. Doch mein Inneres gleicht einem zerstörten Schlachtfeld. Trauer und Wut sind in meinem Herzen ein gefährliches Gemisch, das seine Klauen ausstreckt und immer mehr von mir verzehrt.

Ich spüre die besorgten Blicke der anderen, doch ich schotte mich ab. Nach außen hin bleibe ich der, der ich immer war – stoisch, unerschütterlich. Doch innerlich bin ich einfach nur zerbrochen. Nein, in Fetzen gerissen und zerstört. Neve war die Meine. Ich war der Ihre. Was macht dieses Leben noch für einen Sinn, wenn sie fort ist? Wie soll ich diesen Schmerz in mir überstehen, der schlimmer als jede Verletzung in mir brennt? Noch immer bin ich geschockt und erschüttert. Ich träume davon, wie Hestia ihr das Schwert in den Leib rammt und sie nach mir schreit. Wie sie alleine dort oben liegt und stirbt.

Die Tage ziehen blass und farblos an mir vorüber. Jeden Morgen wache ich mit der vergeblichen Hoffnung auf, dass Neve den Weg zurückgefunden hat, dass sie Hestias Worte Lügen straft. Dass sie ihren Dickkopf durchgesetzt hat und lachend vor mir steht. Doch nichts dergleichen passiert. Nach Hestia und den anderen sind noch zwei weitere Anwärterinnen zurückgekehrt. Alles Elementarinnen der alten Welt. Jede Anwärterin der Erde ist tot. Erst jetzt, wo sie fort ist, wird mir klar, wie sehr sie mein Leben und mich selbst verändert hat. Sie hat mein Leben auf eine Weise verändert, die ich nie zuvor gekannt habe. Sie hat mir etwas geschenkt, was ich nie zuvor besessen habe – Träume, Liebe und den Wunsch, mehr als ein Krieger zu sein. In stillen Momenten träumte ich davon, ein richtiges Leben mit ihr zu führen. Eine Familie zu gründen. Sie hat mich glücklich gemacht und eine Fröhlichkeit in mein Leben gebracht, die ich zuvor nicht kannte. Nicht nur in meines. In unserer aller. Ich weiß, dass es ihnen ebenso geht. Ihre Leichtigkeit fehlt. Ihre Warmherzigkeit und ihr Frohsinn, der uns im Laufe der Zeit in dieser Welt verloren gegangen ist. Sie hatte ihn uns zurückgegeben. Uns wieder zu denen gemacht, die wir einst waren, vor Josias. Nur, dass wir jetzt erst erkennen, was wir verloren haben.

Der Gedanke, dass sie dort oben, auf diesem eisigen Berg, ganz alleine gestorben ist, lässt mich innerlich selbst sterben.

Neve hat dieses Schicksal nicht verdient und ich trage die Schuld daran.

Der einzige Grund, warum ich noch hier bin, ist das Wissen, dass es meine Strafe ist, ohne sie weiterleben zu müssen.

Ich kann meine Familie nicht im Stich lassen – noch brauchen sie mich. Neve war das Licht, das die Finsternis in mir vertrieben hat. Nun, da sie fort ist, ist es in mir trostloser denn je. Die Dunkelheit holt sich auch den letzten Funken Gutes, der noch in mir gesteckt hat.

Rainn und Kelvin konnten mich gerade so davon abhalten, Hestia höchstpersönlich die Kehle durchzuschneiden. Und bei den Göttern, ich wollte es tun. Gleich an dem Abend bin ich losgezogen und die beiden haben mich aufgehalten, meine Schläge eingesteckt und so vermutlich Hestias wertloses Leben gerettet.

Heute ist der letzte Tag der Prüfung. Danach gilt Neve offiziell als tot. Und nicht nur sie. Es sind nun fast drei Wochen seit dem Tag vergangen, an dem ich sie auf der Lichtung zurückließ. Was hat sie wohl gedacht, als sie dort erwacht ist? Hat sie sich von mir verraten gefühlt oder meine Gründe verstanden?

Wäre da nicht der bestialische Schmerz in mir gewesen, hätte ich mir noch einreden können, dass sie geflohen ist. Doch das ist sie nicht. Sie hätte mich nicht verlassen. Nicht Neve. Sie hat bis zum Ende gekämpft, das weiß ich einfach.

Sie fehlt mir unglaublich. Ihr Lachen, ihre funkelnden Augen und ihre angenehme Kälte, die meinen Flammen nichts mehr anhaben konnte. Neve und ich sind eins. Unsere Seelen sind untrennbar miteinander verbunden. Ein Teil von ihr wird für immer in mir weiterleben, ein Funke in der Dunkelheit. Und diesen Teil halte ich fest, umklammere ihn mit aller Kraft, versuche ihn vor der Finsternis in mir zu schützen.

Ich kann es kaum erwarten, wieder in mein Haus am Berghang zurückzukehren. Weit weg von all dem Lärm, den Wesen und den Fragen. Zurück an den Ort, wo wir einfach nur wir sein konnten, ohne uns zu verstecken – Neve und Ayden. Liebende, die auf ein gutes Ende hofften. Nicht auf die Tragödie, die daraus wurde.

„Ayden." Sky schüttelt sanft meine Schulter und ich zwinge mich, sie anzusehen. Sie ist ebenfalls viel launischer als sonst und lässt ihre entsetzliche Stimmung normalerweise an der Welt um sich herum aus.

Sie alle vermissen Neve. Jeder trauert auf seine Art. Aber Sky sieht man es am deutlichsten an. Sie hat eine harte Schale und zeigt Gefühle nicht, aber Neve hat ihr etwas bedeutet und diese Trauer verwandelt sich bei ihr in Wut. Wie ein Igel, der die Nadeln aufstellt, versucht sie nun, alles und jeden auf Abstand zu halten. Als Cilia starb, war es ähnlich. Über all die Wochen sind sie und Neve Freunde geworden und jetzt, wo sie fort ist, will sie ebenso wie ich die Welt bluten lassen. Nur, dass ihre Waffen ihre Worte sind.

Fragend schaue ich sie an, ehe ich in die Runde meiner Freunde blicke. Niedergeschlagen wirken sie alle.

„Wir müssen in die Arena. Josias wird … wird gleich die Sieger dieser Aufgabe verkünden."

Sky bekommt die Worte kaum aus dem Mund, als würden sie ihr die Lippen verätzen. Verbittert stehe ich auf und fahre mir mit den Händen durch mein Haar.

„Geht ohne mich. Ich kann es nicht ertragen, Hestia auch nur anzusehen, ohne sie zu töten. Dieses armselige und widerwärtige Geschöpf. Alles in mir schreit nach Vergeltung. Ihr wisst, was Neve für mich gewesen ist. Was wir füreinander waren. Alles in mir will Hestia leiden sehen. Es liegt mir im Blut, ihr Leben für das meiner Gefährtin zu fordern."

„Wenn du nicht mitkommst, wird Josias vielleicht forschen, wo du bist. Ayden, du weißt, was auf dem Spiel steht. Ich weiß, es ist schwer für dich …"

Sie ist gerade ungewöhnlich nett und fürsorglich – und ich verabscheue es.

„Du weißt gar nichts, Sky. Sie war meine Gefährtin. Sie war mit mir verbunden. Niemand von euch fühlt das, was ich fühle. Außer vielleicht Aros und Bluette."

Sky runzelt verärgert die Stirn und ihre Nasenflügel blähen sich leicht auf. Das erste Anzeichen, dass sie wütend wird. Sehr gut. Ich warte nur darauf. Es hilft mir, den Schmerz in mir zu betäuben, wenn wir uns anschreien.

„Was Sky sagen möchte", setzt nun Adan an, „ist, dass Neve nicht gewollt hätte, dass du …"

„Nicht gewollt hätte? Sie wollte leben. Das hätte sie gewollt."

Sie wissen, dass sie nicht zu mir durchdringen und geben dennoch zu keiner Sekunde auf. Sie sind meine Familie und jeder von ihnen ist bereit, mein Leid mitzutragen.

Sie können in diesem Augenblick nichts sagen, was meinen Zorn lindern könnte. In mir brennt ein Feuer, das nichts und niemand zu löschen vermag. Ich schmecke den Wunsch nach Vergeltung in meinen Adern. Sie alle werden brennen. Ich werde meine Rache bekommen. Nicht heute und nicht morgen. Aber eines Tages werden alle, die Anteil an Neves Leid hatten, für ihre Vergehen brennen. Und ich werde über sie richten. Dieses Wissen lässt meine Mundwinkel zu einem kalten, gefährlichen Lächeln nach oben wandern.

„Dieses Lächeln behagt mir nicht", flüstert Bluette unsicher zu ihrem Gefährten. Aros wirft mir einen forschenden Blick zu, der bis tief in mein Innerstes zu dringen scheint.

Als ich diesen Beschluss fasse, verändert sich etwas in mir. Nach heute habe ich neue Möglichkeiten. Ich richte mich auf. Darauf werde ich nun hinarbeiten. Scheiß auf Gaia. Scheiß auf die Regeln. Soll Atlantika sich selbst retten. Ich werde sie alle höchst persönlich zu Asche verbrennen.

Meine Augen lodern wild auf und Aden tritt unbehaglich einen Schritt zurück, als ich ihn ansehe.

„Gut, lass uns gehen", erwidere ich beinahe zu freundlich und meine Familie tauscht untereinander besorgte Blicke aus.

Ich bin bereit, die Fäden zu meinen Gunsten zu spinnen und Atlantika wird nicht wissen, wie ihr geschieht. Wenn ich mit dieser Welt fertig bin, wird sie nicht mehr sein als Schutt und Asche. Ich kann es kaum erwarten.

Also folge ich den anderen zum Kolosseum.

Letztlich stehe ich erhobenen Hauptes auf dem sandigen Kampfplatz. An dem Ort, wo wir von Feinden zu Freunden, von Freunden zu Liebenden wurden. Der Platz vor mir, auf dem sie stehen sollte, ist verwaist. Wie alle Plätze vor den Wächtern, deren Schützlinge es nicht geschafft haben.

Ich zwinge mich, mit einer ausdruckslosen Miene Josias zu lauschen, wie er die Namen der Ausgeschiedenen verkündet.

… Aideen … Vaya … Shaza …

Name um Name, sie alle bedeuten mir nichts.

… Flora … Enja … Lavea … Aloe …

Es könnte mir nicht egaler sein, dass sie fort sind.

… Nuriel … Anemone …

Mein Körper spannt sich an, ich wappne mich für das, was nun kommt.

… Neve.

Ich fühle mich einen Moment wie gelähmt. Hiermit ist es offiziell, Neve wurde für tot erklärt und ich verschließe meine Trauer tief in meinem Inneren.

Mein Rachefeldzug kann beginnen. In dieser Nacht verliert Askja ihr Leben. Und das ist erst der Anfang. Sie haben Neve ausbluten lassen? Nun, jetzt weiß Askja, wie es sich anfühlt, aufgespießt zu werden und hilflos, alleine zu verbluten. Nur anders als Neve, hat sie mich kommen sehen und ich habe sie mit dem Schwert an die Wand ihres Hauses gepinnt. Ich werde sie alle kriegen und sie werden vor mir erzittern.

Josias will ein Monster sein? Nun, er hat definitiv eins erschaffen. Ich habe immer betont, dass ich nicht der Gute in dieser Geschichte bin. Ich bin der, zu dem diese Welt mich gemacht hat. Ein Ungeheuer unter Monstern.

Neve

Ich fühle mich verwirrt und benommen, als ein rhythmisches Tropfgeräusch in meinen Geist dringt. Langsam kehrt das Bewusstsein zurück, wie ein grauer Nebel, der sich lichtet.

Pling ... Pling ... Pling ...

Wasser fällt in einem steten Rhythmus in ein Gefäß. Hart und gleichmäßig erklingt der Ton. Das Tropfen wird zu einem unaufhörlichen Takt, der durch den Nebel in mein Sein dringt. Das monotone Geräusch ist wie eine nervige Melodie, die mich daran hindert, erneut in das tiefe, schwarze Loch abzustürzen, in dem ich mich eben noch befand. Ich fühle mich geschwächt und ausgelaugt. Was ist passiert? Wo ist Ayden?

Hat er einen Wasserhahn laufen lassen? Wo steckt er?

Pling ... Pling... Pling ...

Ein leises Stöhnen entweicht meinen spröden Lippen, als ich verzweifelt versuche, meine Augen zu öffnen. Ein mühsames Unterfangen, als ob meine Lider mit Steinen beschwert worden wären. Nach einigen Anläufen gelingt es mir schließlich und ich schaffe einige wackelige Blinzler und kämpfe mich durch den Nebel, ehe ich meine schmerzenden Glieder bewege.

Sie fühlen sich an, als hätte ich sie seit Tagen nicht benutzt und wirklich jeder Knochen scheint sich schmerzhaft zu beschweren.

Ich bin desorientiert und mir fehlt Aydens warmer Körper neben meinem. Sein beruhigender Duft nach Feuer und Asche, der mir immer ein Gefühl der

Sicherheit vermittelt hat, ist nirgends zu finden. Wo ist er?

„Sieh an, wer von den Toten zurückgekehrt ist."

Die fremde Stimme sorgt dafür, dass mir das Herz in die Hose rutscht.

Plötzlich werde ich mir dem Raum um mich herum erst richtig bewusst. Er ist mir völlig unbekannt. Vor Schreck läuft es mir gleichzeitig heiß und kalt den Rücken hinab.

Ich springe hektisch von der Pritsche auf und mache einige wackelige Schritte, bevor meine Beine unter mir einfach nachgeben und ich mit dem Gesicht voran gegen eine vereiste Wand krache. Ein unwillkürlicher Schmerzlaut entfährt meinen Lippen.

Scharfe, eiskalte Kerben reißen die weiche Haut meines Gesichtes auf und ich ziehe zischend die Luft ein. Ein stechender Schmerz sorgt dafür, dass mein Verstand sich wieder schärft. Erinnerungen und Erkenntnisse prasseln auf mich ein.

Ayden. Der Wettkampf. Der Berg. Hestia. Nur, wo bin ich? Oder eher, warum bin ich noch hier?

Ich müsste tot sein. Angsterfüllt taste ich meine Brust und meinen Bauch ab, bemerke, dass ich nur ein fremdes helles Oberhemd trage und meine lederne Rüstung fort ist. Sie haben mich entkleidet.

Mein Verstand setzt ein und mein Körper überzieht sich in Sekundenschnelle mit einer schützenden Eisschicht.

Ich versuche, auf die Beine zu kommen, doch sie verweigern mir ihren Dienst. Was ich mit einem ungehaltenen Fluch kommentiere.

Dass ich meine Glieder nicht kontrollieren kann, sorgt dafür, dass ich Todesängste ausstehe. Meine Nerven flattern wie ein aufgeschreckter Vogel in meinem Körper und jeder Herzschlag dröhnt in meinen Ohren wie ein Donnergrollen.

„Ganz ruhig, Kleines. Niemand hier wird dir etwas tun. Du bist in Sicherheit."

In Sicherheit? In dieser Welt ist man nirgendwo sicher.

Langsam hebe ich den Blick, mustere den hochgewachsenen Mann, der auf der anderen Seite des trostlosen Raumes an einer Wand lehnt, die Arme vor der Brust verschränkt und mich amüsiert ansieht. Zugleich versuche ich, meine Angst in den Griff zu bekommen.

Mein Mund öffnet sich, ich möchte ihm alles erdenklich Schlechte wünschen, doch es kommt kein Ton heraus, denn … er ist wie ich. Ein Glacies.

Weiße Haare, die gleichen Augen, in denen Schnee und Eis wüten. Dabei sollte ich die Einzige sein – und doch ist er hier. Wie ist das möglich? Ich glaube, mein Mund steht weit offen, während ich ihn anstarre. Meine Angst ist einem Schock gewichen.

„Du bist wie ich", erkläre ich ein wenig dümmlich, obwohl es offensichtlich ist. Aber ich muss es einfach laut aussprechen, um mir selbst zu beweisen, dass es wahr ist.

Sein halblanges Haar fällt ihm leicht ins Gesicht und verleiht ihm einen verspielten Ausdruck. Seine Rüstung unterscheidet sich von denen, die ich aus der Stadt kenne. Sie ist ebenso weiß wie unser Haar. Die perfekte Tarnung in Schnee und Eis. Plötzlich weiß ich mit ziemlicher Sicherheit, dass ich Montes Glaciei nie verlassen habe. Verwirrung breitet sich in mir aus, während ich versuche, das alles zu begreifen.

„Ja, ich bin wie du. Wir gehören demselben Clan an. Wir waren sehr überrascht, als unsere Spione uns von einer Glacies von außerhalb berichteten. Seitdem versuchen wir, Kontakt zu dir aufzunehmen, Neve. Doch das stellte sich wirklich als Herausforderung dar, denn dem Ignis und seinem Gefolge, mit denen du verkehrst, ist nicht zu trauen. Er gehört zu Gaias innerem Kreis. Oder gehörte."

„Woher kennst du meinen Namen?", forsche ich nach und er stößt sich von der Wand ab und reicht mir seine Hand.

„Colden. Du solltest etwas essen. Du bist nur noch Haut und Knochen. Du hast uns tagelang Sorge bereitet und wir waren nicht sicher, ob du es überlebst oder stirbst. Es war – gelinde gesagt – knapp. Doch nun braucht dein Körper Energie und Nahrung. Dabei können wir uns unterhalten."

Ich mustere seine ausgestreckte Hand, als wäre sie eine Schlange, die jederzeit zubeißen könnte.

„Du kannst mir vertrauen, Neve. Ich will dir nichts antun. Ich habe dich bis hierher getragen und gerettet. Warum hätte ich das tun sollen, wenn ich dich jetzt umbringen wollen würde?"

„Ich vertraue niemandem."

Nun, das ist nicht ganz die Wahrheit, aber das muss ich ja nicht preisgeben. Ich vertraue Ayden und meinen Freunden. Colden hingegen kenne ich nicht. Mein Misstrauen ihm gegenüber ist angebracht.

Also richte ich mich mühsam alleine auf, was er scheinbar belustigend findet, wenn ich seinen Gesichtsausdruck richtig deute.

„Sehr willensstark." Er nickt mir anerkennend zu, bevor er eine ausladende Geste zur vereisten Tür macht.

„Wollen wir?"

„Und wer genau bist du?"

116

„Oh, verzeih bitte, ich habe meine Manieren vergessen. Ich bin der Anführer des Widerstands."

„Gegen Josias?"

„Gegen Gaia und Josias."

Verwirrt schaue ich ihn an. Warum ein Widerstand gegen Gaia? Ayden hat mir erzählt, dass sie eine gütige Herrscherin war.

„Erst essen, dann reden, du erinnerst dich?", flachst er und ich runzle die Stirn, folge ihm aber, denn mein Magen knurrt wirklich laut und ich fühle mich noch immer wackelig auf den Beinen.

Ich strecke meine Arme aus und mustere meine schmalen Handgelenke mit einem kritischen Blick. Er hat recht – die Haut an meinen Handgelenken wirkt dünner und der Knöchel darunter sticht deutlicher hervor, als ich es in Erinnerung hatte. Ich habe deutlich an Gewicht verloren.

„Wie lange war ich bewusstlos?"

„Ich habe dich vor neun Tagen gefunden. Fast hätten wir dich verloren. Aber wie gesagt, du hast gekämpft und es geschafft."

Unbewusst streiche ich mit der Hand über meinen Bauch und entdecke unterhalb meiner Brust einen straffen Verband, der sich rau und fest anfühlt.

Neun Tage. Das bedeutet, ich habe es nicht rechtzeitig zurückgeschafft. Ayden. Er wird denken, dass mir etwas passiert ist. Ich muss zurück. Sofort.

Furcht erfasst mich und Sorge darum, was Ayden tun wird, wenn ich nicht zurückkehre. Die Vorstellung, was er vielleicht schon getan hat, lässt mein Herz vor Sorge heftig schlagen.

„Ich muss gehen." Ich will herumwirbeln, doch Coldens Hand schließt sich fest um mein dünnes Handgelenk.

„Nein. Ich kann dich nicht gehen lassen, Neve. Noch nicht. Es ist zu gefährlich für uns. Du wirst mich erst anhören. Bitte."

„Lass mich auf der Stelle los oder du wirst es bereuen", zische ich mit zusammengebissenen Zähnen. Colden hebt nur skeptisch eine Augenbraue und schaut mich zweifelnd an.

Wir wissen beide, dass ich in meiner aktuellen Verfassung kein Gegner für ihn bin oder eine Gefahr darstelle, zu meiner Überraschung lässt er aber los. Das rechne ich ihm hoch an.

„Dann rede und lass mich anschließend gehen."

„Erst essen wir."

„Gott, dann bring mich zum Essen", fauche ich und er schmunzelt amüsiert. Warum denkt in dieser verfluchten Welt jeder, er kann mit mir machen, was er will?

Zähneknirschend setzen wir unseren Weg fort und ich schaue mich aufmerksam um.

Wir bewegen uns durch einen langen, in den Berg gehauenen Gang, der von einer dichten Eisschicht umhüllt ist. Bei jedem Schritt knirscht es unter meinen Füßen. An den Wänden entlang reihen sich Türen, die jedoch alle verschlossen sind. Was sich wohl dahinter verbirgt?

Unser Weg wird von schimmernden Kristallen erhellt, die in einem kalten Licht leuchten und sich in den Wänden spiegeln. Schließlich erreichen wir das Ende des Ganges und treten durch eine massive Tür.

Plötzlich finde ich mich in einem großen, aus Stein gehauenen Raum wieder, dessen Wände von einer dicken Eisschicht bedeckt sind. Die Kälte liebkost meine Haut wie eine frostige Umarmung.

Ich kann nicht anders, als mich staunend umzusehen. Jedes andere Wesen würde hier erfrieren, aber niemand der so ist wie ich. Nach all den Monaten in der Hitze von Atlantika ist diese Kälte eine Wohltat für meinen Körper. Und auch hier gibt es mehr, die so sind wie ich.

Ich spüre die Blicke der anderen Glacies auf mir, wie sie mich mustern, schaue mich um, sauge alles in mich ein.

An kleinen Tischen sitzen bestimmt zwei Dutzend Elementare, die inmitten ihrer Mahlzeit innehalten und uns neugierig mustern. Einige lächeln, andere schauen misstrauisch und ich bin wirklich sprachlos von der unerwarteten Szene, die sich mir bietet.

„Wie kann das sein …?", wispere ich, denn ich weiß noch genau, dass Ayden mir erklärt hat, wie selten meine Gabe ist und dass seit Jahrhunderten niemand mehr wie ich geboren wurde. Und doch sind sie hier, und strafen seine Worte Lügen.

Träume ich? Bin ich wirklich aufgewacht?

Eine junge Glacies erhebt sich elegant von ihrem Platz und kommt mit einem einladenden Lächeln auf den Lippen auf uns zu. Ihre Augen funkeln vergnügt, als sie sich mir nähert.

„Du musst Neve sein, Es ist mir eine große Freude, dich endlich zu treffen. Ich bin Skadi, Coldens Schwester."

„Das ist unmöglich. Elementare können doch nur ein Kind bekommen", flüstere ich und mein Kopf steht kurz vor der Explosion.

Ich verstehe nichts hiervon. Es ist, als wäre die ganze Welt, wie ich sie nun endlich begriffen habe, erneut durcheinandergewirbelt worden.

„Setz dich, wir werden es dir erklären." Colden zieht einen Stuhl aus Eis zurück und schaut mich abwartend an.

Was habe ich für eine Wahl? Meine Beine fühlen sich an wie Wackelpudding, also lasse ich mich auf den Stuhl fallen. Außerdem bin ich unendlich neugierig, muss ich zu meiner Schande gestehen.

„Snow, würdest du Neve etwas zu Essen bringen?", ruft er einem Mann mit kurz rasierter Frisur zu.

Colden und Skadi lassen sich auf den Stühlen gegenüber von mir nieder und ich mustere sie. Sauge jedes kleine Detail in mich auf.

Skadi trägt ihr Haar schulterlang und die vereisten Spitzen klirren bei jeder Bewegung leise.

Ihre Rüstung ist ebenso weiß wie die ihres Bruders und glänzt im kalten Licht. Ihr Blick ist sanft.

„Ich bin ganz Ohr", teile ich mit und beide lächeln sich kurz an, ehe Colden beginnt. Ein dampfender Teller taucht vor meiner Nase auf und ich schaue hoch und nicke dem Glacies, Snow, dankend zu.

„Ich bin sicher, du wirst viele Fragen haben."

„Mir wurde gesagt, es gibt seit Jahrhunderten keine Glacies mehr außer mir. Und doch seid ihr hier. Wie ist das möglich?"

„Das ist, was sie alle glauben lässt, aber es gibt uns tatsächlich, wie du siehst. Und Gaia weiß es. Sie hat viele von uns töten lassen, aber einige konnten entkommen. Aber lass mich von vorne beginnen, damit du verstehst, wie weitreichend all dies ist. Gaia, die sich selbst gerne einer Göttin gleichgestellt sieht, ist nicht das, was sie vorgibt zu sein, Neve. Wir wissen weder, was noch wer sie wirklich ist. Aber sie ist kein Elementar wie wir. Sie kam durch eins der Portale in diese Welt. Unser früherer Anführer brachte sie mit von einer seiner Reisen. Er war ein Entdecker und liebte es, neue Welten zu erforschen. Optisch gleicht sie uns, aber sie ist nicht wie wir. Während unsere Magie in den Elementen verwurzelt ist, besitzt sie eine andere Art von Macht und Zauber. Sie ist selbst heute noch ein Mysterium, was das angeht. Als Gaia kam, war dieser Planet anders als heute. Unser Volk war anders als heute. Wir waren eine junge, aufstrebende Zivilisation, voller Visionen. Doch Gaia strebte nach Macht. Sie wollte nicht einfach eine von vielen sein. Sie schaffte es, unseren einstigen Herrscher zu umgarnen, wurde für ihn unersetzlich und als er starb, bei einem mysteriösen Unfall auf einer seiner Reisen wohlbemerkt, ergriff sie die Macht. Sie tötete all die anderen Clan-Oberhäupter, die den Rat um unseren Herrscher bildeten und ersetzte sie durch Elementare, denen sie vertraute. Still und heimlich stellte sie Nachforschungen an und experimentierte an unseresgleichen, um an das Geheimnis unserer Kräfte zu kommen – um es an sich selbst einsetzen zu können. Was auch immer in ihr gesteckt hat oder steckt, sie ist ein Monstrum, welches nicht in unsere Welt gehört und wir müssen sie loswerden. Sie hat es schließlich geschafft, anderen Elementaren ihre Kraft zu entreißen und so in den Besitz der vier Elemente zu kommen. Handelsrouten und Portale wurden geschlossen und sie veränderte mit Hilfe von Magie die Erinnerung des Volkes. Unterstützung bekam sie dabei von einer ihr vertrauten Saceridis. Mit vergifteter Tinte und fremden Runen gelang es ihr, uns alle zu täuschen. Die neuen Generationen wussten dann schon nichts mehr von der Magierin, die einst durch ein Portal kam. Für sie gab es nur Gaia.

Die Elementarin, die über die vier Elemente herrscht. So wurde sie die eine, die Königin, die über so viel Macht verfügt, dass alle Elemente sich ihr beugten. Sie wurde angebetet und einer Göttin gleichgesetzt, wie sie es sich gewünscht hatte.

Sie streckte ihre Fühler aus, versuchte in anderen Welten Fuß zu fassen, merkte aber schnell, dass es zu riskant war, sie anzugreifen. Jetzt, wo sie endlich an ihrem Ziel angelangt war.

Also beschloss sie, unter dem Deckmantel des Schutzes ihres Volkes, die Portale zu schließen. Vielleicht auch aus Angst, dass jemand aus ihrer früheren Welt übertreten und sie so verraten würde. Ihr ganzes Lügengespinst war eine wackelige Angelegenheit.

Andere Völker, die versuchten zu uns zu gelangen, wurden als Feinde angesehen, jeglicher friedlicher Handel eingestellt. Aus dem einst so geselligen Volk der Atlantiker wurde ein reines Kriegervolk, in dem sie Hass und Zwietracht säte.

In der alten Zeit, lange vor Gaia, lebten die Elementare in Gebieten, die ihren Gaben entsprachen. Ignies wohnten in den brodelnden Vulkanschluchten, Aeria hoch oben in den windigen Bergen, Aquas durchstreiften die Tiefen unten im Meer. Unser Habitat war der Montes Glacies. Aber es gab auch durchaus gemischte Städte, Dörfer und Regionen, wo alle Elemente zusammenfinden und nebeneinander existierten konnten. Eben auch Gefährten verschiedener Clane mit unterschiedlichen Kräften. Es war friedlich. Dieser Planet ist riesig. Hast du dich nie gefragt, warum wir die Grenzen nicht übertreten dürfen? Warum jene, die es tun, nie wiederkehren? Früher durchzogen lebhafte Straßen den Dschungel und verbanden die Dörfer miteinander. Voller Leben, Feste und Fröhlichkeit. Dieses Volk war ein stolzes Kriegergeschlecht, aber auch geprägt von Harmonie und Geselligkeit. Doch sie hat alle, die sie erwischen konnte, zusammengepfercht. Und ja, es gibt noch Orte, die vor ihr verborgen sind. Kleine Siedlungen, die sich vor ihr verstecken. So wie wir in diesem Berg. Aber es gibt auch geheime Gefängnisse, die sie gut bewachen lässt, um dort Elementare gefangen zu halten und ihren ihre Magie zu entziehen. Wir haben es selbst gesehen.

Gaia begann still und heimlich, das Volk nach ihren eigenen Vorstellungen zu formen. Alte Schriften verschwanden, mysteriöse Zauber wurden gewoben und selbst die Population wurde von ihr geregelt.

Zu gefährlich wäre es gewesen, wenn sich große Familien zusammengetan hätten, um sie zu stürzen. So, mit der Ein-Kind-Politik, konnte sie viel leichter die Kontrolle behalten und ganze Familien über Nacht auslöschen. In den alten Schriften fand man plötzlich die Erklärung, dass jeder Atlantiker in seinem Leben nur ein Kind gebären könnte. Da sich niemand hier an das Vorher erinnern konnte, wurde es so geglaubt und jedem Neugeborenen von den Saceridis eine magische Rune verpasst, die genau das steuert. Die Saceridis stecken teilweise mit ihr unter einer Decke. Aber wir hier wissen es besser. Die Jahrhunderte gingen ins Land und Gaia regierte, auf den ersten Blick barmherzig und gütig. Ihr Plan schien aufzugehen. Doch hinter verschlossenen Türen sah die Realität anders aus. Es verschwanden auffällig oft Elementare, die sich gegen sie aussprachen oder eine

Bedrohung für sie darstellten. Jene, die sie als Gefahr einstufte, verschwanden spurlos oder entschieden sich scheinbar zu sterben. Die Eltern des Elementars, der dich betreut, des Ignis, sind genau solche Krieger, die ihr zum Opfer fielen und verschwanden. Großherzig nahm sie ihr Kind unter ihre Fittiche. Niemand weiß, was wirklich in dieser Nacht geschah, als sie verschwanden. Haben sie sich an etwas erinnert? Ließ der Zauber bei ihnen nach, weil sie zu mächtig waren? Sie waren alte Elementare, Jahrtausende alt.

Etliche Krieger wurden in Gefechte geschickt und nie wieder gesehen. Allerdings weiß bis heute niemand, wer oder was Gaia in Wahrheit ist oder wo sie einst herkam. Man munkelt, dass es Aufzeichnungen gibt. Aber so gut versteckt, dass niemand sie je gesehen hat. Tief verborgen in einer geheimen Kammer im Schloss. Und dann gibt es da noch uns, die Anomalien, wie sie uns nennt. Die Kräfte, die sie nicht beherrschen kann und die sie deswegen versucht hat auszurotten. Es gibt Gerüchte über Experimente mit Elementaren wie uns, wenn sie einen in die Finger bekommt. Doch Beweise haben wir keine. Nur, dass aus unserem Clan, der einst ebenso groß war wie die der anderen, dieser klägliche Rest geworden ist, weil sie alle verschwanden. Ebenso der Clan der Aeria, die Elektrizität steuern konnten. Electra. Auch an sie erinnert sich niemand mehr. Sie waren wie wir, eine Abspaltung der normalen Aeria. Doch sie sind alle weg. Ausgelöscht. Und nicht nur das, sie wurden komplett vergessen. Etwas, das uns auch geblüht hätte. Die Zeit nahm ihren Lauf und wir restlichen Glacies versteckten uns. Versuchten, neue Glacies vor ihr zu verbergen und in Sicherheit zu bringen. Gaia regierte weiter, die Kinder der Krieger, die verschwanden, wurden zu Erwachsenen. Dein Wächter, Ayden, den sie fast wie einen Sohn aufgezogen hat und der Gaia treu ergeben ist, und Josias, der im Hintergrund seine eigenen Fäden gesponnen hat, gehörten zu diesen Kindern. Sie bemerkte zu spät, dass Josias' Ambitionen, selbst zu herrschen, über die Jahre wuchsen und dass er nach einem Weg suchte, selbst so zu werden wie sie. Da der Irrglaube besteht, dass sie eine von uns ist, sucht er eine Möglichkeit, die gleiche Macht zu erlangen wie sie. Er stellte seinerseits Nachforschungen an, machte sich unentbehrlich und zeigte gute Miene zum bösen Spiel. Wie viel er weiß? Nun, das ist eine Frage, auf die wir keine Antwort haben."

„Wisst ihr, wo sich Gaia aufhält?", flüstere ich, als hätte ich Angst, die Worte laut auszusprechen.

„Nein. Wir wissen aber, dass Josias mit ihrem Verschwinden zu tun hat. Einer unserer Spione gehörte zu Gaias Wachen. Er verschwand mit ihr und wir haben seitdem nichts mehr von ihm gehört. Nur Josias kam in dieser Nacht zurück, aber wir gehen davon aus, dass sie lebt und er sie gefangen hält. Er wird sie nicht töten, nicht solange er noch versucht, ihre Macht zu erlangen. Wenn wir sie finden könnten … jetzt wo sie ungeschützt ist, könnten wir es beenden. Doch es gibt keine Spur zu ihr. Noch nicht."

Es ist alles schwer zu verdauen, was ich gerade höre. Sie suchen ebenso wie Ayden nach Gaia, nur aus völlig anderen Motiven. Während er sie verehrt, wird sie von diesen Elementaren gehasst. Stimmt es, was sie sagen? Geißelt sie ihr Volk und ist eine völlig andere, als sie vorgibt zu sein? Wie viel Macht besitzt diese Frau und welche Art von Magie, die ihr das ermöglicht?

„Wie hat er es geschafft, sie zu überwältigen? Sie und ihre Krieger?"

„Das sind Fragen, auf die wir keine Antwort haben, leider."

Das alles ist sehr viel und doch muss ich in Betracht ziehen, dass sie die Wahrheit sprechen. Ich muss alle Möglichkeiten überdenken und mit meinen Eltern in Kontakt treten. Sie sind ebenfalls Atlantiker der ersten Tage. Das bedeutet, sie gehören zu jenen, die sie einst mit einem Zauber gefesselt hat. Dann müsste es diese Rune, von der sie soeben erzählt haben, auf ihren Körpern geben.

„Habt ihr ein Bild dieser Rune?", forsche ich nach und Colden nickt.

„Ich werde sie dir später in den Büchern zeigen."

Ich nicke dankbar. Die Lage ist ernst. Selbst wenn wir Josias besiegen, was passiert dann mit Gaia?

„Und ihr lasst ihn jetzt einfach regieren? Bleibt versteckt, während dort unten Elementare leiden? Wisst ihr, was er dort unten tut? Er tötet uns. Eine nach der anderen auf grausame Art und Weise, nur zur Belustigung der Massen."

„Neve, es ist noch viel größer, als du denkst. Du siehst nur diesen kleinen Teil des Großen und Ganzen. Ja, er tötet die Anwärterinnen, aber gleichzeitig hält es ihn auch beschäftigt und lenkt ihn ab. Was uns in die Hände spielt. Wenn wir Gaia finden sollten, können wir sie in Gewahrsam nehmen. Danach kümmern wir uns um Josias. Er ist, auch wenn du es mir nicht glauben magst, das kleinere Übel. Wir hatten vor, Gaia selbst zu stürzen. Wir hatten bereits Pläne geschmiedet. Doch leider kam alles anderes. Dem Volk seine Freiheit wiederzugeben, ist unser Ziel. Diese Welt wieder zu der werden zu lassen, die sie früher einst war. Doch das bedarf einer ausgiebigen Planung, keiner Kurzschlusshandlung. Schau uns an. Wir sind so wenige und ihre Wachen in der Überzahl. Josias ist uns zuvorgekommen, was nicht bedeutet, dass wir aufgeben. Niemals. Wir haben vor, der Welt ihr wahres Gesicht zu offenbaren. Doch erst einmal müssen wir Zugang zum Schloss bekommen, Hinweise finden, wie wir sie besiegen können."

„Warum sucht ihr keine Hilfe? Verbündete in anderen Welten?"

„Weil unser Volk sie bekämpfen würde. Sie glauben Gaia. Wir suchen einen Weg, um Gaias Zauber über die Einwohner zu brechen. Ihnen die Augen zu öffnen. Sie müssen ihr wahres Gesicht sehen, um uns zu glauben. Wir versuchen, die Zauber der Gefängnisse zu überwinden. Wie die Hauptstadt sind diese Orte magisch versiegelt. Niemand, der reingeht, kommt je wieder raus. Wenn wir aber diese Insassen befreien könnten ..."

„Aber wie konnte sie alle Kräfte in sich vereinen?"

Ich verstehe es einfach nicht. Ist sie ... ein Alien? Wie kann eine einzige Frau eine ganze Zivilisation täuschen und in ihre Finger bekommen? Es ist schwer zu glauben. Aber ... ein Teil von mir ist vom Wahrheitsgehalt der Geschichte überzeugt, ein anderer wiederum denkt, dass Ayden Recht hat.

Colden schweigt einen Moment, ehe er weiterspricht.

„Das wüssten wir auch gerne. Wir vermuten, dass sie anderen ihre Macht stielt. Dass sie diese anzapft. Sie hätte dich nicht am Leben gelassen, weißt du. Alle

Glacies verschwinden. Selbst die Babys, die wir nicht rechtzeitig holen können. Unsere Gabe treibt sie zur Weißglut, weil sie die Einzige ist, die sich ihr nicht beugt. Und da unsere Gabe doch selten auftritt, ist unsere Population schon immer am geringsten gewesen – und am unauffälligsten zu vernichten. Sie weiß, dass es uns gibt. Sie verfolgt uns im Geheimen. Aber sie kann dem Volk nicht offen verkünden, dass wir, unser ganzer Clan, noch existieren. Denn dann müsste sie erklären wieso. Wo sie doch stets behauptet, dass wir alle tot oder in der alten Welt geblieben sind. Sie kann diesen Berg nicht bezwingen. Er ist unsere Festung. Kein Ignis schafft es, sich weit genug hineinzubrennen, kein Aqua ist stark genug, hier ihr Element zu nutzen und kein Aeria kann an diesem Ort Macht ausüben. Nur deswegen sind wir hier sicher. Alle außer Glacies meiden diesen vereisten Berg, weil er ihnen den Tod verspricht.

„Woher wisst ihr das alles, wenn sie doch allen die Erinnerung genommen hat?"

„Nicht allen, aber fast. Einige von uns konnten flüchten oder erinnern sich. Alte Elementare. Wie deine Eltern."

Eine Stimme hinter mir lässt mich zusammenzucken und ich drehe mich ruckartig um.

Eine hübsche Elementarin, die ebenso jung wirkt wie ich, steht dicht hinter mir, doch ihre Augen zeugen von einer viel größeren Lebensspanne.

„Mutter." Colden steht eilig auf und Skandi macht es ihm nach, während die Elementarin nur lächelnd abwinkt. „Setzt euch wieder."

Sie lächelt mich an und offenbart dabei Grübchen. Sie wirkt nett, doch ich lasse mich von einer Fassade nicht täuschen. Ich bin achtsam.

„Ich war einst dabei, als Gaia durch eines der Portale zu uns kam. Deine Mutter, Selale, war früher meine Freundin. Wir sind zusammen aufgewachsen und waren unzertrennlich. Leider konnte ich sie nicht beschützen. Als wir erkannten, dass Gaia alle täuscht und manipuliert, war es schon zu spät. Wir flohen aus der Hauptstadt und ließen viel zu viele in ihren Fängen zurück. Darunter deine Eltern, Neve. Sie waren bereits in ihren Bann gezogen und befanden sich zu dem Zeitpunkt auf der Erde und so versteckten wir uns, um zu planen, wie wir sie eines Tages befreien könnten. Doch deine Eltern kamen nie zurück. War es ein siebter Sinn? Ich weiß es nicht, aber sie blieben in der anderen Welt und da waren sie erst einmal sicher. Jahrhunderte lang. Auch wenn ich meine Freundin an dem Tag verloren habe, hat mich das Wissen, dass sie lebt und in Sicherheit ist, besser schlafen lassen."

Man hört den Kummer über ihren Verlust in ihrer Stimme.

„Der erste Weg ist der, herauszufinden, wie wir diesen Zauberbann lösen können. Doch die Saceridis, die ihn sprach, ist ebenfalls verschwunden. Vielleicht ist sie selbst vor Gaia geflohen und hat eins der damaligen Portale genutzt. Wir werden es nie erfahren. Denn sie sind alle – bis auf das Portal zur Menschenwelt – geschlossen."

„Wie lautet dann euer Plan?"

Und was erwarten sie von mir? Das ist die viel dringlichere Frage. Werden sie mich gehen lassen oder bin ich hier ebenso eine Gefangene wie bei Josias?

„Einen Weg finden, den Zauber zu brechen und unser Volk zu befreien. Sie wieder zu dem Volk werden zu lassen, dass sie früher waren. Du siehst, es stellt uns vor ein Problem. Denn weder kennen wir den Zauber, noch sind wir in der Lage, im Schloss nach alten Schriften zu suchen. Wir bekommen keinen Zutritt. Wir können nicht einfach in die Stadt marschieren, so ganz ohne Grund. Es würde einen Aufruhr geben."

In meinem Kopf arbeitet es. Sie können nicht. Sie kommen Josias und dem Schloss nicht nahe genug – aber ich könnte es!

Wenn ich diesen Wettkampf gewinne und es uns gelingt, den Zauber zu brechen, könnten Gaia und Josias verschwinden. Und damit wären Ayden und alle anderen frei. Doch wird Ayden mir glauben können? Das alles passt nicht zu dem Bild, welches er mir von Gaia vermittelt hat. Wenn es stimmt, was Colden sagt, ist Ayden ebenso verzaubert wie der Rest von Atlantika. Es scheint, als hätte sie seine Eltern ermordet. Er hat ein Recht, die Wahrheit zu erfahren. Und wenn es diese Gefängnisse tatsächlich gibt, müssen wir die Elementare befreien, die dort festgehalten werden.

Doch kann ich ihnen vertrauen? Werden sie mich gehen lassen, damit ich Ayden sehen kann?

Mir schwirrt der Kopf und ich muss das eben Gehörte erst einmal verdauen. Fragen über Fragen. Gerade wo ich dachte, ich habe diese Welt verstanden, wird sie komplett auf den Kopf gestellt.

Ayden

Verborgen im Schatten der Häuser verfolge ich Hestias Weg. Selbstgefällig schreitet sie durch die Gassen und ist sich der Gefahr, in der sie sich gerade befindet, nicht im Geringsten bewusst. Es kostet mich immense Willenskraft, hier in der Dunkelheit zu verharren und sie nicht sofort anzugreifen. Ich werde erbarmungslos zuschlagen. Unwillkürlich schließe ich die Faust um meinen Dolch. Spüre sein Gewicht in meiner Hand und stelle mir bildlich vor, wie ich ihn langsam in Hestias Herz gleiten lasse. Ein grausames Lächeln stielt sich auf meine Lippen. Sie wird von ihren Wachen begleitet und kommt von einer Audienz bei Josias. Sie ist sich ihrer Sache schon so sicher. Denkt, der Thron sei ihrer, doch nein. Niemand wird an Josias Seite dort oben sitzen. Dieses überhebliche Lächeln wird ihr schon bald vergehen. Verbittert überlege ich, ob ich ihren Kopf wohl an Josias senden sollte oder sie einfach in einer Gasse im Dreck liegen lasse, damit die Ratten sich an ihr vollfressen können.

Ich ziehe meine Kapuze tiefer ins Gesicht und folge ihrem Weg. Wie ein Schatten verschmelze ich mit meiner Umgebung. Nicht grundlos sendete Gaia stets mich, wenn sie sicherstellen wollte, dass ein Auftrag erfolgreich ausgeführt wurde. Auch jetzt überlege ich, wie ich am besten vorgehen kann und plane jeden Schritt sorgfältig. Suche nach dem richtigen Moment, ohne kopflos zu handeln oder meinem Wunsch nach Vergeltung nachzugeben. Als erstes müssen ihre Wachen verschwinden. Um die werde ich mich zuerst kümmern.

Hestia betritt ihr dunkles Haus und eine ihrer Wachen bleibt vor der Tür stehen, während die andere ihr ins Innere folgt.

Mein Mundwinkel hebt sich und ich ziehe lautlos einen Dolch aus meinem Ärmel. Das wird einfacher als gedacht. Langsam nähere ich mich der Wache. Uns trennen nur noch wenige Meter.

Gerade als ich ausholen will, um den Dolch zu werfen, tritt eine mir bekannte Gestalt vor mein Sichtfeld.

Mein Arm verharrt reglos in der Luft, den Dolch noch zwischen den Fingern.

Die Spitze zeigt auf Skys Gesicht und sie schielt kurz auf das scharfe Metall, ihre Augen weiten sich leicht, ehe sie nach meinem Arm greift und ihn mit festem Griff herunterdrückt. Es kostet sie einige Anstrengung, ihre Züge sind angespannt und entschlossen, doch schließlich lasse ich ihn sinken.

Ich knurre sie wenig erfreut an, meine Stirn in Falten gelegt. Ebenso wie ich, hat sie ihr Haar unter einer Kapuze verborgen, nur einige Strähnen fallen heraus. In ihren Augen liegt ein intensiver Ausdruck, eine Mischung aus Sorge und Entschlossenheit. Statt Erfüllung in meiner Rache zu finden, muss ich mich jetzt mit der Frustration auseinandersetzen, dass ich für heute wohl auf meine Vendetta verzichten muss.

„Ayden", zischt Sky wütend, ihre Augen blitzen vor Zorn und Sorge, während sie darauf bedacht ist, keine Aufmerksamkeit auf uns zu ziehen. Sie drängt mich mit festem Griff zurück in die Gasse, aus der ich gerade gekommen bin. Ich verdrehe genervt die Augen und verziehe mein Gesicht zu einer ätzenden Grimasse. Der Ärger und die Enttäuschung brodeln in mir hoch, während ich ihre Hand von meinem Arm schüttle, doch ihr Blick hält mich vorerst in Schach.

„Geh mir aus dem Weg", fordere ich mit knirschenden Zähnen. Ihre Nasenflügel blähen sich vor Zorn auf und ich höre das leise Knistern ihrer Haare, ein Vorbote ihrer Elektrizität. Sky ist anders als andere Aeria. Sie kann Elektrizität leiten. Doch sollte sie es nicht in der Öffentlichkeit tun.

„Hör sofort auf mit dem, was du hier gedenkst zu tun. Wenn Josias das mitbekommt, lässt er dich köpfen."

„Und?"

Ihre Augen weiten sich, Fassungslosigkeit mischt sich in ihre Wut. Diese Antwort hat sie nicht erwartet.

„Das willst du, oder? Dass er dein Leben beendet, wenn du deine Rache bekommen hast."

„Was ich will, ist die Ignis zu töten, die meine Gefährtin zum Sterben auf diesem verfluchten Berg zurückgelassen hat. Und wenn du ehrlich bist, willst du ebenfalls nichts lieber als das. Du willst Hestia ebenso töten wie ich. Ich sehe es dir an."

„Das tut nichts zur Sache, Ayden. Was ich will und tue sind zwei ganz verschiedene Dinge. Wir haben eine Aufgabe", hält Sky mit eiserner Stimme dagegen und drückt ihre Hand mit Nachdruck auf meine Brust. Ihre Augen funkeln entschlossen. Sie wird mich nicht gehen lassen. Sie ist ebenso dickköpfig wie ich. Und eigentlich nicht weniger rachsüchtig.

„Ich war dort, Sky. Vor zwei Tagen. Es gibt keine Spur mehr von Neve. Nicht die kleinste. Außer einer Menge Blut. Die Stelle war unübersehbar. Ich konnte sie nicht einmal bestatten. Sie wurde dort liegen gelassen wie Abfall und irgendein Monster hat sie mit

Haut und Haaren verschlungen. Kein einziger Knochen war zu finden."

Sky zuckt bei meiner detaillierten Beschreibung zusammen. Ein Schatten huscht über ihr Gesicht, doch sie strafft die Schultern und schaut mich mit einem düsteren Blick direkt an.

„Das macht sie nicht wieder lebendig und das weißt du. Sie würde nicht wollen, dass du dein Leben wegwirfst, Ayden."

Ich lache freudlos auf.

„Welches Leben, Sky? Welches Leben haben wir denn? Wir sind stets auf der Hut, unterdrückt und machtlos. Schau uns doch an."

„Aber wir haben uns und wir brauchen dich, Ayden. Wir sind eine Familie und wir werden Josias stürzen und Gaia wiederfinden."

In Skys Augen glitzern Tränen und ob ich will oder nicht, es berührt mich. Sie ist niemand, der leicht emotional wird und weint. Sie katalysiert ihre Trauer wie ich in Wut.

„Hör auf damit, es sieht dir nicht ähnlich zu weinen, Sky."

Es ist mir unangenehm, sie so zu sehen, weil es mir nur vor Augen führt, wie verletzt sie ebenfalls ist. Dabei will ich niemanden trösten, ich will mich voll und ganz in meinem eigenen Leid wälzen.

„Dann hör du auf, so einen Mist zu machen und lass uns gemeinsam eine Lösung suchen. Du bist nicht alleine, du Idiot. Du hast uns. Ich verspreche dir, du wirst deine Rache bekommen. Aber nicht so. Es wird dich nicht befreien. Es wird dir auch nicht besser gehen danach. Du lässt dich von deinem Wunsch nach Rache leiten."

„Sky hat Recht, Ayden. Wir sind ein Clan. Eine Familie. Wir stehen das zusammen durch." Kelvin und Rainn treten aus den Schatten heraus. Ich sehe ihre Augen leicht leuchten und grunze verärgert auf. Super. Noch zwei, die mir ins Gewissen reden wollen.

„Familie, Ayden. Neve war auch unsere Freundin", sagt Bluette, während sie und Aros links von mir aus aus der Gasse treten. Adan lässt sich von einem Dach neben Sky fallen.

Meine Familie. Sie alle schauen mich besorgt an, ihre Blicke sorgen dafür, dass ich mich noch miserabler fühle.

Aufgebracht stecke ich den Dolch weg und schaue sie unglücklich an.

„Was macht ihr hier?"

„Wir passen aufeinander auf, schon vergessen?", flüstert Sky und ich lasse mich von ihr in eine Umarmung ziehen.

Neve

„Ich möchte zurück."

Skadi schaut überrascht auf, als ich ihr Zimmer betrete.

„Warum willst du das? Hier bist du sicher."

Seit zwei Tagen bin ich nunmehr wach und denke jede freie Minute nach.

Ja, sie hat recht. Ich könnte hierbleiben, bei ihnen, die so sind wie ich, doch ich muss zurück zu Ayden. Ich gehöre an seine Seite. Er muss wissen, dass ich lebe und ich muss ihm sagen, was ich weiß. Er hat ein Recht darauf, es zu erfahren. Egal, wie er es aufnimmt. Wenn alles wahr ist und wir Beweise für Coldens Anschuldigungen finden, ist Gaia ebenso ein Monster wie Josias. Vielleicht ein noch größeres.

„Meine Familie ist dort."

Mehr sage ich nicht, denn ich weiß noch immer nicht, ob ich ihnen trauen kann. Ich will nicht preisgeben, was mich und Ayden verbindet. Oder dass es überhaupt eine Verbindung gibt.

Skadi nickt langsam. „Ich verstehe. Allerdings musst du das mit meiner Mutter und Colden besprechen. Nicht mit mir."

Ich seufze und ziehe unbewusst meine Lippe zwischen die Zähne. Vom Regen in die Traufe. Ich darf mich hier frei bewegen, aber die Gänge des Berges gleichen einem Labyrinth. Ich bin wieder eine Gefangene. Dieses Gefühl lastet schwer auf mir und schnürt mir die Kehle zu.

„Dann bring mich zu ihnen. Ich habe viel mit ihnen zu besprechen."

Kurze Zeit später betreten wir den Besprechungsraum, in dem Fjolla und Colden über einer Karte brüten. Die eisigen Wände reflektieren das schwache, blaue Licht der Kristalle, die den Raum sanft erleuchten. Jede Oberfläche ist von einer dünnen frostigen Schicht überzogen. In der Mitte des Raumes steht ein großer, massiver Tisch, an dem Colden und Fjolla stehen. Als wir eintreten, blicken beide von der Karte auf, die sie eben noch konzentriert gemustert haben.

„Neve," Colden mustert mich von oben bis unten und ein Lächeln breitet sich auf seinem Mund aus, „unsere Rüstung kleidet dich unglaublich gut. Ich hätte dich fast nicht erkannt."

Verlegen schaue in an mir hinab. Ich trage nun die gleiche weiße Rüstung wie sie.

„Danke, Colden."

„Was führt dich zu uns?" Fjolla rollt die Karte zusammen und steckt sie zurück in ein Regalfach.

„Ich möchte zurück in die Stadt. Zu meiner Familie."

„Wir können dich nicht gehen lassen, das Risiko ist zu groß", erklärt Colden und seine Mutter hebt die Hand, mustert mich.

„Ich erkenne das Potenzial in dir, Neve. Was passiert, wenn wir dich gehen lassen? Dass du für uns ein Risiko darstellst, sollte dir selbst bewusst sein. Du hast hier viel gesehen, was du Josias berichten könntest, denn im Gegensatz zu Gaia weiß er nichts von unserer Existenz. Also, was passiert, wenn wir dich ziehen lassen? Wie sind deine Pläne?"

„Mutter, das kannst du doch nicht ernsthaft in Erwägung ziehen", faucht Colden, doch Fjolla ignoriert seinen Einwand. Sie fokussiert mich. Es fühlt sich an, als würde sie in meine Seele blicken.

„Ich denke, wir könnten uns gegenseitig von Nutzen sein. Ich kenne Elementare, die ebenso denken wie ihr. Und wenn ich den Wettkampf gewinnen sollte, hätte ich die Möglichkeit, nach Hinweisen zu suchen."

„Du wurdest bereits für tot erklärt, wie wir von unseren Spionen gehört haben. Wie willst du erklären, dass du doch noch unter den Lebenden weilst?"

Ich atme tief ein und wappne mich. „Ihr müsst die Wunde erneut öffnen. Nur so, dass man glauben kann, dass ich Hestias Angriff überleben konnte und mich für meine Heilung verkrochen habe."

„Du bist verrückt", lässt Skadi mich wissen und schüttelt den Kopf.

„Wie können wir dir vertrauen?"

„Das Gleiche könnte ich euch fragen. Ich sehe es so: Vielleicht bin ich die Chance, auf die ihr all die Jahre gewartet habt. Ich habe einen Plan. Er ist riskant, aber …"

„Ich bin ganz Ohr."

Und so erkläre ich den dreien, was ich mir überlegt habe. Dass ich zurück in den Wettkampf gehe und versuche, unauffällig nach dem zu suchen, was sie finden wollen. Immerhin lebe ich im Schloss. Mit Ayden an meiner Seite könnte es gelingen. Sollte er mir glauben, versteht sich. Doch behalte ich Aydens Teil meines Plans für mich. Solange ich lebe, werde ich alles dafür tun, ihn zu schützen.

„Nein, Josias wird dich töten lassen, wenn du jetzt zurückkehrst. Du bist offiziell ausgeschieden, Neve.

Deine beste Alternative ist es, hier bei uns ein Leben aufzubauen und im Verborgenen mit uns zu agieren."

Colden hat vielleicht recht, es wäre die beste Lösung und doch steht sie für mich nicht zur Debatte. Ich will zu Ayden, koste es, was es wolle.

„Und wenn ich mich verborgen halte? Mich verstecke? Ich habe einen Unterschlupf und ich gelte, wie du sagst, als tot. Niemand wird mich dort suchen. Ich habe dort unten Verbündete, die uns helfen könnten."

„Wer sind deine Verbündeten?" Colden mustert mich aufmerksam.

„Das tut nichts zur Sache."

„Alle deine Pläne werden mit deinem Tod enden", lässt Colden mich spottend wissen und Wut wallt in mir auf. Warum denken alle, dass sie mich bevormunden können?

„Das weißt du nicht. Und wenn, ist es meine Entscheidung. So wie ich das sehe, habe ich im Gegensatz zu euch immerhin eine kleine Chance, in diese Katakomben zu gelangen und dort nach Hinweisen zu suchen. Sollte ich dabei sterben, ist es mein Pech, nicht das eure."

„Sag, zu wem willst du so unbedingt zurück? Halt uns nicht zum Narren, du verschweigst uns doch etwas", faucht Colden und Fjolla legt ihm die Hand auf die Schulter.

„Achte auf deinen Ton, mein Sohn."

„Ihr habt eure Geheimnisse, ich die meinen. Ich biete euch meine Hilfe an. Nehmt sie an oder lasst es bleiben. Aber ich werde so oder so einen Weg finden, diesen Berg zu verlassen."

„Du bist ganz schön von dir überzeugt. Wir könnten dich in den Kerkern verrotten lassen", hält

Colden herausfordernd dagegen. Unsere Blicke treffen sich und die Luft zwischen uns scheint plötzlich vor Wut zu knistern. Dafür, dass wir Eiselementare sind, haben wir beide ein ganz schon hitziges Temperament.

„Oder wir vertrauen ihr und hoffen auf ein Wunder."

Skadi, die die ganze Zeit nur zugehört hat, tritt neben mich und schaut mich nachdenklich an.

„Du hast ehrliche Augen, Neve. Ich erkenne so etwas. Du musst aber auch verstehen, dass hier mehr auf dem Spiel steht als dein Leben. Nämlich das von uns allen."

Sie legt zwei Finger an die Lippen und stößt einen Pfiff aus, der mir in den Ohren brennt.

Einen Augenblick später zischt ein schneeweißer Falke durch die geöffnete Tür auf ihre ausgestreckte Hand zu und lässt sich auf ihrem Handgelenk nieder.

Er legt den Kopf schief und mustert mich prüfend.

„Das ist ein Winterfalke. Sein Name ist Umbra. Wenn du eine Nachricht für uns hast, so rufe nachts seinen Namen und er wird kommen. Mehr können wir nicht für dich tun. Du wirst auf dich alleine gestellt sein."

„Ich halte das für keine gute Idee", fügt Colden hinzu und seine Mutter lächelt ihre Kinder an.

„Nun, heute hat Skadi entschieden, so wie du entschieden hast, diese Glacies zu uns zu bringen. Nun wird sich zeigen, wie unser aller Leben weiter verlaufen wird. Aber ich weigere mich, so zu werden wie Gaia oder Josias. Neve ist frei. Das ist es, was wir erreichen wollen und es ist ein schmaler Grat, auf dem wir wandern. Wir wollen Vertrauen? So sollten wir vertrauen. Ich wünsche dir Glück, Neve. Mögest du uns allen helfen, Atlantika zu befreien. Und überlege dir gut, wem du da unten dein Vertrauen schenkst. Selten ist jemand der, der er vorgibt zu sein."

Ayden

Ich stehe, wie alle anderen Wachen, in der Arena und folge dem Spektakel, welches sich mir bietet. Heute findet die nächste Prüfung statt. Ein Vierkampf auf Leben und Tod. Eine Anwärterin muss heute ausscheiden.

Alle vier Elementarinnen sind bereits vom Kampf gezeichnet und mit blutigen Schrammen bedeckt. Doch noch kämpfen sie verbissen, jede gegen jede. Sie versuchen, den Schwachpunkt der anderen auszumachen und sich damit eine Chance zu bewahren, den Kampf lebend zu beenden. Doch sie sind sich ebenbürtig und das Schicksal wird entscheiden, wer zuerst strauchelt. Oder sie verbünden sich gegen eine der Anderen.

Die Menge jubelt und johlt bei jedem Treffer und Josias schaut mit einem zufriedenen Gesichtsausdruck auf das Gemetzel hinab. Askjas Tod war ein kurzer, aber schnell verebbter Aufruhr. Niemand weiß, wer es war und niemand verdächtigt mich. Schade eigentlich, denn nur zu gerne würde ich es ihnen mitteilen. Am liebsten möchte ich meine Wut aus mir herausschreien, aber die Zeit ist noch nicht gekommen. Wieso sollten sie auch mich vermuten? Niemand außer meinen Freunden weiß, was Neve mir bedeutet hat. Alle anderen denken, dass wir uns gehasst haben. Ein Wissen, das mich ebenso stört. Die ganze verfluchte Welt soll erfahren, wie viel sie mir bedeutet hat und wen sie sich zum Feind gemacht haben.

Mein Blick fixiert Josias, als ob ich ihn durchbohren könnte. Eine tiefe, finstere Falte legt sich zwischen meine Augen, während ich jede seiner Bewegungen mit einem hasserfüllten Blick verfolge.

Wie gerne würde ich meinen Dolch nehmen und ihm diesen genau zwischen seine Augen rammen. Ich könnte ihn blitzschnell aus meinem Stiefel ziehen und zielsicher werfen. Doch noch ist der Moment nicht gekommen – aber er wird es bald. In meinem Kopf spielen sich mehrere Szenarien ab, die mir gefallen würden.

Ihn zu einem Zweikampf herausfordern, ist so ein Gedanke, der mir zusagt. Mein Schwert langsam in seine Eingeweide rammen und ihn ausweiden, steht ganz oben auf meiner Liste. Mann gegen Mann. Zu gerne würde ich in sein Gesicht sehen, wenn sein Herz aufhört zu schlagen. Alleine die Vorstellung sorgt für ein berauschendes Gefühl in mir.

Blutrünstige Mordgedanken beherrschen meinen Verstand und so bringe ich dieses Gemetzel hinter mich, mit den aufmerksamen Blicken meiner Freunde im Nacken. Sie fürchten, dass ich gedankenlos handeln, mein Wort brechen und Hestia angreifen könnte. Nein, so töricht, es hier in der Arena zu tun, bin ich nicht. Nein, ich werde sie Stück für Stück erledigen. Damit ich sie alle erwische, muss ich mich in Geduld üben und einen nach dem anderen ausschalten.

Schlussendlich fällt Celina, die Aeria, den anderen dreien zum Opfer. Der Wettkampf neigt sich dem Ende zu. Ein, höchstens zwei Prüfungen werden noch anstehen, bis die Siegerin an Josias Seite tritt.

Die Massen lösen sich auf. Das Spektakel ist vorbei. Endlich. Celina wird aus der Arena getragen und ich drehe mich zu Aros um, der mir seine warme

Hand auf die Schulter gelegt hat. Er lehnt sich leicht vor, weil seine Worte nur für mich bestimmt sind.

„Heute Abend. Können wir auf dich zählen?"

Aufmerksam mustere ich ihn, seine flammenden, mir so vertrauten Augen. Sie brauchen mich.

Ich nicke zustimmend. Sie können sich auf mich verlassen.

Heute Abend werden wir, wenn alle den Sieg und die letzten drei Anwärterinnen feiern, einen erneuten Vorstoß wagen. Wir werden noch einmal zu dem Haus im Wald zurückkehren.

Aros lächelt erleichtert, wirkt beruhigt und drückte meine Schulter noch einmal leicht, bevor er seine Hand zurückzieht. Ich erwarte bereits, dass er sich verabschiedet, als er nochmal überraschend das Wort an mich richtet. Seine Stimme ist von einer ernsten und ungewohnten Sanftheit erfüllt.

„Ich kann mir nicht ansatzweise vorstellen, wie sich dein Herz anfühlt, mein Freund. Alleine der Gedanke, Bluette zu verlieren, ist unerträglich und sorgt dafür, dass sich mir die Kehle zuschnürt. Ich wünschte mir, dieses Leid, seine Gefährtin zu verlieren, wäre dir erspart geblieben. Wenn ich könnte, würde ich alles tun, um es ungeschehen zu machen. Das hat keiner von euch beiden verdient. Du nicht und sie ebenfalls nicht."

Diese unerwartete Ansprache aus heiterem Himmel erstaunt mich. Aros ist niemand, der groß über seine Gedanken spricht und er ist nicht gerade für große Gefühlsbekundungen bekannt. Wir sind uns da sehr ähnlich, er und ich. Was soll ich jetzt dazu sagen? Die Worte bleiben mir im Hals stecken. Zu stark ist der Schmerz in meinem Inneren, wenn er über Neve spricht und über das, was ich verloren habe. Ich weiß, wie jämmerlich es ist, sich so sehr in seinem Kummer zu ertränken, aber ich bin machtlos gegen die Flut der Gefühle, die mich erdrücken. Ich fühle mich wie ein Schiff, das in einem Sturm verzweifelt versucht, auf Kurs zu bleiben.

Letztendlich wende ich mich wortlos ab und lasse meine Freunde hinter mir, brauche einen Moment für mich alleine, um mich zu sammeln. Ich muss heute Abend einen klaren Kopf haben. Sie brauchen mich, also werde ich da sein. Aber sie dürfen nicht über Neve sprechen. Niemand. Alleine ihr Name sorgt dafür, dass die Wunden wieder aufreißen und ich abscheuliche Schmerzen spüre. Mein Herz fühlt sich an wie ein zerfleischter Klumpen. Ich frage mich, wie es überhaupt noch schlagen kann. Das Leben kommt mir plötzlich unglaublich und unerbittlich schwer vor.

Als ich beklommen den Weg in den Dschungel einschlage, fühle ich mich alt.

Die Last der Jahrhunderte liegt schwer auf meinen Schultern und der Gedanke, dieses unendliche Leid ein für alle Mal zu beenden, wird immer verlockender.

Niemand wird je wieder diese Leere füllen können, die Neve hinterlassen hat.

Ich erreiche mein Haus, weit entfernt von der schützenden Kuppel. Es liegt versteckt in dem kleinen Tal, umgeben von dem dichten, undurchdringlichen Dschungel, im Herzen der grünen Wildnis. Der Dschungel, mit seinen üppigen, wuchernden Pflanzen und den mächtigen, von Moos überwucherten Bäumen, wirkt so, als wäre er eine natürliche Mauer, die das Tal von der Außenwelt abschirmt. Als ich die knarrende Tür aufstoße, empfängt mich der vertraute Geruch von zu Hause. Ich rede mir ein, sogar Neve zu riechen, ihren unverwechselbaren Duft. Das Haus auf dieser Lichtung zu errichten, war ein Traum, den ich mir erfüllt habe. Hier habe ich mir einen winzigen Funken Unabhängigkeit bewahrt.

Cupid ist scheinbar unterwegs, denn ich höre keine Krallen, die über die Holzbalken rasen, um mich zu begrüßen. Ich habe mich viel zu schnell an dieses Fellmonster gewöhnt. Ebenso wie seine Besitzerin, habe ich es in mein Herz geschlossen. Es hat etwas für sich, wenn man nach Hause kommt und jemand auf einen wartet.

Ich möchte die Wut und die Trauer, die in mir herrschen, freilassen, doch dieses Inferno würde weit mehr zerstören als dieses Haus. Und doch muss es sein, wenigstens ein bisschen.

Flammen lodern auf meinem Körper auf. Unkontrollierbar zeugen sie von dem Chaos in mir.

Ich lasse die Tür hinter mir achtlos zufallen und dann höre ich es – ein leises, fast unmerkliches Knarren der Dielen. Ich stoppe augenblicklich. Sofort liegt mein Fokus darauf und der Krieger in mir erwacht, schärft sich und übernimmt die Kontrolle. Das Knarren wiederholt sich, schwach, aber beharrlich und offenbar versucht jemand, sich vorsichtig in meine Richtung zu bewegen.

Hat Josias jemanden geschickt, um es zu beenden? Mit jedem Knarren, das den Raum durchdringt, steigt meine Anspannung.

Ein eisiges Lächeln legt sich auf meine Lippen und mein Körper bedeckt sich mit noch größeren Flammen, so heiß, dass wer auch immer dort lauert, gleich glauben wird, die Höllenfeuer seien über ihm ausgebrochen. Ich drehe meinen Kopf einmal hin und her, lockere meine Muskeln, während eine begeisterte Vorfreude in mir aufsteigt. Ein kribbelndes Gefühl der Erwartung breitet sich in mir aus. Und ich lausche, nehme jedes noch so kleine Geräusch in der Stille des Hauses wahr.

Das Knarren wiederholt sich und ich neige meinen Kopf leicht zur Seite, um besser hinhören zu können. Draußen geht die Sonne unter und sorgt dafür, dass die Schatten tiefer werden. Die letzten Strahlen des Tages färben den Himmel in ein düsteres Rot, während die Umgebung in ein geheimnisvolles Dämmerlicht eintaucht.

Ich balle meine Fäuste, warte voller ungezügelter Vorfreude auf den Moment des Angriffes. Komm schon, trau dich, denke ich amüsiert. Hier wartet der Tod auf dich.

Mein Blick fixiert die Türzarge und das Knarren ertönt erneut. Noch einen Schritt, komm schon. Die Flammen tanzen auf meiner Haut.

Zuerst erscheint ein heller Stiefel in meinem Blickfeld. In ihm steckt ein langes schlankes Bein, in einer weißen, hautengen Hose. Eine Elementarin. Die Kleidung ist mir völlig fremd und mein Herz schlägt schneller. Mein Blick wandert hinauf, verfolgt, wie die Person aus dem Schatten ins letzte Licht der Abendsonne tritt. Plötzlich weiche ich taumelnd zurück, als hätte mich ein Schlag getroffen. Zischend ziehe ich die Luft zwischen meinen Zähnen in meine Lunge. Mit meiner Hand auf die Brust gepresst stehe ich da, fassungslos starrend auf das Gesicht der Frau im Türrahmen.

Das ... ist unmöglich. Ich mustere jeden Zentimeter, jede Kontur des mir so vertrauten Gesichts, das mir entgegenblickt und jeden Zweifel an seiner Identität beseitigt. Spielt mein Verstand mir einen Streich?

Langsam hebt Neve den Blick und ihre schneeverhangenen Augen suchen meine. Sie wirkt befangen, als wüsste sie nicht so recht, wie sie mit meiner Reaktion umgehen soll. In diesem Moment weiß ich selbst nicht, was ich tun soll, denn ich bin völlig neben der Spur. Regungslos stehe ich da und betrachte meine atemberaubende Gefährtin, die alles andere als tot vor mir steht.

„Hallo Ayden."

Neve

Im ersten Augenblick starren wir uns einfach nur gegenseitig an. Ayden, mit einem so blassen Gesicht, als hätte er einen Geist gesehen und ich mit einer ungewohnten Unsicherheit, weil ich nicht weiß, wie ich mit seiner Reaktion umgehen soll. Ich fühle mich einen Augenblick weit von ihm entfernt, obwohl er vor mir steht. Doch im nächsten Moment überwinden wir die Distanz und liegen uns in den Armen. Sein vertrauter Duft nach würzigem Rauch und brennendem Feuer umhüllt mich, bringt mir Wärme und Vertrautheit zurück, nach denen ich mich so gesehnt habe. Aufgebracht entfährt mir ein Schluchzer der Erleichterung, tief aus meinem Inneren. Ayden. Ich bin zu Hause. Ich habe mein Versprechen gehalten und bin zurückgekommen. Der Gedanke und das Wissen, dass ich nun wieder hier bei ihm bin, lassen den Kummer und die Erschöpfung der vergangenen Tage verblassen. Endlich bin ich wieder dort, wo ich hingehöre – bei ihm.

Unsere Münder treffen sich zu einem verzweifelten Kuss, voller Sehnsucht, in dem all das Leid und der Schmerz stecken, die wir die letzten Wochen erdulden mussten, in denen wir getrennt waren. Jeder Herzschlag, jede Berührung scheint die verlorene Zeit der letzten Wochen zurückzuholen. Meine Gefühle fahren Achterbahn – eine Mischung aus Lachen, Weinen und dem Wunsch, mein Glück laut in die Welt hinauszuschreien. Es fühlt sich so richtig an, wieder hier zu sein - bei ihm. Alles um uns herum verblasst, als ob der Rest der Welt aufgehört hätte zu existieren.

Der Geschmack von Ayden auf meinen Lippen ist süß und vertraut. Sein rauchiger Duft, tief und warm, durchdringt meine Sinne. Ich spüre den festen Druck seines gestählten Körpers, der sich schützend an mich schmiegt, als wollte er mich nie wieder loslassen. Seine rauen Hände umfassen mein Gesicht mit einer Intensität, die Wärme und Stärke ausstrahlt. Als er mich anblickt, ist sein Gesicht einen kurzen Moment zutiefst erschüttert. Ein Ausdruck, der die tiefe emotionale Achterbahn widerspiegelt, die wir beide durchlebt haben. Unsere Liebe, unsere Sehnsucht und unser Schmerz verschmelzen miteinander.

„Neve", wispert er herzzerreißend, seine Stimme voller aufgestauter Gefühle, ehe seine Lippen sich wieder auf meine legen und meinen Mund mit einer Dinglichkeit erobern, die mir den Atem raubt. Mir kommen die Tränen. In seinem Flüstern liegt so viel Schmerz, so viel Liebe – und es erschüttert mein Herz bis in den kleinsten Winkel.

„Ich bin hier", flüstere ich zurück, während ich mich verzweifelt an ihn klammere. Alles, was ich jetzt brauche, ist seine Nähe. Der Rest ist unwichtig. Gaia, Colden, der Wettkampf – bedeutungslos. Ayden ist hier, bei mir. Das ist das Einzige, was zählt. Mein Körper schmiegt sich fest an seinen und ihm entfährt ein tiefes, animalisches Knurren. Ich muss mich selbst davon überzeugen, dass ich es zurückgeschafft habe, zurück zu ihm. Ein wilder, unbändiger Teil in mir verlangt nach ihm, sehnt sich nach mehr als diesen leidenschaftlichen Küssen. Ein uraltes, tief in mir verwurzeltes Verlangen, ihn tief in mir zu spüren, dass er mich als seine markiert, wallt in mir auf.

Meins. Er gehört mir. Der kriegerische Teil meines Herzens brennt ebenso wie seine Flammen. Wild, lodernd und unbändig. Ich will ihn ebenso kennzeichnen, wie ich es mir für mich wünsche. Mich beherrscht nur noch ein Gefühl – unaufhörliche Begierde. Jeder meiner Sinne wird von seiner Wärme überwältigt, die meine kalte Haut liebkost. Ich vergehe unter der Berührung seiner rauen Hände, die so fest und doch auch so sanft meinen Körper erkunden. Der Gedanke, seinen starken Körper auf meiner nackten Haut zu spüren, lässt mein Herz schneller schlagen. Wir brennen gemeinsam.

Wir sind wieder vereint und nichts und niemand wird uns je wieder trennen, nicht, wenn ich ein Wörtchen mitzureden habe. In meinem Schoß kribbelt es und Ungeduld befällt mich. Ich muss diese Kleider loswerden, auf der Stelle. Es fühlt sich an, als würde Aydens Feuer in mir lodern, mich von innen heraus verzehren und nur er ist in der Lage, es zu löschen.

Ich keuche auf, als seine Lippen auf meinen Hals treffen. Seine Zähne schaben über meine weiche Haut und als er sie zwischen seine Lippe zieht, habe ich das Gefühl, innerlich zu vergehen. Mehr, ich brauche so viel mehr als das. Mein eisiger Körper steht in Flammen, als seine großen Hände meine Seiten hinabfahren. Die Wärme seiner Hände scheint sich tief in meine Seele einzubrennen. Oh Himmel, wie sehr hat mir das gefehlt. Er stößt ein Knurren aus, als er an den ledernen Bändern reißt, die diese enge Corsage zusammenhalten. Etwas blitzt auf und schneller als erwartet hat Ayden die Bänder mit einem Dolch durchtrennt. Ein erleichtertes Seufzen entweicht mir und die Rüstung sinkt zu Boden. Ich erinnere mich nur zu gut daran, wie es ist, ihn in mir zu fühlen und meine Muskeln spannen sich voller

Vorfreude an. Wir schauen uns einen Augenblick in die Augen, ehe ich mit geschickten Fingern die Riemen seiner Rüstung löse und sie von seinen Schultern schiebe. Seine Atmung beschleunigt sich, während er meinen Händen mit Blicken folgt, wie sie die Schnüre an seiner Hose öffnen. Als ich sein erigiertes Geschlecht aus der Hose befreie, setzt in meinem Gehirn alles aus. Ein überwältigendes Glücksgefühl durchflutet mich. Seine große Hand legt sich auf mein Kreuz, zieht mich näher an seinen warmen, kraftvollen Körper. Eine tiefe Zufriedenheit lässt mich beinahe schnurren, als seine Lippen erneut meine finden. Das Kribbeln in meinem Bauch und zwischen meinen Beinen ist fast unerträglich. Ein wohliger Schauer rinnt meinen Rücken hinab, als seine Zunge von meinem Mund Besitz ergreift. Seine Hand gleitet endlich meinen Bauch hinab, verschwindet zwischen meinen Schenkeln. Ein Wimmern der Lust entfährt mir und meine Beine werden plötzlich ganz weich, als seine Finger auf meine empfindlichste Stelle treffen. Sein Mund verzieht sich zu einem bestialischen Lächeln. Er weiß, wie sehr ich mich gerade nach ihm verzehre und ich verstehe nicht, wieso er uns beide leiden lässt.

Plötzlich umfasst er mit beiden Händen meinen Hintern und hebt mich an. Automatisch schlinge ich meine Beine um seine Hüfte, genieße den harten Druck seiner Männlichkeit, die sich gegen meine weiche Mitte drückt. Ich vergrabe meine Hände tief in seinem vollen Haar, koste diese Achterbahn der Gefühle vollends aus.

Er stöhnt, als ich mich zurückbiege, damit er meinem Körper die Aufmerksamkeit widmen kann, die er verdient. Ich verbrenne, nein, verglühe vor Erregung.

„Ich liebe dich so unglaublich", knurrt er und in seinen Worten liegt nichts als pure Wahrheit.

„Ich liebe dich auch, Ayden", antworte ich, meine Stimme voll tiefer Zuneigung.

Ich spüre seinen rasenden Puls an meinen Armen, die um seinen Hals geschlungen sind. Das, was ich empfinde, ist nicht nur Lust. Nein, es ist eine Inanspruchnahme meines Gefährten. Ein animalischer Trieb, meinen Geruch auf ihm zu verteilen. Ich spüre, wie unsere Seelen sich erneut verbinden. Wie Nebelwaben umkreisen sich unsere Elemente, schweben im völligen Einklang um uns herum, ohne uns zu verletzen. Ayden lacht rau auf, klingt überaus glücklich. Als hätte er genau diese Worte gebraucht. Ich gluckse beglückt auf, über das Wissen, dass er genauso fühlt wie ich.

Ich biege den Rücken durch, strecke ihm meine Brüste entgegen und werde damit belohnt, dass seine hungrigen Lippen ihnen huldigen. Ich will ihn berühren, mit ihm eins werden, doch er zögert es hinaus, in dem er meine Hände über mir an die Wand pinnt.

Jeder Nerv in meinem Körper steht unter Spannung und einen Augenblick später stoppt Ayden unvermittelt. Verwundert schaue ich in seine Augen, die vor Lust verdunkelt, aber auch voller Sorge auf meine Mitte gerichtet sind.

Unzufrieden fauche ich ihn an. Ich will, dass er weitermacht, bevor ich in seinen Händen zerfließe. Sein Blick ist auf meinen Brustkorb gerichtet und ich weiß plötzlich, was er sieht: den Verband meiner Wunde. Er ist um meine Mitte geschlungen und im

Rausch der Gefühle hat er ihn zuerst nicht als solchen wahrgenommen. Er lässt meine Hände los, will mich hinabsetzen, doch ich klammere mich verzweifelt an ihm fest. Das kann er nicht machen. Ich brauche das hier. Mehr als alles andere. Dieser Moment gehört uns.

Ich lege meine Hand an seine Wange, zwinge ihn, mich anzusehen.

„Mir geht es gut, Ayden. Bitte. Sorg dafür, dass ich mich lebendig fühle. Dass ich weiß, dass dies kein Traum ist und ich hier bin, bei dir. Nimm mich. Zeig mir, dass du ebenso fühlst wie ich."

„Es tut mir so leid, Neve. Alles. Ich werde den Rest meines Lebens versuchen, all das Leid, das du erfahren hast, wieder gutzumachen."

„Dann fang jetzt damit an. Liebe mich, Ayden. Ich brauche dich. Ich verzehre mich nach dir."

Er schaut mich einen Augenblick konzentriert an, ehe sein Gesichtsausdruck sich verändert. Er braucht es ebenso sehr wie ich, diese Nähe und Berührung. Das Gefühl der Verbundenheit. Es ist nicht der körperliche Akt an sich, sondern dieses Gefühl des Einswerdens. Der emotionalen Zusammengehörigkeit.

Ein tiefes Grollen entweicht seiner Kehle und er stößt sich von der Wand ab. Plötzlich liege ich auf unserem Bett. Spüre die kalten Laken unter meinem Rücken. Sein Glied drückt einladend auf meine Mitte, während er mich eindringlich ansieht.

„Du gehörst mir, Neve. Nur mir. Für jetzt und für immer."

„Nur dir. Für immer", schwöre ich ihm und meine jedes Wort ernst. Meine Beine legen sich um seine

Hüften, ich will ihn dichter zu mir ziehen, was ihm ein heiseres Lachen entlockt.

Ich strecke meine Hand nach ihm aus, fahre durch sein weiches Haar und er erzittert unter meinen Fingern.

„Bei den Göttern, ich dachte, ich hätte dich verloren", flüstert er, seine Stimme bricht beinahe vor Erleichterung und Schmerz.

„Weniger reden, mehr küssen", schlage ich vor, was ihm ein weiteres keuchendes Lachen entlockt.

Die Sonne verschwindet hinter dem Horizont, taucht die Welt ein letztes Mal in goldenes Licht, während Ayden und ich all unsere Wut, Trauer und unseren Frust in etwas Schönes und Besseres verwandeln. Eine tiefe Dankbarkeit erfüllt mich, dass ich das hier noch erleben darf. Ich fühle mich lebendig und frei.

Unsere Köper finden zueinander. Eine stürmische Beanspruchung des jeweils anderen. Das Gefühl, wie sein mächtiges Glied in mich eindringt, mich vollends ausfüllt und mit purer Wonne erfüllt, vertreibt auch den letzten Schatten auf meiner Seele. Nichts an diesem Akt ist sanft. Nein, wir lassen unseren stürmischen Gefühlen einfach freien Lauf.

Unsere Blicke, die sich ineinander verkeilen, als wir uns alles andere als behutsam lieben, gibt mir so viel Stärke zurück. Ich lese in Ayden wie in einem Buch. Seine Liebe und Hingabe für mich. Ich fühle mich ihm so unendlich nahe und verbunden. Der Moment, als ich verzweifelt Aydens Namen keuche und er sich kurz danach in mir ergießt und der Moment der Stille, als wir uns einfach nur atemlos ansehen und Ayden sanft eine Strähne aus meinem Gesicht streift, machen mir bewusst – selbst, wenn die

Welt um uns untergehen sollte – dies hier, das ist für immer. Ayden und ich sind durch die Abgründe dieser Welt gegangen, jeder auf seine Art und gemeinsam aufgestiegen wie ein Phönix aus der Asche und nichts und niemand wird uns aufhalten können. Wenn wir untergehen, dann zusammen.

Wir sind auf eine Art und Weise verbunden, die mein Verstand niemals vollständig begreifen wird. Doch als ich meine Hand auf Aydens nackte Brust lege und seinen Herzschlag spüre, weiß mit absoluter Sicherheit, dass ich alles opfern würde, um diesen Mann zu beschützen, der immer alle anderen um sich herum beschützt. Die tiefe Liebe, die ich für ihn empfinde, hallt in mir nach, wärmt mich von innen heraus und lebt in einer friedlichen Symbiose mit der Kälte, die sonst in mir wohnt.

Bald darauf kuschle ich mich mit dem Rücken an ihn. Sein muskulöser Arm, der mit Symbolen und Narben übersät ist, liegt schwer und schützend auf meiner Taille, seine Hand ruht besitzergreifend auf meinem Herzen. Ich genieße das zufriedene Summen meines Körpers.

Mein Herz flattert vor Glück und läuft über vor Liebe. Alles fühlt sich vollkommen und richtig an. Ich bin zu Hause.

Ayden stützt sich auf den Ellenbogen und seine Lippen finden sanft meine Schulter. Ein zarter Kuss auf meiner nackten Haut hinterlässt ein angenehmes Prickeln.

„Du bist zu mir zurückgekehrt."

Seine Stimme klingt seltsam belegt und als ich mich in seinem Arm umdrehe, sehe ich, dass seine Augen verdächtig glänzen. Ergriffen lege ich meine

Hand auf seine raue, stoppelige Wange und fühle das sanfte Kitzeln der winzigen Härchen unter meinen Fingern.

„Ich habe es dir versprochen."

„Das hast du."

„Ich halte meine Versprechen."

„Das tust du. Und ich könnte nicht glücklicher sein."

„Es tut mir leid, dass es so lange gedauert hat", flüstere ich, während sich eine Träne langsam aus meinem Augenwinkel stielt.

Sanft fängt er die Träne mit dem Daumen auf und wischt sie vorsichtig weg.

„Ich würde auch tausend weitere Jahre auf dich warten, wenn ich wüsste, dass du auf dem Weg zu mir bist." Seine Stimme ist fest, aber voller Wärme und der Blick, den er mir zuwirft bestätigt die unerschütterliche Wahrheit seiner Worte. Er würde, wenn es sein muss, für immer auf mich warten, ohne auch nur einen Moment zu zweifeln.

Es gibt so viel, über das wir reden müssen. So viel, was ich ihm erzählen muss und doch kann ich mich nicht überwinden, diesen Moment zu zerstören. Es fühlt sich so gut an, so normal und in diesem Augenblick kann ich all die schlechten Erinnerungen für einen Moment verdrängen. Es steht mir zu, egoistisch zu sein. Einfach nur Ayden und Neve. Ein Liebespaar. Einfach nur wir zu sein.

Er hat mir so unglaublich gefehlt und am liebsten würde ich mich der Illusion hingeben, dass wir für immer einfach hier liegen könnten.

Seine Hand streichelt sanft über meine Haut, die zarten Bewegungen seiner Finger zeichnen unsichtbare Muster auf meinen Körper, bevor sie an dem ausgefransten Verband Halt machen.

„Geht es dir gut?" Seine Stimme ist kaum mehr als ein Flüstern und seine Finger folgen vorsichtig der Bandage, als wolle er die Schmerzen und die Geheimnisse darunter behutsam entschlüsseln. Und schon ist der sorglose Moment vorbei und ich weiß nicht, wie ich ihm das alles erklären soll, was ich selbst kaum verstehe.

„Ja, jetzt ja. Ich bin hier bei dir. Aber … es war haarscharf. Ich will dich nicht anlügen, Ayden. Hestia hat ganze Arbeit geleistet. Ich habe es fast nicht geschafft."

„Aber doch bist du hier."

„Ja, das ist wahr. Und ich gehe nicht wieder weg", verspreche ich leise und unsere Hände verbinden sich.

„Ich habe Askja getötet. Und Hestia wäre die Nächste gewesen."

Sein Blick wird ernst. Hass lodert in seinen Augen auf, als er ihre Namen ausspricht. Ein Hass, der auch tief in mir wohnt.

Seine Stimme ist so leise, dass ich erst glaube, ich hätte mich verhört. Seine Augen flammen auf und wir mustern uns. Schauen tief hinab, bis in die Seele des anderen, jedenfalls fühlt es sich für mich so an. Als würde unser Verständnis füreinander weit über Worte hinausgehen. Ich verstehe ihn und urteile nicht über seine Tat. Im Gegenteil, ich fühle mich ihm noch näher.

„Hätte sie dich verletzt, hätte ich nicht anders gehandelt."

„So blutrünstig neuerdings?" Ein leichtes Lächeln liegt auf seinen Lippen und seine Augen funkeln amüsiert.

„Ja, diese Welt bringt das Beste in einem zum Vorschein." Ich verdrehe die Augen und er lacht rau auf, als wäre es das erste Mal seit Langem, dass er dies tut.

„Ich hätte diese ganze verdammte Welt beinahe niedergebrannt. Wärst du nicht zu mir zurückgekommen, dann hätte ich es ohne Zögern getan. Macht dir dieses Wissen Angst?"

„Es gibt Momente, da wünsche ich mir nichts mehr als das. Dass sie alle brennen. Und doch gibt es auch Dinge, die sich zu retten lohnen, oder nicht?"

Wieder lächelt er auf mich hinab und mir wird ganz warm ums Herz, als er antwortet: „Jetzt ja."

Ayden

Beinahe demütig blicke ich Neve an. Ein überwältigendes Verlangen, sie festzuhalten, ergreift mich und eine unwillkürliche Angst, dass sie mir wieder genommen wird, schneidet wie ein kaltes Messer durch meine Knochen. Etwas in mir will sie nie wieder loslassen.

Doch sie ist hier, bei mir. In Sicherheit. Und ich werde alles daransetzen, dass es auch so bleibt.

Scheiß auf Josias und den Wettkampf. Sollen sie kommen und sie einfordern. Ich werde sie alle einäschern – und wenn es sein muss, diese ganze verdammte Welt. Niemand wird sie mir wieder nehmen. Ich will mich nicht mehr verstecken. Sie hat mich gewählt. Es ist mein Recht, für sie zu kämpfen. Dieses Gesetz ist älter als Josias. Älter als die Zeit selbst. Wir haben Anspruch aufeinander erhoben. Unsere Elemente sind eins, untrennbar. Und jeder kann es erfahren.

Ihr frischer Duft umhüllt mich und meine Nasenflügel beben. Etwas Ursprüngliches in mir schnurrt zufrieden über ihre Rückkehr. Darüber, dass ich meinen Duft an ihrer Haut rieche. Dass ich ihren wie eine Ehrerweisung an meiner trage.

Es ist ein verfluchtes Wunder.

„Ich habe gespürt, als du verletzt wurdest", lasse ich sie unruhig wissen und lege ihre Hand auf mein Herz. „Hier drin. Es war ein körperlicher Schmerz. Deswegen fiel es mir so leicht, Hestia zu glauben … ich dachte … es ist jetzt nicht mehr wichtig."

„Ich wäre auch beinahe gestorben. Doch …",
bevor Neve weiterreden kann, fliegt die Tür mit
einem lauten Knall auf.

„Ayden! Wir warten seit Sonnenuntergang auf
dich. Wo steckst du, du verfluchter Mistkerl?"

Skys zornige Stimme hallt durch die Hütte und die
Tassen im Regal wackeln bedrohlich in dem kräftigen
Luftzug, den ihre Wut mit sich bringt. Die
Atmosphäre wird von einer elektrischen Spannung
durchzogen, die die Luft zum knistern bringt.

„Ist das … sind das Frauenkleider?", brüllt sie, ehe
sie voller Zorn aufschreit.

„Sie ist nicht Mal einen Monat tot und du entehrst
sie, indem du dir eine andere Frau in dein Bett holst?
Ich werde dir ihr die Kehle durchschneiden, du
ehrloser Wurm. Wie kannst du es wagen, sie so zu
beschmutzen."

Der zuvor noch kräftige Wind reißt nun an den
Vorhängen, Möbel werden mit einem quälenden
Kreischen über den Boden geschoben und in der
Küche zerbricht etwas mit einem lauten Knall, als Sky
wie eine Rachegöttin in der Tür erscheint. In ihren
Augen tobt nicht nur ein Sturm, Blitze zucken wild in
ihrem Blick und ihre Locken stehen, vom Strom
geladen, in alle Richtungen ab. Sie wirkt
furchteinflößend und ihr Temperament ist definitiv
mit ihr durchgegangen. Ich sollte beleidigt sein, dass
sie auch nur im Ansatz denkt, dass ich je wieder eine
andere Frau auch nur angesehen hätte, doch
gleichzeitig berührt mich die Tatsache, dass sie Neve
anscheinend so sehr ins Herz geschlossen hat, dass sie
alleine bei dem Gedanken, eine andere könnte ihren
Platz einnehmen, dieser die Kehle durchschneiden
will. Und mir gleich mit.

Schützend beuge ich mich über Neve und versuche sie mit meinem Körper vor herumfliegenden Gegenständen zu schützen. Etwas prallt schmerzhaft gegen meinen Rücken und lässt mich keuchen. Um Sky herum hat sich ein wilder Wirbelsturm gebildet und Blitze tanzen auf ihren Händen, während die Luft um uns herum vor Elektrizität knistert.

„Ich werde sie rösten und verkohlen, Ayden", zischt sie, die Stimme voller Wut und lässt mich gar nicht zu Wort kommen.

Der Wind reißt unbarmherzig an unseren Körpern. Ich höre, wie die Anderen ins Haus stürmen, versuchen, auf sie einzureden, doch Sky ist in ihrer eigenen Wut gefangen. Sie hat ebenso wie ich zuvor einen Katalysator gesucht – und der bin nun ich.

„Sky", brülle ich gegen den peitschenden Wind an, „beruhige dich, oder ich sorge dafür!"

Ein harter Gegenstand trifft mich am Kopf und ich knurre wütend auf, während Neve sich in meinem Arm ganz klein macht. Ihr Herz klopft wild und unregelmäßig unter meinen Händen, spürbar durch den dünnen Verband.

Der Orkan packt dennoch ihr Haar und wirbelt es um unsere Köpfe. Plötzlich, so abrupt wie der Sturm aufgezogen ist, kehrt eine gefährliche Stille ein. Zögerlich hebe ich den Blick und sehe meine Freunde mit fassungslosen Gesichtsausdrücken in der Tür stehen. Neves helles Haar liegt ausgebreitet auf meinen Armen und dem Bett, während ihr nackter Körper von meinem geschützt wird. Der Wind hat sich beruhigt, als ob die Welt selbst den Atem angehalten hätte.

„Neve?", krächzt Sky fassungslos und einen Augenblick später senkt sich die Matratze unter ihrem Gewicht. Neve hebt langsam den Blick und Sky wirft uns fast um, als sie versucht, Neve an sich zu reißen. Kurzerhand umarmt sie uns beide. Sie lacht und schluchzt gleichzeitig, während ich mir unserer Nacktheit durchaus bewusst bin.

„Oh Himmel, jag uns nie wieder solche Angst ein", verlangt Sky ärgerlich von meiner Gefährtin, während ihr Körper vor lauter Schluchzen zittert.

Ja, das ist Sky. Sie hat eine unglaublich harte Schale, aber wenn man es schafft, sie für sich zu gewinnen, ist sie treu und ergeben bis zum Ende. Gefühle zeigen ist nicht ihre Stärke, doch wenn es einmal dazu kommt, dann gibt es kein Halten mehr.

Neve wirkt völlig überfordert, schaut mich an und dann an sich hinab, wo Sky sich an ihren unbekleideten Körper klammert.

„Ich ... mir geht es gut?", murmelt sie erschrocken und Sky hebt den Kopf und ihre Augen sind völlig verweint.

„Ich wollte gerade in deinem Namen Ayden den Arsch aufreißen."

„Das weiß ich zu schätzen", kichert Neve und ich schmunzle nur gutmütig, während ich versuche, uns mit der Decke so gut es geht zu bedecken. Wobei wir Elementare eigentlich nicht besonders schamhaft besaitet sind.

Und ehe ich mich versehe – und zu meinem deutlichen Missfallen – sitzen plötzlich alle auf meinem Bett, umarmen uns und überschreiten jegliche meiner Wohlfühlgrenzen, was mich und mein Bett betrifft. Und doch wird das Lächeln auf meinem Gesicht breiter.

Meine Familie. Dieser verrückte Haufen ist meine Familie.

Und ihre Freude und ihr Glück Neve wiederzuhaben, sorgen dafür, dass ich sie noch mehr liebe. Sie alle.

Neve

„Auch wenn ich zu gerne erfahren würde, wie du von den Toten auferstanden bist: Wir müssen uns beeilen. Die Zeit drängt. Heute ist die beste Chance, in die Hütte zurückzukehren."

Aros schaut mich entschuldigend an und ich habe keine Ahnung, wovon sie sprechen.

„Aros hat Recht. Wir wissen nicht, wann wir die nächste Chance bekommen werden", stimmt Rainn zu und Ayden schaut mich besorgt an.

„Geht es dir gut?", fragt er, seine Augen voll Sorge und Zärtlichkeit auf mich gerichtet.

Er spielt auf den Verband an, den sie nun alle gesehen haben, doch ich übergehe diese Frage.

„Hütte?", hinterfrage ich, ohne zu wissen, worüber sie sprechen. Es scheint, in der Zwischenzeit ist hier auch so einiges passiert! Und es gibt so vieles, was ich ihnen erzählen muss. Doch nicht zwischen Tür und Angel. Dafür werde ich auch später noch Zeit haben.

„Wir haben einen geheimen Unterschlupf von Josias gefunden. Ayden meint, dass es dort eine Falltür geben könnte. Doch wir hatten beim ersten Mal keine Zeit, uns zu vergewissern. Heute findet ein Fest im Schloss statt. Es werden die letzten drei Anwärterinnen geehrt und Josias wird die ganze Nacht dort sein", erklärt Bluette und lässt sich von Aros in eine Umarmung ziehen. Er schaut sie zärtlich von der Seite an, ehe er seine Lippen auf ihre Schläfe drückt. Sie lächelt zu ihm auf, ihre Augen leuchten vor Liebe. Ich nicke langsam, versuche, die Informationen zu verarbeiten. Aydens Arm zieht mich enger an sich, als wollte er mich vor der bevorstehenden Gefahr schützen.

„Ich verstehe", sage ich leise.

„Neve ist zu schwach, um uns zu begleiten", behauptet Sky und meine Augen verengen sich zu Schlitzen.

„Halt die Klappe. Ich entscheide selbst, wozu ich in der Lage bin und wozu nicht. Ich habe mich tagelang durch diesen beschissenen Dschungel und all seine Monster gekämpft. Also erzähl du mir nicht, ich sei zu schwach."

„Du bist verletzt, du törichtes Ding", hält sie dagegen.

Oh, das denkt sie. Aber auch diese Verletzung wird mich nicht daran hindern, sie zu begleiten.

„Ich komme mit. Dieser Kratzer wird mich nicht umbringen. Bisher hat er es jedenfalls nicht geschafft", antworte ich entschlossen. „Und wie ihr sehen könnt, bin ich robust. Trotz eurer Annahmen, dass ich tot sei, stehe ich hier. Überraschung - ich habe mich durchgekämpft."

Sky hat ihre Lippen zu einer schmalen Linie gepresst, die Blicke der Anderen wechseln zwischen uns hin und her, ihre Sorge ist deutlich erkennbar.

„Bist du sicher, dass du es schaffst?" Ayden mustert mich ebenfalls argwöhnisch und ich schnaube und hebe eine Augenbraue. Willst du dich mit mir anlegen, drohe ich wortlos.

Mein Blick huscht zum Bett und zurück und er versteht, was ich sagen will – meinst du, ich kann so wilden Sex mit dir haben und es dann nicht schaffen, dich zu begleiten?

Sein Mundwinkel zuckt.

„Neve wird uns begleiten, wenn sie sich dazu in der Lage fühlt."

„Du bist ein Narr, Ayden. Ein riesengroßer Narr. Reicht es nicht, dass du sie einmal verloren hast?", faucht Sky, während Kelvin ihr die Hand auf die Schulter legt. Mitfühlend schaut er sie an. Sie schüttelt seine Hand mürrisch ab, doch Kelvin gibt nicht nach und seine Stimme ist ruhig und besonnen, als er sie anspricht. „Sky, Neve wird nichts passieren. Niemandem von uns. Wir gehen gemeinsam rein und gemeinsam raus. Wir schauen uns nur ein wenig um."

„Worauf warten wir dann noch?" Adan steht auf und in diesem Moment erklingt ein tippelndes Geräusch im Flur. Cupid betritt schwanzwedelnd das Zimmer.

Sofort trottet er auf mich zu und legt mir seinen Kopf auf das Bein. Seine treuen Augen blicken hingebungsvoll zu mir auf und automatisch schließe ich meine Arme um sein dichtes, weiches Fell.

Meine Augen werden feucht. Ihnen allen geht es gut. Ich bin so dankbar.

„Also du kannst wirklich nicht mit. Du musst auf unser Haus aufpassen", flüstere ich meinem Hund zu, ehe ich mich von ihm löse, um mich fertig zu machen.

Nicht viel später schleichen wir durch den verdammt finsteren Dschungel. Wir können kein Licht entzünden und so müssen wir Adans Terra-Gespür vertrauen, dass er den Weg auch im Dunkeln findet. Ich stolpere mehr, als dass ich laufe, was die anderen unglaublich witzig finden. Mich hingehen treibt es schier in den Wahnsinn.

„Zieh ihr bloß die verfluchte Kapuze über den Kopf. Sie leuchtet wie ein Stern mit ihren weißen

Haaren", murmelt Sky. Ayden zieht mir die Kapuze des schwarzen Umhanges über meinen Schopf und küsst mich sanft auf die Stirn. In dieser Sache hat Sky recht – mein Haar ist verdammt auffällig.

Ayden verharrt mit seiner Hand einen Augenblick länger als nötig an meiner Wange und lehnt sich dann hinab, um mir noch einen sanften Kuss auf die Stirn zu geben, ehe er unsere Hände miteinander verschränkt.

Ich will gerade etwas sagen, als Sky, die sich genervt umdrehen wollte, von einer Wasserfontäne getroffen wird. Sie überschlägt sich mehrfach und verschwindet im Dickicht.

Im nächsten Augenblick trifft ein weiterer Strahl Bluette und Aros, reißt sie auseinander, wobei letztere unsanft gegen einen Baum prallt. Ihr entfährt ein schmerzerfüllter Laut und sie bleibt kurz benommen liegen.

Ayden stellt sich schützend vor mich, zückt sein Schwert, das sich innerhalb eines Augenblickes mit Feuer überzieht und den Dschungel um uns herum hell erleuchtet. Sein Blick verspricht seinem Gegner einen schmerzvollen Tod. Nicht gut, gar nicht gut.

Rainn zieht ebenfalls sein Schwert, doch etwas landet in seinem Gesicht und er reißt die Hände vor die Augen.

Adan ist gänzlich aus unserem Blickfeld verschwunden. Angst wallt in mir auf, doch im nächsten Moment halte ich inne, als ich die mir bekannten Stimmen vernehme.

„Wir sind gekommen, um Rache für den Tod unserer Tochter zu nehmen. Wie es die alten Traditionen verlangen, fordere ich dich zu einem Zweikampf auf Leben und Tod heraus, Ignis."

Die Augen meines Vaters leuchten hell, als er aus dem Buschwerk tritt. Sein Kampfstab ist von Wasser umschlossen.

Meine Mutter, Adam und seine Eltern bauen sich hinter ihm auf. Ihre Mienen sind ebenso kalt und gnadenlos wie die von Ayden. Noch haben sie mich nicht bemerkt.

Im nächsten Augenblick reißt ein heftiger Windstoß sie von den Füßen und Sky tritt aus dem Dickicht hervor mit einem Blick, der nichts Gutes verheißt.

„Wie könnt ihr es wagen …?", zischt sie und bevor es weiter eskaliert, schiebe ich mich hinter Aydens Rücken hervor.

„Halt, Mom, Dad. Mir geht es gut. Ich bin hier."

Einen kurzen Moment scheint die Welt die Luft anzuhalten. Niemand rührt sich. Es ist absolut still.

Doch dann sinkt meine Mutter auf die Knie. „Neve?", flüstert sie, während Aros hinter ihr Bluette auf die Beine hilft. Sein Blick ist alles andere als einladend, als er die Neuankömmlinge betrachtet.

Nach und nach tauchen alle wieder in meinem Blickfeld auf und plötzlich befinde ich mich im Fokus des Ganzen.

Mit zwei Schritten bin ich bei meiner Mutter, falle neben ihr auf die Knie und wir umarmen uns fest.

Uns beiden laufen die Tränen über die Wangen und mein Vater legt seine starken Arme um uns. In diesem Moment fühle ich mich unsagbar klein, wie früher als Kind.

„Wie ist das möglich?", will er wissen und ich flüstere: „Das ist eine lange Geschichte. Doch jetzt ist nicht der richtige Zeitpunkt, sie zu erzählen. Wir müssen weiter."

„Du wirst keinen Schritt mehr mit diesem Ignis gehen!" Adam spuckt Ayden vor die Füße, seine Stimme ist voller Verachtung. Doch dieser hebt nur eine Augenbraue und mustert ihn spöttisch.

„Und du bist Wer, dass du das befiehlst?", erwidert er, die Worte voller Herablassung.

„Ich bin ihr Freund. Mehr als du es je sein wirst."

Ayden lacht leise. Und ehe ich etwas sagen kann, lässt er die Bombe platzen. „Ich habe Anspruch auf Neve erhoben und sie auf mich. Unsere Elemente haben sich verbunden. Sie ist meine Gefährtin und du, Terra, hast keinerlei Anspruch auf irgendwas, was sie betrifft."

Okay, das macht das Chaos jetzt perfekt.

„Ich verstehe nicht …" mein Vater schaut mich verwirrt an und ich seufze. Die Mienen der Anderen spiegeln Entsetzen, Unglauben und eine Vielzahl weiterer Reaktionen wider.

„Das war nicht der richtige Augenblick, um das zu verkünden", stöhnt Kelvin.

„So kommen wir nie weiter", stimmt Rainn genervt zu.

„Ist das wahr, du hast dich ihm hingegeben? Ihm, der dich verprügelt und gequält hat?"

Adam wirkt ehrlich entsetzt und ich kann es ihm nicht verdenken. Immerhin haben wir sie genau das glauben lassen.

„Ayden hat mich nie verletzt. Das war nur eine Farce. Wir haben unsere Rollen gut gespielt. Ich wurde überfallen und Ayden hat die Schuld auf sich genommen, um mich zu schützen. Er würde mir nie Leid zufügen. Wir konnten es euch nicht sagen, weil es euch in Gefahr gebracht hätte. Aber ja, zu deiner Frage, ich bin Aydens Gefährtin und liebe ihn. Es tut mir leid, dass wir euch belogen haben – aber es war die einzige Möglichkeit, um euch zu beschützen."

„Jetzt möchte ich ihm direkt mein Schwert in seine Weichteile rammen", raunt mein Vater wütend meiner Mutter zu und sie boxt ihn nicht gerade sanft gegen die Schulter. „Nereus, reiß dich zusammen."

„Alles schön und gut, aber wir müssen weiter", erinnert Adan uns angespannt. Er hat recht. Wir haben später genug Zeit, um über alles zu reden.

Ayden reicht mir seine Hand und hilft mir auf. Sein Arm legt sich besitzergreifend um meine Hüfte, während er und Adam sich wütend anfunkeln.

„Lasst uns helfen. Was auch immer ihr vorhabt, wir können euch nützlich sein."

Mein Vater stellt diese Bitte an Ayden, der sichtlich zögert. Ich kann es ihm nicht verdenken. Er hat es nicht so mit Vertrauen.

„Niemals", wirft Sky sofort ein, doch Ayden scheint zu schwanken. In mir drin herrscht plötzlich Unruhe. Es fühlt sich an, als würden meine beiden Familien aufeinanderprallen. Und ich stehe zwischen beiden Seiten, meinem alten Clan und meinem neuen.

Ayden und mein Vater scheinen sich wortlos zu verständigen.

„Wenn ihr mit uns gesehen werdet, wird es euch euren Kopf kosten", teilt er ihnen schließlich mit.

Und er hat recht. Wir versuchen, Josias zu stürzen und wenn wir scheitern, sind wir alle verloren und jeder, der uns nahesteht.

„Wir gehen dorthin, wo unsere Tochter verweilt."

Ayden dreht sich zu seinen Freunden um, mustert seine Wahlfamilie kritisch.

„Wir stimmen ab."

Seine Worte wecken eine ungeahnte Hoffnung in mir. Ist es möglich, dass wir alle zusammen zu einem großen Clan verschmelzen? Dass wir mit der Zeit lernen, einander zu vertrauen und uns gegenseitig zu unterstützen?

Sky knurrt unruhig. „Wir haben keine Zeit für so etwas. Ich bin dagegen."

„Wir können ihnen nicht trauen", ergänzt Rainn, dessen Augen sich verärgert zusammenkneifen. Er hat Adam in keiner Weise verziehen, dass er mich aus Atlantika fortbringen wollte und ihn zu diesem Zweck überlistet hatte. Er wird neben Sky die zweite harte Nuss sein, die es zu knacken gilt. Er ist unglaublich loyal und liebenswürdig denen gegenüber, die ihm nahestehen und seinem Clan angehören. Aber für andere Elementare hat er selten auch nur ein Lächeln übrig. Ich weiß nicht genau, was er alles in seiner Gefangenschaft ertragen musste – ich glaube niemand weiß es – aber die Narben auf seinem Körper erzählen ihre eigene Geschichte. Und doch spürt man jeden Tag, dass Josias ihn nicht gebrochen hat. Rainn war unglaublich warmherzig zu mir und Adam hat den Fehler gemacht, ihm etwas wegnehmen zu wollen, was er zu beschützen geschworen hat. Einmal verloren, wird es schwer sein, sein Vertrauen zurückzugewinnen. Adam wird sich ins Zeug legen müssen.

„Ich bin dafür. Meine Eltern und Adam, Opal und Flora sind ebenso meine Familie, wie ihr es geworden seid."

Meine Stimme klingt fest und entschlossen. Ich vertraue jedem von ihnen und ich bin fest überzeugt, dass sie uns nützlich sein können.

Als ich den Namen von Adams Mutter ausspreche, denke ich unwillkürlich an die andere Terra namens Flora, die ich im Urwald zurücklassen musste. Ein Schaudern überkommt mich und die feinen Haare auf meinem Körper stellen sich vor Ekel auf, als ich an die kleinen Spinnen und Floras leblosen Körper denke.

„Ich stimme Neve zu. Es sind ihre Eltern und sie sollte letztlich die Entscheidung treffen", sagt Bluette und schenkt mir ein warmes Lächeln. Aros hingegen seufzt schwer. „Es tut mir leid, ich bin dagegen."

„Ich vertraue auf Neves Urteil und bin dafür. Wir brauchen jede Hilfe, die wir kriegen können und ich glaube nicht, dass sie ihre Tochter verraten würden", erklärt Adan und nickt mir zu.

Es bedeutet mir viel, dass er und auch Bluette mir so viel Vertrauen entgegenbringen. Sie und Adan sind zwei sanfte Seelen und ihre Unterstützung ist für mich von unschätzbarem Wert.

Drei Stimmen für und drei gegen sie. Ayden wendet sich an Kelvin, der unsicher wirkt.

„Ich enthalte mich meiner Stimme. Ich sehe in beiden Wegen Vor- und Nachteile."

Also liegt es an Ayden. Er hat das letzte Wort. Alle Blicke richten sich nun auf ihn und meine Ungeduld wächst mit jeder Sekunde. Er wirkt wütend und man merkt ihm an, wie genervt er gerade ist. Er wiegt das Für und Wider ab und ich weiß, dass er auch wegen mir hadert.

„Gut, begleitet uns. Aber nur ein einziger Fehltritt und es ist mir scheißegal, wer ihr seid. Ich verwandle euch zu Asche, ist das klar? Ihr hört auf mein Kommando."

„Hättest du wohl gerne", entgegnet Adam bissig, worauf seine Mutter ihm einen klatschenden Schlag auf den Hinterkopf verpasst.

„Wir sollten zusammen- und nicht gegeneinander arbeiten. Reiß dich zusammen", tadelt sie ihren Sohn vor allen anderen.

Ich verstecke ein Lachen in einem Husten. Ich kenne Flora schon mein ganzes Leben, sie ist eine herzensgute Seele, aber auch temperamentvoll.

Aydens Mundwinkel zuckt amüsiert, während ich selbst in dieser Dunkelheit erkennen kann, wie Adams Hautton dunkler wird und sich vor Verlegenheit rötet.

„Gut, wir werden uns an deine Regeln halten. Vorerst. Wohin gehen wir?"

„Das wird schiefgehen", teilt Sky gereizt mit und ich nehme ihre Hand in meine und drücke sie sanft.

„Wird es nicht. Sie sind gute Kämpfer und wertvolle Verbündete. Du wirst sehen. Mich mochtest du anfangs auch nicht."

„Wer sagt, dass ich dich jetzt mag?"

Ihr Konter trifft mich nicht im Geringsten, denn ich weiß, dass es anders ist.

„Ach Sky." Ich drücke noch einmal ihre Hand. Wir wissen beide, dass sie meine Freundin ist. Sie verrät sich durch so viele Gesten immer wieder selbst.

„Ich habe dich im Auge, Terra", zischt Rainn leise in Adams Richtung.

„Oh, das kann ja was werden", höre ich meine Mutter von weiter hinten sagen. Ihre Stimme klingt überaus verstimmt. Sie mag es gerne harmonisch und friedlich. Streit ist ihr zuwider.

Ich gebe ihr recht. Diese Truppe ist gerade zu einer höchst explosiven Mischung geworden. Und doch bin ich wirklich felsenfest davon überzeugt, dass wir alle als großes Ganzes mehr erreichen können.

Also erkläre ich ihnen kurz, wie unser Plan aussieht. Und Ayden ergänzt das ein oder andere.

„Und was tun wir, wenn es eine Falltür ist?", erkundigt sich Opal mit einem nachdenklichen Gesichtsausdruck.

„Dann schauen wir, ob sie uns zu Gaia führt. Denn wenn wir sie finden, wird alles wieder werden wie früher."

Ein Kloß bildet sich in meinem Hals.

Ich will, nein, ich muss ihnen erzählen, was ich erfahren habe. Und doch zögere ich. Wie kann ich es jetzt zur Sprache bringen, wenn sie immer wieder betonen, wie wichtig es ist, dass wir jetzt gehen?

Ich weiß nicht, wie ich ihnen begreiflich machen kann, dass Gaia nicht das wohlwollende Wesen ist, für das sie sie halten. Wie beginnt man mit so etwas?

Andererseits, wie gut kenne ich Colden? Stimmt es wirklich, was er und seine Mutter mir erzählt haben?

Solange wir Gaia nicht gefunden haben, habe ich noch Zeit, über all dies nachzudenken. Denke ich.

Ayden

Ich spüre, dass Neve mir etwas verschweigt. Es sind kleine Augenblicke, in denen es so aussieht, als wolle sie etwas sagen, dann aber plötzlich verstummt. Diese Momente beunruhigen mich, besonders weil ich nicht weiß, was sie bedrückt. Allerdings versuche ich mich damit zu beruhigen, dass sie es mir schon noch sagen wird. Schließlich hatten wir bis jetzt kaum Zeit, richtig miteinander zu reden und vielleicht möchte sie es nicht vor allen anderen erzählen. Und es gibt Fragen, die mir ebenso auf der Zunge brennen.

Wer hat ihr geholfen? Woher stammen die unbekannten Kleider und der fremde männliche Duft an ihr, den ich sehr wohl wahrgenommen habe und der ein eifersüchtiges Stechen in meinen Eingeweiden verursacht hat? Woher stammt der faserige Verband um ihren Körper und wer hat die Wunde verarztet?

Aber auch für diese Fragen ist jetzt keine Zeit. Wir haben bereits viel Zeit verloren und mein Herz rast vor Aufregung, als wir endlich bei der dunklen Hütte ankommen. Adrenalin rauscht durch meine Adern, als sich die Silhouette der kleinen Hütte in der Dunkelheit vor mir abzeichnet. Das Knacken von Ästen unter unseren Füßen und das Rascheln der Blätter im Wind verstärken meine Anspannung.

Ich lege Neve vorsichtig die Hand auf den Rücken, schiebe sie vor mich, während Sky das Schloss öffnet. Nach und nach schlüpfen wir alle in das kleine Häuschen. Die gespannte Atmosphäre ist fast greifbar. Wir sind viel zu viele für diesen kleinen Raum und doch drängen wir alle hinein und ziehen die Tür leise hinter uns zu.

Aros entzündet eine kleine Flamme auf seiner Hand, die den Raum in ein warmes, flackerndes Licht taucht. Rainn und Kelvin packen den Tisch und tragen ihn zur Seite.

Bluette rollt in der nächsten Sekunde bereits den Teppich zusammen und meine Nackenhaare stellen sich auf – eine Luke. Ich wusste es.

Freudige Erregung durchströmt meinen Körper. Sind wir am Ziel unserer Suche angekommen? Ist Gaia dort unten, so nah vor unseren Augen?

„Und jetzt?", flüstert Kelvin.

„Machen wir sie auf", erwidere ich und gehe in die Hocke.

Meine Finger schließen sich um den rostigen Ring und langsam ziehe ich die Klappe auf. Mit einem lauten Quietschen öffnet sie sich und wirbelt Staub vom Boden auf. Ich entzünde ebenfalls eine kleine Flamme und leuchte nach unten.

Undurchdringliche Schwärze empfängt uns. Was auch immer dort ist, es bleibt im Verborgenen. Nur Treppenstufen, die hinab in die Finsternis führen.

„Einer von uns sollte vorgehen, Ayden", murmelt Aros und ich nicke zustimmend. Unser Licht wird die anderen leiten. Er schaut Bluette an. „Bleib dicht hinter mir."

Sie nickt und schiebt ihre Hand in seine, während er seinen Körper mit züngelnden Flammen umhüllt und uns so Helligkeit spendet. Langsam beginnt er den Abstieg der steinernen Treppen und ein feuchter, modriger Geruch weht uns entgegen.

Neve rümpft die Nase und zuckt vor dem Geruch zurück.

Ich folge Aros Beispiel und umhülle meinen Körper mit Feuer. Die Flammen zucken und tanzen auf meiner Haut, werfen gespenstische Schatten an die Wände.

„Ich halte das für keine gute Idee", flüstert Neve neben mir und schaut mich sorgenvoll an, während einer nach dem anderen den Abstieg beginnt.

Ehe ich antworten kann, tritt ihr Vater vor. „Wir schauen uns nur um und sind im Nu wieder oben."

„Dein Vater hat recht. Wir werden nichts überstürzen. Wir machen uns nur ein Bild der Lage", füge ich hinzu.

„Ihr wisst doch gar nicht, was dort unten vielleicht in der Dunkelheit lauert, Dad", flüstert sie, als könnte, was auch immer dort lebt, sie hören.

Nereus folgt seiner Frau und schaut uns an, als nur noch sein Kopf aus der Luke guckt.

„Du kannst auch hier warten, niemand wäre dir böse, Neve. Aber Ayden hat recht in Bezug auf Josias. Wir müssen Gaia finden und diesem Wahnsinn ein Ende setzen. Dann können wir zurück nach Hause."

Nach Hause. Hier ist Neves zu Hause. Bei mir.

Sie schaut mich mit unruhiger Miene an, als warte sie darauf, dass ich alle zurückrufe, ehe sie sich ihrem Vater anschließt.

Völlig unerwartet beschleicht mich eine Vorahnung. Sie kommt aus dem Nichts, ich kann sie nicht in Worte fassen, aber mich beschleicht das Gefühl, als hätte ich etwas Wichtiges übersehen. Den Kopf schüttelnd folge ich den Anderen. Ich versuche, mich selbst zu beruhigen, indem ich mir sage, dass diese innere Aufregung nur meiner Sorge um Neve geschuldet ist. Stufe um Stufe steige ich als Letzter hinab, das Schlusslicht bildend. Dabei schütze ich unseren Rücken vor möglichen Angreifern, die vielleicht hinter uns auftauchen könnten.

Die Luft wird deutlich kühler, je weiter wir hinabsteigen. Ein schimmliger, fauliger Geruch weht von unten zu uns hoch.

„Könnt ihr was erkennen?", erkundige ich mich leise nach vorne. Die Treppen sind so schmal, dass nur einer alleine auf einer Stufe stehen kann. Links und rechts geht es in eine schier unendliche, lichtlose Tiefe.

Unruhig schaue ich hinab. Hat Neve recht und dort unten lauert etwas, das nur darauf wartet, uns zu erwischen?

„Nur Finsternis", antwortet Aros. „Vielleicht sollten wir umkehren und Fackeln ..." Weiter kommt er nicht, als über uns ein ohrenbetäubender Knall ertönt. Ich zucke überrascht zusammen und mein Kopf schnellt nach hinten.

Alle halten den Atem an und drehen sich ruckartig um. Ich haste die Treppe wieder hinauf, immer zwei Stufen auf einmal nehmend. Doch ich bin zu spät.

Meine dunkle Vorahnung hat sich bestätigt: Die Luke, die Tür zur Hütte, ist zu. Wütend drücke ich mit aller Kraft dagegen, doch es ist aussichtslos. Meine Muskeln zittern vor Anstrengung, doch egal, wie viel Kraft ich einsetze, sie bewegt sich keinen Millimeter.

Ich höre die Schritte der anderen hinter mir und drehe mich langsam um. Ihre entsetzten Mienen werden von meinen Flammen beleuchtet und lange Schatten tanzen über ihre fassungslosen und besorgten Gesichter. Ich zwinge mich, meine Flammen heller glühen zu lassen. Sie wachsen und offenbaren mehr von dem Tunnel, in dem wir uns befinden.

Gut einen Meter links und rechts der Treppe erstreckt sich nichts als Leere, ehe die Wände röhrenartig nach unten verlaufen. Sie sind aus nacktem Stein geschlagen und von einer feuchten Moosschicht überzogen. Der moderige Geruch und die kühle Feuchtigkeit lassen keinen Zweifel daran, dass dieser Weg sehr alt ist. Jeder Schritt hallt gedämpft wider, als ob wir Eindringlinge in einer längst vergessenen Welt wären.

„Die Luke hat sich verschlossen. Wir können nur den Weg in die Dunkelheit einschlagen", teile ich den anderen unverhohlen mit.

Neve schaut mich unglücklich an und ihre Augen sagen deutlich – ich habe es euch doch gesagt. Und ja, das hat sie. Als Einzige von uns hat sie ihre Skepsis kundgetan, während jeder von uns nur Gaia im Sinn hatte.

„Schöner Mist", mosert Sky und reibt sich den Nacken. Aros und ich tauschen besorgte Blicke aus. Niemand von uns weiß, wer oder was uns dort unten erwarten wird, aber jetzt bleibt uns wohl nichts anderes übrig, als es herauszufinden.

„Weiter?", fragt er und ich nicke.

„Uns bleibt keine Wahl."

Mit gerunzelter Stirn schaut er zu Bluette hinauf, die zwei Stufen über ihm steht.

„Pass auf, wo du hintrittst und bleib dicht bei mir, okay?"

„Ich bin kein kleines Kind mehr, Liebling", erinnert Bluette ihn mit einem leichten Lächeln.

„Das weiß ich," erwidert Aros sanft, „aber trotzdem bitte ich dich darum, für mein Seelenheil."

Für einen Moment legen sie ihre Stirn aneinander und jeder von uns sieht, wie sehr sie sich lieben. Ebenso wie Neve und ich sind sie Gefährten und ihre

Seelen haben sich gefunden und vereint. Nie habe ich diese innige Bindung besser verstanden als jetzt.

„Dann weiter", murmelt Rainn mehr zu sich selbst als zu uns. Er wirkt noch blasser als sonst und wir alle wissen, wie schwer es für ihn sein muss, hier hinabzusteigen. Josias hat ihn und Cilia monatelang in den Kerkern gefangen gehalten und gefoltert. Die Narben auf seinem Körper erinnern uns beim Training täglich daran, was er erdulden musste und warum ich Neve nach Atlantika gebracht habe - um ihn zu retten. Unser aller Schicksal ist auf untrennbare Weise miteinander verbunden.

Und wenn sie uns dieses Mal erwischen, nun, dann ist der Tod unsere gnädigste Alternative.

Kelvin legt seine Hand auf Rainns Schulter, der ihn schwach anlächelt. „Guck nicht so, mir geht es gut."

Langsam steigen wir weiter hinab, Stufe um Stufe in die erdrückende Finsternis hinein, die uns immer enger umschließt.

Das Zeitgefühl geht einem hier unten irgendwann verloren und niemand von uns wagt es, ein Wort zu sprechen.

Es können Stunden vergangen sein, als Neve sich zu mir umdreht, ein zittriges Lächeln auf den Lippen und alles in mir sehnt sich danach, sie in eine beschützende Umarmung zu ziehen.

Doch ehe ich auch nur etwas sagen kann, lässt ein Geräusch mich zusammenzucken. Alle Haare auf meinen Armen stellen sich auf und ich bekomme eine Gänsehaut. Es ist ein mir sehr vertrautes Geräusch – ein scharfes Klicken. Das in Gang setzen eines Mechanismus, das Anlaufen eines Triebwerks, das sich langsam in Bewegung setzt.

Das Klicken einer Falle.

„Halt, sofort", donnere ich, doch es ist zu spät. Mit einem schnellen Ruck strecke ich meine Hand aus, greife nach Neve und packe ihren Kragen. Nicht gerade sanft reiße ich sie zu mir. Durch den Schwung lande ich auf meinem Hintern, sie fest an mich gepresst. Steine rieseln zu Boden, als sich links von uns ein kleines Loch öffnet und ein Pfeil so schnell hervorschießt, dass ich nur kurz ein flüchtiges Aufblitzen der Spitze im Schein meiner Flammen erhaschen kann.

Bluette kreischt erschrocken auf und ein schmerzerfülltes „Uff" sagt mir, dass jemand getroffen wurde.

Adam schwankt, sein Gesicht plötzlich kreidebleich und hält sich die Schulter. Seine Augen weiten sich voller Unglauben, als er auf den Pfeil starrt, der in ihm steckt. Abgelenkt von den Schmerzen und dem Schock achtet er nicht mehr auf die Stufen. Sein nächster Schritt geht ins Leere und er taumelt rückwärts.

Quälend langsam kippt er nach hinten, seine Arme rudern hilflos in der Luft. Ich sehe ihn schon in die Tiefe stürzen, doch Rainn reagiert blitzschnell, packt ihn am Gürtelriemen und reißt ihn mit einem kräftigen Ruck zurück zu sich.

Adam prallt gegen ihn und bringt dadurch beide aus dem Gleichgewicht. Sie schwanken gefährlich am Rand der schmalen Stufen. Mein Herz rast vor Angst, während ich stocksteif zusehen muss, wie meine Freunde verzweifelt darum kämpfen, nicht abzustürzen. Die Treppe ist so eng, dass jeder Schritt einem Balanceakt auf einem Balken gleicht.

Kelvin greift hastig nach Rainn, während Opal versucht, Adam zu stützen. Durch seine ruckartige Bewegung bekommt Bluette Adams Ellenbogen so hart ins Gesicht, dass sie unbeabsichtigt ihren Fuß versetzt. Unter ihrem Stiefel bröckelt der alte Putz der Treppe weg und ein erschrockener Ausruf entfährt ihr, der wie ein Echo durch den Tunnel hallt. Aros schreit auf, nicht aus Angst um sich selbst, sondern um seine Gefährtin. Er ist einige Stufen von ihr entfernt und sein Gesicht spiegelt pure Verzweiflung wider. Bluettes Augen weiten sich in einem Ausdruck völliger Panik, ihr Mund noch immer vom Schrei geöffnet. Ohne Halt und ohne dass jemand rechtzeitig nach ihr greifen kann, stürzt sie rückwärts in die Dunkelheit hinab.

Jemand brüllt ihren Namen und die Dunkelheit verschluckt das Echo. Mein Herz scheint kurz stillzustehen, als ich ihren Fall fassungslos mitansehe.

Aros schreit verzweifelt, seine Stimme von Zorn und Angst durchzogen, während sein Blick unbeirrt auf seine Gefährtin gerichtet bleibt. Mit einem entschlossenen Ruck stößt er sich von der Treppe ab, sein flammenüberzogenes Schwert schlägt krachend in die Wand gegenüber ein, während er es fest umklammert hält. Der Aufprall lässt ihn schwer atmen.

Er schafft es, sich an dem Knauf festzuhalten, sein Fuß baumelt hilflos in der Luft, während der andere gefährlich nahe am Abgrund auf der Treppe steht. Mit einer letzten Anstrengung gelingt es ihm im entscheidenden Moment, Bluette aufzufangen, die verzweifelt in seine Arme fällt und sich an ihren Gefährten klammert. Ihre Gesichter sind schreckensbleich und sie tauschen stumme Blicke der

Erleichterung und Angst aus. Neve und ich haben uns währenddessen aufgerappelt, doch wir kommen nicht zu ihnen durch. Die Treppe ist zu schmal. Opal überwindet die Distanz, greift nach Bluette und zieht sie zu sich auf die Stufen, ehe diese Aros die Hand reicht und ihn mit aller Kraft zu sich zieht.

Ich sehe, wie mein bester Freund zittert, sein Gesicht eine Mischung aus Erschöpfung und Besorgnis, während er seine Gefährtin sorgenvoll ansieht. Diese verzweifelte Rettung und sein heldenhafter Einsatz haben dafür gesorgt, dass Bluette nicht in der Dunkelheit verschwunden ist und wir sind uns dieser Tatsache schmerzlich bewusst. Dieser Weg ist so gefährlich, dass jeder noch so kleine Fehltritt verheerende Folgen haben könnte.

Ihr Körper bebt ebenfalls und die Todesangst steckt noch in unser aller Knochen. Das war knapp.

„Mir geht es gut“, wispert sie erstickt und Aros nickt langsam, als ob ihm die Worte fehlen. Der Schreck sitzt tief. Wenn ich ehrlich bin, habe ich Bluette fallen gesehen. Ich habe nicht erwartet, dass Aros es schafft, sie zu retten und bin nun umso erleichterter.

„Adam.“ Neve lehnt sich etwas zur Seite und meine Hand schießt vor und greift sie fest an ihrer Schulter, sodass sie überrascht zu mir aufblickt. „Sei achtsam.“

„Der Pfeil steckt in seiner Schulter. Aber es ist ein Durchschuss. Wir werden ihn unten entfernen“, erklärt Flora und wirft ihrem Sohn einen besorgten Blick zu, der schmerzerfüllt zustimmt.

Er muss auf einen Mechanismus getreten sein, der die Falle ausgelöst hat.

„Aros, wir brauchen mehr Licht und jeder muss genau aufpassen, wohin er tritt, verstanden?" Ich fluche und kann den Schrecken in ihren Gesichtern deutlich sehen. Das war wirklich haarscharf. Es hätte uns alle in den Tod reißen können. Verfluchter Josias.

„Vielleicht sollten wir mehr Abstand halten", schlägt Kelvin nüchtern vor.

„So sehen wir besser. Immer eine Stufe zum Vordermann."

„Das klingt nach einem guten Plan", stimmt Nereus zu und wir anderen nicken zustimmend.

Wütend forme ich mit meinen Händen einen Feuerball.

„Schauen wir doch mal, ob ich den Boden erreiche."

Mit aller Kraft schleudere ich ihn abwärts und nach vielleicht zehn Metern freiem Fall knallt er auf den Boden.

„Ich würde sagen, wir haben das Ende der Treppe gefunden", bemerkt Sky trocken.

Über uns liegt nun nichts als die undurchdringliche Dunkelheit.

Neve

Mein Herz pocht immer noch wie wild, als ich die letzten Meter mit den anderen überwinde. Es fühlt sich gut an, diese furchtbare Treppe endlich hinter mir zu lassen. Meine Beine sind weich wie Gummi und ich bin erschöpft von der Anstrengung.

Dieser Plan hätte uns beinahe das Leben unserer Freunde gekostet. Es war ein Fehler, in diesen Keller zu steigen. Der Gedanke daran, wie knapp wir dem Tod entronnen sind, lässt mich erschaudern.

Ein riesengroßer, saudummer Fehler. Und jetzt sitzen wir hier fest.

Meine Verletzung zieht schmerzhaft und ich verfluche mich selbst für diese jammerhaften Gedanken. Ich will keine Schwäche zeigen, nicht, wo sie mich jetzt als vollwertiges Mitglied akzeptieren. Nicht, nachdem mein Vater mir so großzügig angeboten hat, wie ein Feigling dort oben zu warten. Ich bin ebenso eine Kriegerin wie sie.

Und doch bemerkt Ayden, wie ich kurz mein Gesicht verziehe. Unauffällig gleitet er an meine Seite, kaum dass wir richtigen Boden unter den Füßen haben und zieht mich an sich.

„Geht es?", wispert er so leise, dass es niemand außer mir hört.

„Ja, es zieht nur ein wenig. Aber nichts, was dir Sorgen bereiten müsste."

Sein besorgter Blick verrät, dass er mir nicht glaubt, aber er nickt trotzdem. Die Wärme seiner Nähe beruhigt mich ein wenig, auch wenn der Schmerz nicht nachlässt.

Er drückt mir einen Kuss auf die Stirn, bevor seine Lippen die meinen finden und ich mich wohlig an ihn schmiege. Ein kurzer Moment, der meinen Körper in falscher Sicherheit wiegt. Die Welt um uns herum scheint für einen Augenblick stillzustehen und ich lasse mich von seiner sanften Berührung trösten.

Ich weiß es zu schätzen, dass er nicht fragt oder nachbohrt, wie es mir geht. Er lässt mir meinen Stolz.

„Alles wird gut, ich verspreche es dir", flüstert er mir zu, doch wir werden von Adam unterbrochen, dem noch immer ein Pfeil in der Schulter steckt. Ich verziehe bei dem Anblick mein Gesicht. Das muss schrecklich wehtun. Und ich bin beeindruckt, dass er das so tapfer durchsteht.

„Könnt ihr diese Show wann anders abziehen? Sonst muss ich kotzen."

Und jetzt möchte ich ihn mit dem Kopf voran in den Boden rammen, den er so liebt. Arschloch. Ich werfe Adam einen vernichtenden Blick zu.

Ayden versteift sich, doch er kommt nicht mehr zu einer Antwort, weil Sky ohne Vorwarnung den Pfeil packt und ihn mit Schwung aus der Schulter reißt. Blut spritzt ihr ins Gesicht, doch sie zuckt nicht einmal zusammen. Achtlos lässt sie den Pfeil auf den Boden fallen, während Adam voller Schmerz aufschreit und dadurch einige Fledermäuse aufschreckt. Flügelschlagend steigen sie hinauf an den Ort, von dem wir kommen.

„Du verrücktes Miststück", presst er aus zusammengebissenen Zähnen hervor und krümmt sich schmerzerfüllt. Er versucht, die Blutung zu stoppen, indem er seine Hand fest auf die Wunde drückt. Sky wischt sich das Blut aus dem Gesicht und starrt ihn an.

„Jetzt hast du nicht mehr so eine große Klappe, was?", spottet sie. „Pass ja auf, wie du mit uns sprichst, kleiner Terra. Und gern geschehen, der Pfeil musste raus, sonst behindert er uns nur. Die Wunde wird sich bald schließen."

Adam verzieht das Gesicht, schluckt seine Antwort jedoch lieber herunter. Der Schmerz hat ihm scheinbar den Wind aus den Segeln genommen.

Aydens Mundwinkel zuckt verdächtig und ich stoße ihm meinen Ellenbogen in den Magen, doch dieser Schuft zuckt nicht einmal zusammen. Stattdessen flüstert er, nur für mich hörbar: „Das war großartig. Könnte sie gleich nochmal machen."

Flora hilft ihrem Sohn auf und schnalzt mit der Zunge, während Sky nur mit den Schultern zuckt. „Ach komm. Ihr wisst, dass ich recht habe. Wir sind hier in Atlantika und hier laufen die Dinge nun mal so. Hätte ich jetzt nach einer Heilerin rufen sollen, oder was?"

„Wir haben keine Zeit für Streitereien", kommt es scharf von meiner Mutter, die mahnende Blicke in die Runde wirft.

„Wenn du es noch einmal wagst, meinen Sohn so anzufassen", faucht Flora und Sky wirkt belustigt. „Versuch es nur. Ich kann es kaum erwarten. Deine besten Zeiten sind schon lange vorbei."

„Oh, bist du dir da sicher?"

Beide funkeln sich herausfordernd an.

„Halt, stopp", rufe ich und stelle mich zwischen meine beiden Familien. Himmel. Können sie nicht damit aufhören? Die Lage ist so schon beschissen genug.

„Wir müssen aufhören, gegeneinander zu arbeiten. So kommen wir hier nie raus", schimpfe ich sie aus, doch sie wirken nicht einmal ansatzweise beeindruckt.

„Neve hat recht. Reißt euch am Riemen. Ihr alle." Mein Vater stellt sich neben mich, seine Hand auf meiner Schulter. Er lächelt aufmunternd zu mir hinab. „Wir sind ein Team und nur als solches können wir das hier überstehen."

„Lasst uns weitergehen. Wer weiß, was uns hier unten noch erwartet und irgendwann wird unser Fehlen jemandem auffallen." Kelvin schaut zu dem dunklen Torbogen, der uns in einiger Entfernung anzustarren scheint. Dort liegt wohl unser Weg. Modriger, schimmeliger Geruch kitzelt auf unangenehme Art und Weise meine Nase. Ich meine auch einen Hauch Fäulnis wahrzunehmen, aber hoffe, dass dies nur meiner Angst entsprungen ist.

„Weiß jemand, wo wir uns befinden?", erkundigt sich meine Mutter und Adan nickt. „Wir sind tief unter der Erde. Ich spüre den Puls der Pflanzen, der Wurzeln. Wenn ich raten müsste, würde ich sagen, wir sind in den alten Katakomben unter dem Palast. Es gab seit jeher geheime Tunnel, die hinein und hinaus führen – für den Notfall. Nur viele davon wurden mittlerweile stillgelegt und vergessen.

„Vergessen oder absichtlich verborgen?", murmelt Aros und seine Augen funkeln im Licht der Flammen.

„Das spielt doch jetzt keine Rolle", erwidert Sky schroff. „Wir müssen herausfinden, wie wir hier rauskommen. Wenn dieser Tunnel wirklich vergessen wurde, könnte das unser Vorteil sein."

„Also werden wir, wenn wir diesem Weg folgen, im Schloss ankommen?"

Kaum hat diese Frage meine Lippen verlassen, möchte ich sie sofort zurücknehmen, denn ich habe Angst vor der Antwort.

„Das vermute ich, ja", antwortet Adan mit einem Nicken. „Jedenfalls wenn ich die Richtung korrekt deute."

„Heilige Scheiße", flucht Sky und rauft sich die sowieso schon wilden Locken.

„Josias wird bald wissen, dass jemand in seiner Hütte gewesen ist. Er muss es nur betreten und sieht, dass der Tisch und der Teppich verschoben sind", erinnert Ayden uns entschlossen. „Wir haben keine andere Wahl, als voranzugehen."

„Nun denn, Fackeln an", versuche ich mit Galgenhumor und einer Hommage an die Fantastic Four die Stimmung aufzuhellen. Doch alle schauen nur verwirrt, bis auf Adam, der leise lacht.

„Es ist total verkorkst, dass ihr einfach nichts aus meiner Welt kennt. Jeder meiner Witze läuft bei euch ins Leere", brumme ich ein wenig enttäuscht.

„Nun, den Befehl habe ich vernommen, Gnädigste." Ayden verbeugt sich galant und im nächsten Augenblick überzieht sein wundervoller Körper sich mit züngelnden Flammen.

Er legt den Kopf schief und seine glühenden Augen mustern mich zärtlich, ehe er mir die Hand reicht.

Feuer und Eis. Ich ergreife sie und unsere Finger verflechten sich. Seine Flammen tanzen über meine Haut, doch sie schaden mir nicht mehr. Wir sind eins.

„Neve, nicht, was tust du …", Adam klingt erschrocken und will mich aufhalten, doch ich halte Aydens Hand fest, während meine Rüstung sich mit einer festen Eisschicht bedeckt und seine Flammen uns sanft umtanzen.

Wir bilden eine perfekte Symbiose. Unsere Elemente sind in Eintracht, verschmelzen harmonisch und schaffen eine unzerstörbare Verbindung.

Aydens Flammen spiegeln sich auf meinem Körper und wir schauen uns einen Moment lächelnd an, ehe er zu den anderen spricht: „Wir gehen vor. Haltet alle die Augen auf und passt um unser aller Gesundheit auf Fallen auf."

„Ich verstehe nicht, wie ist das möglich?", flüstert Adam und starrt immer noch auf unsere Hände, die ineinander geschlungen sind.

Meine Mutter tritt neben ihn und erklärt sanft: „Das bedeutet, dass Neve ihren Gefährten fürs Leben gefunden hat. Ihre Seele und Kräfte sind mit den seinen verbunden. Ein mächtiges und unzerstörbares Band." Sie presst sich ihre Hand auf die Brust. „Es ist wirklich wunderschön."

„Aber warum ihn?", stöhnt mein Vater und meine Mutter haut auf seinen Arm. „Meine Eltern waren auch kein Fan von dir, falls du dich erinnerst. Schau ihn dir an. Er vergöttert unsere Tochter und er ist stark. Er wird sie beschützen können."

„Wir können euch hören", teile ich den beiden peinlich berührt mit, während Bluette leise kichert und Aros etwas zuflüstert, der ebenfalls kurz auflacht.

„Sie hat recht", murmelt Ayden, seine Stimme tief und ruhig. „Ich würde alles tun, um Neve zu beschützen. Wir werden es zusammen schaffen."

Mein Vater seufzt, nickt aber.

„Leute, das müsst ihr sehen."

Alle drehen sich zu Sky um, die unbemerkt schon zu dem großen Türbogen gelaufen ist. Ihre Stimme hallt in der Dunkelheit wider und weckt sofort unsere Neugier.

„Tut denn hier nie jemand, was man ihm sagt?", stöhnt Ayden und schüttelt den Kopf, während Rainn ihm die Schulter tätschelt. „Nie. Du weißt ja, wie das ist. Nur ein Genie überblickt das Chaos in dieser Truppe."

Die anderen grinsen bei seinen Worten.

Ich versuche währenddessen, die Angst in mir zu kontrollieren. Die Schrecken des Dschungels stecken mir noch ziemlich in den Knochen. Wer weiß, was wir hier unten aufwecken.

Wir schließen zu Sky auf und ich bin ebenso überwältigt wie sie. Wir stehen am Rand einer gewaltigen Höhle, die uns den Atem raubt. Vor uns breitet sich ein endlos erscheinender schwarzer See aus, dessen ruhiges Wasser in der Finsternis glänzt - Stalagmiten und Stalagtiten ragen wie die Zähne eines Ungeheuers aus Boden und Decke und ihre unheimlichen Schatten verstärken die gespenstische Atmosphäre. Der einzige sichtbare Weg zur anderen Seite, wo wir eine alte verwitterte Holztür sehen, verläuft über den See. Doch die alte Brücke wurde im Laufe der Zeit morsch und so liegen Teile von ihr im schwarzen Wasser. Der Anblick des Gewässers erinnert mich auf beängstigende Weise an den Kraken und sorgt dafür, dass sich die kleinen Härchen auf meinem Körper aufstellen.

Mein Körper erzittert. Ayden schaut mich durchdringend an, in seinem Blick die Frage, ob alles okay ist. Ich schüttle den Kopf, ein stummes Zeichen, dass ich im Moment nicht darüber sprechen kann – später. Später gibt es so viel, was ich zu sagen habe.

Doch ich will erst mit ihm alleine sprechen, bevor ich es unseren Familien erzähle.

„Das sieht ja einladend aus." Kelvin tritt bis an den Rand und schaut ins Wasser.

Rainn gleitet neben ihm in die Hocke und streckt seine Hand vorsichtig aus.

Ich halte das für keine gute Idee, aber als Aqua ist er der Wasser-Experte. Ich für meinen Teil würde im Leben nicht meine Hand da hereinstecken.

„Es ist normales Wasser", teilt er uns mit und erhebt sich, wischt seine Hände an der Hose ab. Seine blauen Augen leuchten leicht in dieser Dunkelheit, wie die Augen aller Elementare.

„Wir müssen auf die andere Seite." Adam wirkt ebenso leidenschaftslos wie ich.

„Ach was, sag bloß", spottet Sky und verdreht die Augen. Sie und Rainn können Adam aktuell so gar keine Sympathie entgegenbringen.

„Dann müssen wir aber teilweise durchs Wasser waten, wenn nicht sogar schwimmen. Ich kann den Grund nicht erkennen", murmelt meine Mutter und runzelt die Stirn.

Schwimmen? Hat sie tatsächlich schwimmen gesagt? Keine zehn Pferde bringen mich in dieses Wasser.

„Darf ich anmerken, dass wir nicht wissen, was in diesem See leben könnte?", werfe ich ein. Die Erinnerungen an den Kraken sind einfach zu präsent. Unruhig trete ich von einem Bein aufs andere und kann nicht nachvollziehen, wieso die anderen alle so gelassen wirken.

„Es könnte auch einfach ein normaler See sein. Nicht ungewöhnlich unter der Erde, falls es hier eine Quelle gibt", gibt Flora zu bedenken und jeder von uns mustert das Gewässer.

„Nun, wie ich das sehe, haben wir keine andere Wahl, als es herauszufinden", stellt Ayden das Offensichtliche fest.

Ich knirsche mit den Zähnen und meine Muskeln spannen sich an. Ich will dieses Wasser nicht betreten, aber … mir kommt eine Idee.

„Lasst mich vorangehen. Ich kann für kurze Zeit die Stellen die unter Wasser liegen vereisen. Dann könnt ihr drüber laufen und niemand muss einen Fuß in dieses Becken setzen."

„Und das soll klappen?" Aros klingt skeptisch. „Ja, ich habe das schon einmal gemacht", versichere ich, lasse aber den Teil aus, wo ich mich fast übernommen habe.

Ayden schaut mich missmutig an. Er scheint nicht begeistert zu sein, dass ich mich als erste dem Wasser nähere.

„Nun schau nicht so. Du weißt, dass es eine gute Idee ist."

Sein Mund wird zu einer harten Linie und ich sehe, wie er mit dem Kiefer mahlt.

„Es ist egal, ob ich vorne oder hinten laufe. Tatsächlich ist es sogar besser, wenn jemand Leichteres vorweg läuft, um zu prüfen, wie stabil das Holz ist."

„Das Argument wird ihn sicher nicht überzeugen", witzelt Kelvin und ich boxe ihm freundschaftlich in die Seite, ehe ich auf Ayden zugehen und meine Arme um seinen Bauch lege.

„Wir haben keine Wahl. Deine Worte, nicht meine."

„Aber du bist verletzt und ich habe dich gerade erst zurückbekommen."

„Und wirst mich nicht verlieren. Es ist nur eine Brücke. Aber ich werde keinen Fuß in dieses schwarze Wasser setzen."

„Ich finde die Idee großartig." Bluette bestärkt mich in meinem Vorschlag und Aros nickt ebenfalls zustimmend. „Je schneller wir drüben sind, desto besser."

Ayden

Alles in mir sträubt sich dagegen, Neve den Vortritt zu lassen – und doch tue ich genau das. Weil sie recht hat. Auch wenn mein Beschützerinstinkt das genaue Gegenteil tun möchte, muss ich ihr vertrauen. Sie ist stark und klug. Sie wird wissen, was sie tut – hoffentlich. Und ich bin stolz darauf, so eine mutige Gefährtin an meiner Seite zu haben.

Ich beobachte argwöhnisch, wie sie sich langsam, Schritt für Schritt, vortastet. Die Holzbretter knarren laut unter ihrem Gewicht. Mein Stirnrunzeln vertieft sich.

Jeder von uns scheint den Atem anzuhalten, während sie sich ihren Weg über die Bretter bahnt und kurz vor der ersten Bruchstelle stoppt.

Sie bleibt einen Moment stehen, mustert das Wasser unter sich stirnrunzelnd und dreht sich dann mit einem gezwungenen Lächeln zu uns um.

„Es ist sicher. Bluette, du zuerst", ruft sie uns zu.

„Alles klar", antwortet diese und löst sich von Aros.

Ich lege den Kopf schief und beobachte Neve genau, wie sie nun Bluettes Weg mit den Augen verfolgt, die sich langsam auf sie zubewegt.

Was ist Neve im Dschungel widerfahren, dass ihr dieses Wasser jetzt solch eine Angst bereitet? Hestias Erzählungen kommen mir in den Sinn. Der Kraken. Und es fällt mir wie Schuppen von den Augen. Neve befürchtet, dass in diesem Wasser ebenfalls so ein Monstrum lebt. Nun, ich hoffe nicht. Bis jetzt wirkt alles ruhig und friedlich.

Flink findet Bluette den Weg und ergreift Neves ausgesteckte Hand, die sie ihr reicht. Als sie beide auf dem Holzbrett stehen, knarrt es laut und drohend, aber es bricht nicht. Aros neben mir wirkt ebenfalls angespannt.

Neve atmet tief ein und geht in die Hocke, lässt ihre zittrige Hand in das dunkle Wasser gleiten. Man merkt, welche Überwindung es sie kostet. Sofort bildet sich eine Eisschicht, die sich immer weiter ausbreitet, bis sie das andere Ende der Brücke erreicht hat.

„Okay, du kannst gehen", erklärt sie Bluette und ich sehe, wie Aros die Fäuste ballt, als sie das Eis betritt. Seine Kieferpartie tritt stark hervor und meine Mundwinkel heben sich leicht. Das Eis knarrt laut, während Bluette vorsichtig auf die andere Seite zuläuft.

Er bemerkt meinen Blick und mein Feixen.

„Warum grinst du so komisch?", fragt er.

„Weil wir beide absolut verloren sind."

Ihm geht ein Licht auf und er lacht in sich hinein. Er hat ebenso solche Angst um seine Gefährtin, wie ich um meine. Wir sind zwei schrecklich mitleidige Krieger geworden.

Liebe ist etwas Merkwürdiges. Sie macht uns auf eine ganz besondere Art und Weise stark, aber sie nimmt uns auch gleichzeitig etwas von unserer Kraft. Liebe ist ein Mysterium. Ein Zauberwerk. Ein Rätsel. Das wohl niemals jemand lösen wird.

Bluette gelangt ohne Probleme auf die andere Seite und tänzelt die letzten Schritte zum Ufer. Sie winkt uns fröhlich zu und ich spüre die Erleichterung der anderen.

„Es ist sicher", ruft sie zu uns rüber und Aros Schultern entspannen sich merklich.

Sky ist die Nächste, gefolgt von Flora und Selale. Als alle Frauen drüben sind, schicken wir Adam. Der Reihe nach wechseln wir alle die Seite und das Gewässer unter uns bleibt ruhig.

Aros, Kelvin und ich bilden das Schlusslicht.

„Jetzt du", fordere ich Aros auf und er nickt entschlossen. Doch kurz bevor er Neve erreicht, bricht plötzlich eins der Bretter unter seinen Füßen und sein Bein taucht ins Wasser. Es verhakt sich im Holz und Neve verlässt ihren Platz, um ihm zu helfen. Sie zieht und zerrt an seinem Bein und mit einem lauten „Ratsch" reißt sein Hosenbein. Doch er schafft es, den Fuß aus dem Wasser zu ziehen.

Ich höre sein leises Fluchen bis hierher und bemerke das Blut, das aus einem tiefen Kratzer an seinem Bein läuft.

Schimpfend schafft er es schließlich ebenfalls wohlbehalten auf die andere Seite, wo Bluette bereits auf ihn wartet und sich gleich in die Hocke niederlässt, um sein Bein zu untersuchen.

„Ich gehe als Letzter", erklärt Kelvin und ich zögere. Es liegt mir im Blut, dass ich sie alle beschützen möchte und doch weiß ich, dass ich es nicht kann. Wir sind alle starke Krieger. „Wir sehen uns auf der anderen Seite."

Ich spüre, wie das Holz unter meinem Gewicht ächzt und sich biegt, aber es hält mich. Mit einem großen Schritt überwinde ich die Stelle, die Aros eben zum Verhängnis wurde. Ein Stofffetzen hängt noch an den Brettern.

Neve kommt Stück für Stück näher und jetzt bemerke ich das Zittern ihrer Hände und die Schweißperlen auf ihrer Stirn.

Sie ist verletzt und erschöpft und diese ganze Aktion kostet sie viel zu viel Kraft. Ich beschleunige meine Schritte und erreiche sie schließlich. Dicht vor ihr bleibe ich stehen und der geringe Abstand zwischen uns ist verführerisch. Zu gerne würde ich mich hinab beugen und sie küssen.

Meine Hand legt sich kurz auf ihren unteren Rücken. „Du hast es gleich geschafft, kleine Schneeflocke. Du machst das großartig. Ich bin stolz auf dich und du beeindruckst mich immer wieder."

Sie schenkt mir ein ehrliches Lächeln.

Ihr Duft umhüllt mich, als ich schließlich an ihr vorbeigehe und das Eis betrete. Es ist fest und sicher, was noch deutlicher macht, wie viel Energie sie gerade aufbringt.

Mit gerunzelter Stirn drehe ich mich auf halber Strecke noch einmal um und sie zwinkert mir zu.

Nun geh schon – will sie sagen und ich versuche, das ungute Gefühl in mir zu bändigen. Kaum sind meine Füße auf dem Sand der anderen Seite angekommen, macht Kelvin sich schon auf den Weg. Gleich haben wir es alle geschafft.

Die Anspannung löst sich langsam. In ein paar Minuten können wir unseren Weg fortsetzen.

Ich will mich gerade zu Aros umdrehen, als ich eine leichte Kräuselung im Wasser bemerke. Ein Tropfen von der Decke?

Mein Stirnrunzeln vertieft sich und ich mustere den See aufmerksam. Er liegt wieder still da. Habe ich es mir nur eingebildet?

„Beeilt euch", fordere ich Neve und Kelvin auf, der gerade ihre Hand ergreift.

„Ja, ja, ich mach ja schon", schimpft dieser, als plötzlich die Höhle durch eine Erschütterung vibriert und brummt. Steine knirschen und das Geräusch von berstendem Holz hallt durch die Höhle. Ich höre Neve und Kelvin überrascht schreien, als die Brücke unter ihnen von etwas Großem getroffen wird. Das morsche Holz gibt augenblicklich nach.

Das Eis bricht und die Holzbretter splittern. Ich schreie Neves Namen, sehe, wie sie Kelvins Hand fest umklammert hält, bevor sie beide in die Luft katapultiert werden. Zusammen mit den Bruchstücken der Brücke stürzen sie ins schwarze, aufgewühlte Wasser und verschwinden aus meinem Blickfeld. Adrenalin pumpt durch meine Adern. Mein Blick wandert panisch über das dunkle Gewässer. Wo sind sie?

Ich sehe nur unendlich viele Holzbretter im Wasser treiben.

„Was war das?", schreit Nereus und die Frage wird ihm sogleich beantwortet.

Eine unglaublich große Wasserschlange schießt aus der Tiefe hervor.

Auf ihrem riesigen Kopf thronen zwei lange geschwungene Hörner, ihre zu schmalen Schlitzen verengten Augen mustern uns. Lange, tentakelähnliche Bänder baumeln von ihrem Gesicht und ihr schuppiger Körper ist von spitzen Stacheln überzogen. Alarmiert spannt sich mein Körper an.

Sie öffnet ihren Rachen, entblößt mehrere Reihen messerscharfer Zähne und stößt einen ohrenbetäubenden Schrei aus, der uns fast die Trommelfelle zerreißt. Ich presse meine Hände auf die Ohren, versuche verzweifelt, den grausamen Schrei zu dämpfen.

Die Augen der Seeschlange glühen wütend auf und fixieren uns unheilvoll.

„Ein Sirenenglorn", ruft Rainn mit gedämpfter Stimme. Es läuft mir eiskalt über den Rücken. Eine äußerst seltene, so gut wie ausgestorbene Wasserdrachenart.

Ihr Schrei vermag mehr als nur unsere Trommelfelle zum Platzen zu bringen. Panisch suchen meine Augen das Wasser ab und in diesem Augenblick tauchen Neve und Kelvin auf.

Beide wirken kurz desorientiert und schnappen hektisch nach Luft.

Der Sirenenglorn setzt zum nächsten Schrei an und ich brülle so laut ich kann: „Tauchen, ihr müsst tauchen."

Neves Blick findet mich und ich sehe, wie sie hektisch etwas zu Kelvin sagt.

Beide tauchen in dem Moment ab, als der nächste schrille Schrei ertönt.

Ich krümme mich vor Schmerzen, spüre, wie eine warme Flüssigkeit aus meinen Ohren rinnt. Blut.

Alles in mir schreit danach, zu Neve zu gelangen, doch ich kann mich nicht bewegen. Wir werden nicht mehr viele solcher Attacken aushalten.

Jemand rennt plötzlich an meinem Blickfeld vorbei, zurück auf die Brücke, direkt auf die Seeschlange zu.

Selale spannt während des Laufens ihren Bogen. Das Ungetüm holt Luft, fixiert Neves Mutter mit seinem Blick und als es erneut schreit, scheint der brennende Ton mir bis ins Gehirn zu gehen. Doch

Neves Mutter läuft unbeirrt weiter, ohne sich zu schützen.

Ihr Pfeil saust durch die Luft, trifft den Kehlkopf der Schlange, wodurch der grauenvolle Ton abrupt verebbt.

Neve und Kelvin tauchen nach Luft ringend auf, während die Schlange wie wild mit ihrem massiven Leib im Wasser für mächtige Wellen sorgt.

Selale bricht auf der Brücke zusammen und Nereus ist schon auf dem Weg zu seiner Frau.

Der Schlangenschwanz trifft Kelvin und Neve, trennt sie gewaltsam voneinander. Mit geweiteten Augen und Furcht im Herzen verfolge ich, wie Neve weit links ins tiefe Wasser geschleudert wird, während Kelvin gegen einen der Stalaktiten prallt.

Er bewegt sich nicht und sein Körper treibt regungslos im Wasser. Rasend vor Zorn ziehe ich mein Schwert.

Auf der anderen Seite taucht Neve auf und paddelt hilflos im Wasser. Ich sehe, wie sehr sie kämpfen muss, über Wasser zu bleiben. Sie sieht so klein gegen diese unbarmherzigen Wellen aus.

„Ans Ufer", schreie ich ihr zu während ich selbst zur Brücke laufe. Ich kann hier nicht nur stehen und zusehen, sie braucht mich und zwar jetzt. Rainn steht bereits mit beiden Beinen im Wasser und versucht verzweifelt, die Bestie mit seiner Wassermagie abzulenken, während Sky und Adan Kelvin aus dem Gewässer ziehen.

Der Kopf der Seeschlange schnellt zu Neve, ihre Augen fixieren die Beute. Ich überziehe mein Schwert mit heißen Flammen, drehe es in meiner Hand im Kreis. Die Seeschlange schwimmt los und ich renne. Steine und Sand knirschen unter meinen Füßen. Als ich die Reste der Brücke betrete, brechen die Bretter unter meinen Füßen, doch ich laufe weiter, das Schwert fest in meiner Hand. Kurz bevor die Seeschlange die Brücke passiert, spanne ich meine Muskeln an und stoße mich mit aller Kraft ab. Wie von selbst lösen sich meine Stiefel von dem morschen Balken, ich fliege kurz durch die Luft, senke mein Schwert nach unten und umklammere es mit beiden Händen, während Adrenalin meinen Körper flutet. Mit einem Kampfschrei brülle ich meinen Zorn hinaus in die Welt und meine Stimme hallt von den Wänden wider. Der Drache schaut nach oben und ich versenke mein Schwert in einem seiner grellen Augen. Meine Stiefel treffen hart auf seinen riesigen Schädel und ich umklammere das Schwert weiter mit beiden Händen. Voller Zorn stoße ich das heiße Eisen immer tiefer in die Augenhöhle und die schützende Fettschicht spritzt heraus, während die Schlange sich unter mir windet und versucht, mich energisch abzuschütteln. Krächzende Geräusche verlassen ihren Rachen und ich beiße die Zähne zusammen. Meine Muskeln protestieren, doch ich bin unnachgiebig. Stirb endlich, denke ich verärgert und schaffe es, noch ein Stück tiefer zu kommen. Das ekelerregende Knacken von Knochen dringt an mein Ohr.

„Du wirst meine Gefährtin nicht anrühren", knurre ich zwischen zusammengebissenen Zähnen und drehe das Schwert in der Augenhöhle – die Schmierschicht ignorierend, die nun unaufhaltsam herausspritzt.

Mein Blick sucht Neve, die sich ans Ufer schleppt und von Adam und Flora in Empfang genommen wird. Sie legen links und rechts die Arme um sie und ziehen sie aus dem Wasser. Erleichterung durchfährt meinen Körper, als ich sehe, dass sie in Sicherheit ist.

„Halte es ruhig", schreit Nereus und ich lache freudlos auf.

Warum nicht gleich den Mond vom Himmel holen, denke ich voller Ironie.

„Ich brauche ein freies Schussfeld." Er hält den Bogen in den Händen und zielt mit dem Pfeil auf das andere Auge des Sirenenglorn. Halt es still, äffe ich ihn in Gedanken nach.

Gut, wie er will. Ich reiße das Schwert aus dem Schädel, die breiige Masse spritzt mir entgegen, bedeckt meine Arme und mein Gesicht und ich verliere den Halt. Meine Stiefel rutschen ab und ich lande rücklings im Wasser. Mein Hinterkopf knallt auf eines der Trümmerteile und für einen Moment fühle ich mich benommen.

Die Wellen schlagen über mir zusammen, während ich untergehe. Mühsam kämpfe ich mich an die Oberfläche, weiche immer wieder dem Körper des Ungeheuers aus und breche hustend durch die Wasseroberfläche. Ich höre, wie Neve panisch meinen Namen brüllt und das Ungeheuer wendet mir seinen Kopf zu. Nun hat Nereus freies Schussfeld auf das andere Auge. Ganz so, wie er es wollte. Es war zwar anders geplant, aber das Ziel ist dasselbe.

„Schieß", schreie ich, während der Kopf auf mich zurast.

Das Wasser um mich herum ist eiskalt und es fühlt sich an, als würde es jede meiner Bewegungen behindern. Ich sehe die messerscharfen Zähne vor mir und der faulige Atem des Ungeheuers schlägt mir ins Gesicht.

Neve

Aydens Gesicht ist eine Mischung aus Entschlossenheit und Anspannung. Seine Augen, weit aufgerissen und fokussiert, blicken direkt in die riesige, zischende Mundöffnung der Bestie. Der Ausdruck in seinen Augen lässt mein Herz bluten. Verzweifelter Mut mit dem Wissen, dass die Lage beinahe aussichtslos ist. Mein Schrei hallt von den Wänden wider, als mein Vater den Pfeil abschießt und der Kopf der Seeschlange auf Ayden trifft. Sein offener Kiefer knallt auf meinen Gefährten, drückt ihn nach unten. Sie verschwinden beide im schwarzen Wasser und wir alle scheinen den Atem anzuhalten. Hat mein Vater getroffen?

„Tut doch etwas!", verlange ich verzweifelt, werde von Adam in einem Klammergriff festgehalten, um mich davon abzuhalten, ins Wasser zu stürzen. Ich wehre mich wie wild, kämpfe gegen seine Arme an, doch Adam ist unnachgiebig.

Kelvin hustet noch immer und aus seinem Mundwinkel rinnt Blut, doch er steht wieder auf eigenen Beinen.

Wir alle schauen entsetzt auf das Wasser, das sich langsam glättet. Doch sowohl Ayden als auch die Seeschlange bleiben verschwunden. Panisch schlägt das Herz in meiner Brust und tiefe Schluchzer lassen meinen Körper unkontrolliert beben.

„Ayden, komm schon", wispere ich verzweifelt und heiße Tränen rinnen mein Gesicht hinab. Er kann nicht tot sein. Ich bin zu ihm zurückgekommen. Jetzt ist er an der Reihe.

„Ich habe sie getroffen, ich bin mir sicher." Mein Vater stützt meine Mutter, aus deren Ohren ebenfalls Blut fließt.

Sie schaut mich fragend und gequält an. Um uns zu retten, hat sie ihr Hörvermögen geopfert. Ihre Trommelfelle sind zerfetzt. Es wird Wochen dauern, bis sie wieder richtig hören kann.

Die Schmerzen müssen unglaublich sein. Mein Blick richtet sich wieder aufs Wasser. Wie viel Zeit ist vergangen? Wie lange kann er ohne Luft auskommen?

Wütend und verzweifelt schlage ich Adam auf die Brust. „Lass mich los, Adam. Lass mich los, bitte."

„Du kannst nichts mehr für ihn tun", donnert Adam zurück und ich schaue meine Freunde an, unsere Freunde. Sie alle wirken geschockt und verzweifelt.

Plötzlich durchbricht etwas das Wasser. Meine Augen weiten sich vor Schock und Hoffnung. Ayden taucht auf, keuchend und hustend kämpft er sich an das Ufer, vorbei an den Trümmerstücken. Mit jeder Bewegung kämpft er deutlich gegen die Erschöpfung und den Schmerz an, während er sich an Land schleift.

Er wirft sein erloschenes Schwert auf den Sand und dreht sich dann prustend auf den Rücken. Sein Brustkorb hebt und senkt sich hektisch, während er nach Luft ringt. Die Anstrengung und das Adrenalin, die ihn bis jetzt am Leben erhalten haben, entladen sich in einem Zittern seiner Muskeln. Sein Körper ist von Wasser und Blut durchtränkt und sein Atem durchbricht die angespannte Stille.

Jetzt gibt es für mich kein Halten mehr. Ich stoße Adam von mir, renne so schnell ich kann zu meinem Gefährten und lasse mich neben ihm nieder. Der körnige Sand reißt mir die Knie auf, aber ich nehme es kaum wahr. Ich ziehe Ayden zu mir, drücke seinen kalten, nassen Körper an mich und vergrabe mein Gesicht in seinem nassen Haar.

„Oh Gott, du Idiot. Jag mir nie wieder so einen Schrecken ein", ächze ich und schlage ihm auf den zerkratzen Brustpanzer, der deutliche Dellen von Zähnen aufweist.

Er lacht hustend. „Keine Sorge, hatte ich nicht vor."

Seine Hand legt sich auf meinen Rücken und er zieht mich fest an sich. Ich spüre, wie schnell sein Herz wummert und sehe rotes Blut, das aus einer Schnittwunde an seiner Stirn läuft. Es vermischt sich mit dem Wasser, welches von seinen Haaren tropft und sammelt sich im Sand. Jeder Tropfen sorgt dafür, dass sich mein Herz zusammenzieht. Er hält mich noch einen Augenblick lang fest an sich gedrückt, als wolle er sich vergewissern, dass wir wirklich wieder zusammen sind.

„Ich werde zu alt für diesen Mist", witzelt er und ich kann so gar nicht darüber lachen.

„Gut gemacht." Aros reicht ihm die Hand und ich löse mich von ihm. Ehe er aufsteht, legt er seine Hand unter mein Kinn und zieht mein Gesicht zu sich, um mich fest und eindringlich zu küssen.

Ich kralle mich in seine Schultern, um ihm noch näher zu sein. Als seine Lippen sich von meinen lösen, streicht er sanft mit dem Handrücken über meine Wange und winzige Schauer tanzen über meine Haut.

Wir mustern uns gegenseitig.

„Alles okay?"

Seine Frage ist viel weitreichender, als es auf den ersten Blick scheint.

„Jetzt ja", erwidere ich und er wirkt zufrieden. Das Bild, wie er heroisch auf den Drachen springt und das Schwert in dessen Kopf rammt, wird mich wohl für immer verfolgen.

Er nickt ernst, streicht aber dennoch sorgenvoll über meinen verdeckten Verband. Ich spüre die Anstrengungen dieser Expedition in jedem Winkel meines Körpers. Wir alle sind müde und kaputt.

Wir schauen uns noch einen Augenblick lang durchdringend an, beobachten den jeweils anderen. Schließlich ergreift er Aros Hand und kämpft sich schwankend auf die Beine. Ich sehe sehr wohl, wie er kurz das Gesicht verzieht und weiß, dass er Schmerzen hat. Doch ebenso wie wir anderen macht er diese mit sich aus. Er streckt nun mir die Hand entgegen und nur zu gerne lasse ich mich auf die Beine in seine Arme ziehen.

Die Angst sitzt mir noch immer in den Knochen und ich vergrabe meinen Kopf an seiner Halsbeuge. Ziehe seinen Duft in meine Lunge und versuche, das Zittern meines Körpers in den Griff zu bekommen, während das Adrenalin langsam meinen Körper verlässt.

Als ich mich an ihm festhalte, bemerke ich, dass nicht nur sein Panzer Dellen abbekommen hat. Tiefe Furchen, aus denen Blut rinnt, ziehen sich vom Hals bis zu seinem Schlüsselbein, wo sie ins Leder übergehen. Diese verfluchte Schlange hätte ihm fast die Kehle aufgerissen. Fragend schaue ich ihn an, doch er schüttelt den Kopf und lächelt schwach, als wolle er sagen, dass es schon gut ist.

„Himmel, ich habe vergessen, wie beschissen diese Welt sein kann", flucht Flora, die seine Wunden ebenfalls mustert und dann besorgt zu meiner Mutter schaut, die gequält lächelt, als sie die Blicke bemerkt. Ihr Gesicht wirkt bleich und sie kann uns nicht hören.

„Mum", Adam schaut seine Mutter leicht entsetzt an, denn Flora ist eigentlich niemand, die verbale Entgleisungen hat.

„Es ist doch wahr. Schau dich doch um. Das Ganze hätte auch anders enden können. In dieser Welt will dich einfach alles und jeder umbringen."

Ich löse mich von Ayden und gehe zu meinen Eltern. Vorsichtig nehme ich meine Mum in den Arm und schaue zu meinem Vater auf.

„Mach dir keine Sorgen, es wird verheilen. Du weißt, wir halten einiges aus. Deine Mutter hat uns gerettet. Es war sehr mutig von ihr. Dumm, aber mutig."

Ich schaue meiner Mutter sorgenvoll ins Gesicht und sie streicht mir eine lose Strähne aus der Stirn. Gut, dass sie Dads Worte nicht gehört hat, für dieses „Dumm" hätte er sonst einen Boxer kassiert. Ganz bestimmt.

„Mir geht es gut", teilt sie mir, etwas zu laut, mit und ich nicke. Wir werden nun erst recht ein Auge auf sie haben müssen, denn da ihr die Sinnesempfindung des Hörens fehlt, macht es sie angreifbarer als den Rest von uns.

„Sind alle soweit okay, dass wir weiterkönnen?", erkundigt sich Ayden und Rainn hilft Kelvin auf, der wieder etwas mehr Farbe im Gesicht hat. Allerdings presst er sich die Hand auf die rechte Seite und atmet etwas schwerer als zuvor.

Ich vermute, dass eine Rippe gebrochen ist.

Alle bejahen und so setzen wir unseren mühseligen Weg fort. Dieses Mal ist es mein Vater, der als erster durch die nächste Tür tritt. Mit einem kräftigen Stoß öffnet er sie und sie knarrt laut in den Angeln. Lange wird sie hier nicht mehr hängen, wenn ich mir den Rost und die Verwitterung ansehe. Mittlerweile bezweifle ich, dass Josias hier unten wirklich viel getan hat, außer vielleicht Leichen an die Seeschlange zu verfüttern und Spuren zu verwischen.

Ayden schiebt seine Hand sanft in meine, drückt sie beruhigend und gemeinsam folgen wir den anderen. Lassen den furchtbaren See hinter uns. Anders als eben in der Höhle betreten wir dieses Mal einen von Fackeln erhellten, steinernen Raum.

Als wir alle in dem Raum stehen, schließt sich die Tür hinter uns mit einem knarrenden Geräusch. Links und rechts entdecken wir zwei weitere Türen, beide wirken nicht so verwittert wie die Tür, durch die wir zuvor getreten sind. Im ersten Moment stehen wir alle etwas ratlos da und mustern die beiden Möglichkeiten, die sich uns bieten. Welchen Weg sollen wir beschreiten? Wenn ich ehrlich bin, würde ich am liebsten gar keinen von beiden wählen und einfach direkt in mein Bett fallen. Meine Muskeln und Knochen protestieren und die Anstrengung der letzten Wochen macht sich deutlich bemerkbar. Aber meine Freunde sehen nicht weniger mitgenommen und angeschlagen aus als ich. Ihre Körper sind von Dreck und Schweiß überzogen, die Gesichter müde und gezeichnet von der Erschöpfung. Blessuren und Kratzer verunstalten ihre Haut. Und ich befürchte, dass diese Suche wieder eine Sackgasse gewesen sein könnte. Keine Gaia in Sicht.

„Ich würde sagen, wir schauen erstmal, ob beide Türen offen sind und was sich auf den ersten Blick dahinter verbirgt", schlägt Opal vor.

„Gut, du nimmst die linke und ich die rechte Tür", antwortet Adam seinem Vater und beide nicken sich zu.

„Warte", ruft Ayden und wirft dem überraschten Adam einen Dolch aus seinem Stiefel zu. „Sei vorsichtig."

Adam wirkt einen Moment völlig perplex, ehe er dankend das Haupt senkt. Die beiden Männer nähern sich der jeweiligen Tür und während die von Opal fest verschlossen ist, lässt sich Adams Tür mühelos öffnen. Er lehnt sich ein wenig nach vorne und späht in den Raum.

„Es sieht sicher aus", ruft er und tastet sich vorsichtig vorwärts. Also folgen wir ihm. Uns erwartet ein enger Gang, der von Fackeln erhellt wird. Alles wirkt ebenso düster und alt wie die Treppe hinunter in diese Katakomben.

„Seid achtsam", ermahnt Ayden alle und verweist damit nochmal deutlich auf mögliche Fallen.

„Wir sind keine kleinen Kinder, weißt du", neckt Adan ihn und Ayden schnaubt nur. „Das habe ich ja vorhin gesehen."

„Hey, das waren nicht wir, sondern er. Er ist noch ein halbes Kind."

„Sehr lustig", murrt Adam und trotz allem muss ich lächeln. Dieses sich gegenseitig Aufziehen ist doch schon einmal ein Anfang, denke ich. Vielleicht schaffen sie es alle ja doch noch, sich gegenseitig Vertrauen zu schenken.

Und so folgen wir dem nicht enden wollenden Labyrinth aus düsteren Gängen und Abzweigungen. Die Wände sind aus jahrhundertealtem Stein und wirken feucht und schmutzig, bedeckt mit Moos und Schimmel. Die schwachen Fackeln an den Wänden werfen gespenstische Schatten, die wie flüchtige Geister über die Wände tanzen. Der Boden unter uns ist uneben. Wir laufen so lange, bis meine Beine mich beinahe umbringen. Ayden bemerkt meinen Schmerz und ordnet eine Pause an. Es sollte mir unangenehm sein, dass er es meinetwegen tut, aber ich bin viel zu erschöpft – und auch ein wenig dankbar – um mich zu beschweren.

Ich könnte vor Glück heulen, als ich mit meinem Hintern auf den Boden plumpse und meine Beine endlich ausstrecken kann. Der kalte, harte Boden ist eine willkommene Erleichterung.

Wäre ich so gut in Form wie sonst, wäre ich vielleicht nicht so fertig mit der Welt. Aber ich bin wirklich am Ende.

Hunger und Durst nagen außerdem sehr hartnäckig an mir.

„Wer kommt hier runter und zündet all diese verfluchten Fackeln an?", meckert Adam, während er sich müde über das dreckige Gesicht reibt. Seine Stimme klingt rau und angespannt.

„Es sind magische Flammen, du Dummkopf. Sie wurden von einem Ignis angezündet und brennen mit den richtigen Zaubern der Saceridis immer und ewig", klärt Sky ihn wenig charmant auf. Ihre sonst glänzenden Locken sind nun ein dreckiger verfilzter Wirrwarr auf ihrem Kopf.

Aros zieht Bluette sanft an seine Seite und sie schmiegt sich müde an ihn, schließt einen Moment die Augen und genießt die kurze Ruhe.

Ich schaue zu Ayden, der mit meinem Vater diskutiert. Mein Blick bleibt an seinem scharfgeschnittenen, attraktiven Gesicht haften, mit der geraden Nase, den markanten, breiten

Augenbrauen und den dunklen Schatten unter seinen Augen. Auch er ist erschöpft und abgekämpft, die Müdigkeit steht ihm ins Gesicht geschrieben und es ist kein Ende in Sicht. Ich fühle, wie die Frustration in mir wächst. Wir sitzen in der Falle. Gefangen in einem Labyrinth. Unsere Neugierde und unsere waghalsige Entscheidung haben uns wirklich in große Schwierigkeiten gebracht.

Unzufrieden seufzt er und sein Blick sucht mich. Seine Miene verändert sich sofort, als er mich erblickt. Die Anspannung weicht einem sanften Ausdruck und er kommt mit großen Schritten auf mich zu, lässt sich neben mir nieder. Ein hinreißendes Lächeln breitet sich auf seinen Lippen aus, bevor er sanft meinen Mund mit seinem verschließt. Für einen kurzen Augenblick verlieren die Welt und die Sorgen um uns herum ihre Bedeutung.

„Daran muss ich mich wirklich erst gewöhnen", höre ich meinen Vater murmeln und kann ein Feixen nicht unterdrücken.

Ayden legt den Arm um mich und ich spüre seine Wärme auf meiner Haut. Anders als den anderen macht mir die feuchtkalte Luft hier unten nicht das Geringste aus. Dennoch schmiege ich mich an ihn und genieße den Trost und die Geborgenheit, die mir seine Nähe schenken.

„Wie geht es deiner Verletzung?", erkundigt sich Ayden leise, nur für mich hörbar, während seine Nase sanft meinen Hals streift. Ein wohliges Kribbeln breitet sich aus, das durch seine Berührung ausgelöst wird.

„Alles wunderbar", antworte ich und als er seinen Blick hebt, trifft mich sein tadelnder Ausdruck aus seinen lodernden Augen.

„Na gut. Ich bin kaputt. Zufrieden? Ich bin eine Versagerin und es tut weh."

„Wir alle sind müde und ausgelaugt, kleine Schneeflocke. Wenn das der Maßstab für Versagen wäre, wären wir alle Versager. Darf ich deinen Verband kontrollieren?"

„Nicht vor den anderen. Sie machen sich sonst nur unnötig Sorgen", flüstere ich und er seufzt schwer.

„Du machst es mir nicht leicht", brummt er und ich kann mir ein Lächeln nicht verkneifen.

„Sagt der, der eben mit einer Seeschlange gekämpft hat."

„Um die Frau, die ich liebe, zu retten."

„Mit Erfolg. Ich bin hier und du bist hier und ..."

Er verschließt meinen Mund mit seinem, ehe ich weiterreden kann.

Nur allzu gerne lasse ich das zu. Seine Lippen passen perfekt zu meinen und seine Umarmung wird fester. Auch wenn wir in diesem elendigen Gewölbe hocken, fühle ich mich bei ihm sicher.

„Ich liebe dich, Neve. Ich würde alles für dich tun."

„Und ich für dich."

„Ich glaube, wir sind in der Nähe der Kerker." Rainn schaut den Gang hinunter, der sich am Ende wieder gabelt. „Die Luft verändert sich. Ich glaube, wir befinden uns unter der Stadt. Wenn nicht sogar schon unter dem Schloss."

„Mir war nicht bewusst, dass es so ein Labyrinth aus Tunneln unter Atlantika gibt", knurrt Sky genervt.

„Oh doch. Und einige sind nicht erkundet worden, weil es einfach zu viele sind. Und niemand weiß, wer oder was sich in den Tunneln verbirgt. Wir haben es vorhin selbst erlebt."

Bluette richtet sich auf. „Ich habe über das Tunnelsystem gelesen. Es wird sogar gemunkelt, dass niemand genau weiß, wer diese Tunnel einst angelegt hat. Manche glauben sogar, es war eine längst vergessene Zivilisation vor uns. Und wieder andere munkeln, dass Gaia hier unten besondere Gefangene in Zellen in Gewahrsam hält. Gefährliche Elementare."

Für sie oder für Atlantika, denke ich erbost. Doch ich spreche es nicht aus. Wie auch? Sie alle vergöttern Gaia. Was, wenn Colden gelogen hat? Ich muss mir selbst ein Bild machen. Und wer weiß, vielleicht taucht sie nie wieder auf.

„Das bedeutet aber auch, dass es mehrere Ausgänge und Eingänge geben muss", antwortet Ayden neben mir.

„Diese müssen wir erst einmal finden", seufzt Flora und hält die Hand meiner Mutter, die die Augen geschlossen hat und zu schlafen scheint.

„Wir können uns aufteilen", schlägt Adam vor. Ayden schüttelt entschieden den Kopf. „Das wäre ein Fehler. Zusammen sind wir stärker. Und jetzt ruht euch eine Weile aus. Ich übernehme die erste Wache. Schlaft etwas. Bald geht es weiter."

Dankbar schließe ich die Augen und Aydens Griff um meinen Körper wird fester. Beschützend hält er mich in seinem starken Arm und ich fühle mich trotz allem sicher und geborgen. Er würde sein Leben für mich geben.

In diesem Moment wird mir wieder bewusst, wie sehr ich diesen Mann neben mir liebe. Mein Herz schlägt schneller und eine tiefe Wärme breitet sich in mir aus. Er ist so stark, gibt sich oft unnahbar und hat doch diese unglaublich sanfte und liebevolle Seite, die er zu verstecken versucht. Und doch kennen wir sie alle.

Ayden hat mich überrascht, das kann ich nicht leugnen. Ich wollte ihn hassen. Doch er hat mich eines Besseren belehrt und das Schicksal hat uns unwiderruflich aneinander gebunden. Ich weiß, wie oft er mit sich hadert und glaubt, dass es seine Schuld ist, dass ich hier bin. Aber ich sehe es anders. Mittlerweile denke ich, dass man seinem Schicksal nicht davonlaufen kann und das alles so gekommen ist, wie es kommen sollte. Ich gehöre hierher – an seine Seite und er an meine. Feuer und Eis.

Während ich noch am Grübeln bin und Aydens Daumen sanfte Kreise auf der nackten Haut meines Rückens malt, merke ich gar nicht, wie ich in einen festen Schlaf gleite. Seine Wärme und der rhythmische Druck seiner Hand beruhigen meine Gedanken.

Ayden

Neve in meinem Arm zu halten, hat etwas seltsam Beruhigendes an sich. Es fühlt sich gut und richtig an, als ob es schon immer so sein sollte. Es ist, als hätte mein Körper nur auf sie gewartet.

Ich lausche ihren ruhigen Atemzügen und beobachte, wie sich unter ihren geschlossenen Lidern ihre Augen bewegen – sie träumt. Der einzige Ort, an den ich ihr nicht folgen kann.

Sie hier zu halten, in dem Wissen, dass sie mir genug vertraut, um in meinem Arm zu ruhen, erfüllt mich mit urtümlichem Stolz. Ein Gefühl, das tief in mir verwurzelt ist. Wir sind alte Seelen, die nur einmal einen Partner wählen. Die Vorstellung, dass ich Jahrtausende auf diesen Moment gewartet habe, ohne je zu erwarten, dass mir dieses widerfahren wird, ist überwältigend. Sie ist der fehlende Teil, den mein Herz über all die Jahrhunderte gesucht hat und ich weiß, dass das Schicksal uns zusammengeführt hat.

Ich spüre einen Blick auf mir und hebe den Kopf.

Anders als der Rest, der ebenfalls die Augen geschlossen hat, schaut Nereus mich nachdenklich an.

„Du bist anders, als ich erwartet habe, Ayden. Ich sehe, wie sehr du meine Tochter liebst und welche außergewöhnliche Verbindung ihr zueinander habt. Ich muss blind gewesen sein, es nicht früher zu erkennen. Auch wenn ich in mir noch immer einen Groll verspüre, verzeihe ich dir und möchte, dass du es weißt. Auch Selale verzeiht dir", fährt Nereus fort. „Ich glaube, es ist Strafe genug für dich gewesen, dass du, wie wir alle, dachtest, du hättest sie verloren. Es gibt nichts Schlimmeres, als seine Gefährtin zu verlieren."

„Oder sein Kind", erwidere ich und Nereus nickt zustimmend.

„Oder das."

„Ich danke dir, Nereus und verspreche dir, ich werde mein Möglichstes geben, um Neve zu schützen. Wir wollen diesen Ort zu einem besseren Zuhause machen. So, wie er vor Josias gewesen ist. Wir wollen unsere Freiheit zurück."

„Und wir werden euch dabei helfen."

„Ich bin stolz, einen Krieger wie dich für unsere Sache gewonnen zu haben", erwidere ich ehrlich.

„Und mich erfüllt es mit Freude, dass du, trotz deiner Taten, an der Seite meiner Tochter stehst. Es nimmt mir eine große Last von den Schultern, zu wissen, dass du stark genug bist, um sie zu schützen. Ich werde vielleicht irgendwann nicht immer da sein, um es zu können."

Dieses Gespräch kam aus dem Nichts, war unerwartet und doch notwendig.

Ich glaube Nereus und ich sind beide Männer, die eher praktisch denken, als lange in unserem Groll zu verharren. Wir können andere Krieger als solche anerkennen.

Einige Zeit später wecken wir die anderen und machen uns wieder auf den Weg. Unsere Schritte hallen durch die engen Gänge, das schummrige Licht der Fackeln tanzt an den Wänden und wir fühlen die kühle Luft, die durch die Tunnel weht.

Der Boden fühlt sich an, als würde es eine leichte Steigung geben und die Luft wird wärmer. Eventuell deutet dies auf einen der vielen Ausgänge hin.

Wir betreten einen weiteren, viel breiteren Gang als zuvor. Ein plötzliches, lautes Knirschen von Geröll hinter uns lässt mich abrupt innehalten.

Langsam drehe ich mich um und blicke in den langen Gang hinter uns. Ich kann nichts Auffälliges entdecken. Doch einige Meter weiter befindet sich ein Tunnel, in dem keine Fackeln brennen. Er wirkt noch älter als die anderen und Spinnenweben hängen vor dem Eingang.

„Wir sollten uns beeilen und weitergehen", rufe ich, während ich die anderen zur Eile antreibe. Neve dreht sich fragend zu mir um, ihre Augen spiegeln die gleiche Besorgnis wider, die sich auch in mir breitmacht.

Ich ziehe langsam mein Schwert, setze es in Flammen und gebe den Anderen Rückendeckung. Das knisternde Geräusch des Feuers begleitet uns.

In diesem Moment überschlagen sich die Ereignisse.

Wir biegen um eine scharfe Kurve und stoßen plötzlich mit einem Wachtrupp zusammen. Die überraschten Elementare blicken uns mit weit aufgerissenen Augen an.

„Wer seid ihr?", brüllt ihr Befehlshaber und seine Stimme hallt durch den Gang. Noch bevor sie uns vollständig erkennen können, ruft Bluette den Sand unter unseren Füßen zu sich. Wie eine lebendige Welle ergießt er sich über ihre Hände. Der Boden unter uns verwandelt sich in eine wirbelnde Sandmasse und Sky peitscht sie mit einem starken Wind zusätzlich auf. Die kleinen scharfen Sandkörner bohren sich wie Nadelstiche in unsere Haut.

Die Staubwolke brennt mir in den Augen und verschleiert meine Sicht. Ich kämpfe darum, die anderen nicht aus den Augen zu verlieren, doch der Sturm trennt uns und ich kann nur noch verschwommene Silhouetten im Sturm erahnen. „Wir müssen in den anderen Gang ausweichen", ruft Adan über das Dröhnen des Sandsturms hinweg, während die ersten Klingen aufeinandertreffen – wenn ich die Geräusche richtig deute. Wo ist Neve?

Ich versuche vergeblich, das brennende Gefühl in meinen Augen zu ignorieren und die Umrisse durch die dichte Sandwolke zu erkennen, als mich plötzlich eine steinerne Hand brutal an der Schulter packt und mit einem Ruck herumreißt. Meine Knochen knirschen unter dem festen Griff und dem massiven Gewicht.

Ehe ich reagieren kann, kollidiert mein Gesicht mit einer massiven Faust und mein Kopf wird gegen die kalte Felswand geschleudert. Ein stechender Schmerz breitet sich aus, als die Haut an meiner Schläfe aufreißt und warmes Blut in meine Augen rinnt. Der Schmerz explodiert in meinem Schädel.

Der Angreifer, ein riesiger Schatten im Sandsturm, holt erneut aus, doch dieses Mal bin ich vorbereitet. Mit einem zornigen Knurren gehe ich zum Angriff über. Der Sandsturm wirbelt um uns herum, doch mein Kampfgeist ist ungebrochen. Ich fokussiere mich auf meinen Angreifer, meine Bewegungen sind entschlossen und präzise.

Mein Fuß trifft den Terra kräftig in den Magen, doch er taumelt nur kurz. Seine Gabe und der Stein liegen wie eine schützende Membran um seinen Körper.

Also überziehe ich meinen Körper mit heißen Flammen, entschlossen, diese Herausforderung zu meistern. Die Hitze durchströmt mich und verwandelt mich in ein wandelndes Feuer, das inmitten des Sandsturms brennt.

Ich blicke in sein Gesicht und unterdrücke ein Stöhnen. Es ist kein gewöhnlicher Terra. Es ist ein Elementar, der die Kontrolle über seine Gabe vollständig verloren hat. Der zu viel Energie aufgewendet hat und dem Wahnsinn verfallen ist. Die verzerrten Züge und das wütende, irre Funkeln in seinen Augen verraten den inneren Zwang, der ihn ergriffen hat. Vermutlich sucht der Trupp genau nach diesem Wesen, nicht nach uns. Nur, dass wir jetzt zwischen die Fronten geraten sind.

Der Tunnel beginnt bedrohlich zu beben. Kleine Steine rieseln von der Decke und prasseln auf unsere Köpfe, als der Terra wütend brüllt und seine Hände gegen die Wand presst. Die Wände des Tunnels erzittern.

„Aros, nimm die anderen und rennt", rufe ich in den tobenden Sandsturm hinein und versuche, seine feurigen Hände zwischen all dem Geröll zu erkennen.

„Wo bist du?", höre ich ihn rufen, seine Stimme voller Anspannung. Kurz darauf brüllt er jemandem weitere Anweisungen zu und das Echo lauter Kampfgeräusche dringt durch das Chaos.

„Wir haben hier hinten ein Problem", schreie ich, während der Tunnel unter dem Einfluss des wütenden Terra weiter erzittert.

„Nicht nur hinten", antwortet Aros, seine Worte durch das Dröhnen gedämpft.

Der Terra brüllt voller Wut auf, holt aus und taumelt dann zurück, als eine mächtige

Wasserfontäne ihn im Gesicht trifft. Kelvin zieht mit konzentrierter Miene das Wasser aus den feuchten Wänden des Tunnels zu sich und formt es zu einer Membran um den Terra. Wütend schlägt dieser um sich, versucht, sich aus der Blase zu befreien. Kelvin kämpft darum, die Kontrolle zu behalten, Schweiß tritt auf seine Stirn, er keucht angestrengt. Er ist noch nicht ganz wiederhergestellt, das merkt man deutlich.

„Die anderen sind bereits im Gang. Komm, überlassen wir dem Trupp diesen Spaß", schlägt er angestrengt vor, seine Augen fest auf mich gerichtet.

Ich nicke zustimmend und folge ihm, während er sich rückwärts bewegt, seine Augen wachsam auf den Terra gerichtet. Jetzt erst bemerke ich auch die mächtige Wasserwand, die den Trupp zurück in einen anderen Gang drängt.

Rainn schaut zu uns, sein Gesicht und Haar über und über mit Sand bedeckt.

„Sind alle da?"

„Ja, zieh deine Kraft zurück", schreit Kelvin. Als wir in den Seitengang abbiegen, ergießt sich eine gewaltige Flutwelle durch die Gänge. Das Wasser umspült unsere Füße, während wir hastig in die Finsternis fliehen. Unsere Schritte hallen laut über den steinigen Boden.

Die Stimmen der Wachen werden allmählich leiser und das bedrohliche Gebrüll des Terra wird schwächer. Er ist nicht mehr unsere Sorge.

Das war knapp. Wir schlittern um einige Kurven, die Gänge werden breiter und ich überhole Neve und Sky, um nach vorne zu gelangen und den Weg zu sichern.

Wenn wir hier unten alle zusammen erwischt werden, war es das. Josias wird an uns ein Exempel statuieren.

Bei einer Gabelung wählen wir den linken Gang, der immer weiter nach oben führt. Das stetige Ansteigen des Weges gibt uns Hoffnung, dass wir vielleicht bald einen Weg aus diesem Tunnelsystem finden. Die Luft wird frischer und die beklemmende Dunkelheit weicht einem schwachen Schimmer von Licht. Die Anspannung in meiner Brust lässt langsam nach, aber ich weiß, dass wir noch lange nicht in Sicherheit sind.

„Sind alle noch da?" Ich drehe mich im Laufen um. Überblicke die Gruppe und sehe Sky und Neve das Schlusslicht bilden.

Dieses Labyrinth aus Gängen macht mich fast verrückt. Wir passieren eine große Höhle, mit einem gewaltigen Loch in der Decke, das wie ein Fenster zum Himmel wirkt. Die Höhle ist beeindruckend, fast majestätisch in ihrer Größe. Etliche große Felsen und Baumstümpfe sind über den unebenen Boden verstreut und erschweren uns das Vorankommen. Die Steine sind mit leuchtend grünem Moos bedeckt und so rutschig, dass sie einen immer wieder zu Fall bringen.

Das Licht der Sonne scheint durch das große Loch. Sonnenstrahlen tanzen auf den Wänden und erhellen die Tropfsteine und lassen sie wie geschmolzenes Gold glänzen. Überall hängen Lianen und andere Gewächse, die sich über den Rand der Öffnung winden und herunterbaumeln, als wollten sie uns den Weg nach oben zeigen. Die Pflanzen bilden ein dichtes Netz, das sich sanft im Luftzug wiegt. Die

Höhle strahlt eine wilde Schönheit aus, eine rohe und ungezähmte Kraft der Natur.

„Wir haben fünf Terras dabei. Schafft ihr es, den Boden und die Steine so zu bewegen, dass wir die Lianen erreichen können?", rufe ich.

Bluette schaut zu Opal, Flora, Adam und Adan. Ihre Blicke sind müde, aber in ihnen flackert Entschlossenheit auf. Sie sprechen kurz miteinander. Sie alle sind wirklich kaputt und entkräftet.

„Wir können es versuchen", lautet Bluettes Antwort, ihre Stimme fest, trotz der offensichtlichen Erschöpfung.

„Dann los, die Zeit drängt", fordere ich sie auf und während sie sich an die Arbeit machen, drehe ich mich im Kreis und schaue mich um. Zwei weitere Ausgänge sind komplett verschüttet, ein Gang durch schwere Gitter versperrt. Außer dem Weg, durch den wir gekommen sind, gibt es noch einen sehr düsteren, den wir im Notfall nutzen könnten.

Plötzlich höre ich Stimmen, die sich uns nähern. Mein Kopf ruckt nach links, doch ich kann nichts erkennen.

„Beeilt euch", zische ich und treibe alle zusammen.

Sky sitzt etwas abseits der Gruppe und atmet schwer. Der Sand und der Schweiß vermischen sich auf ihrem Gesicht zu einer dreckigen Schicht und lassen die Anstrengung der letzten Stunden deutlich sichtbar werden.

„Wir müssen einer nach dem anderen gehen. Es ist wackelig. Adan wird die Lianen zu Hilfe zu nehmen", erklärt Bluette und ich nicke.

„Dann los." Ich ziehe mein Schwert, bereit, im Notfall einzugreifen, falls uns die Fackelträger vorher finden.

„Neve zuerst", brülle ich, doch sie schüttelt energisch den Kopf.

„Lasst Sky zuerst, sie ist verletzt", erklärt Neve, ihre Stimme drückt eine Mischung aus Sorge und Entschlossenheit aus.

„Du bist verletzt?" Meine Stirn legt sich in Falten, als ich Sky anschaue. Sie trifft meinen Blick mit einem grimmigen Ausdruck.

„Nichts Schlimmes. Ich habe mich vertreten."

„Vertreten?", ziehe ich sie auf und sie verengt die Augen zu schmalen Schlitzen. Sie hasst es, wenn wir uns über sie lustig machen.

„Kein Wort mehr", droht sie mir und kann ein leises Lachen nicht unterdrücken.

„Dann geh du zuerst", antworte ich schmunzelnd.

„Oh Mann, ihr seid so albern. Dann macht Platz", erwidert sie genervt und drückt sich an mir vorbei, nicht ohne mir einen kleinen Stoß zu verpassen.

Mit einem wütenden Gesichtsausdruck humpelt sie auf den kleinen Berg zu, den die anderen mühsam aufgeschüttet haben. Wie es scheint, ist sie wütend auf sich selbst. Sky verabscheut es, wenn andere Mitleid mit ihr haben.

Adan klettert flink und geschickt den kleinen Berg hinauf, seine Bewegungen präzise und entschlossen. Als er auf der Spitze angekommen ist, streckt er seine Hände aus und die Lianen scheinen sich ihm entgegen zu strecken. Ihre grünen, sich windenden Ranken umklammern seine Arme, als er sie zu sich zieht. Er winkt Sky zu sich, die Mühe hat, den Berg zu erklimmen. Beschwerlich kämpft sie sich hinauf.

Immer wieder verzieht sie ihr Gesicht vor Schmerzen und ihre Wangen sind vor Anstrengung gerötet. Als sie Adan endlich erreicht, reicht er ihr seine Hand und zieht sie sanft aber entschlossen zu sich. Die Lianen wechseln von ihm zu ihr, wickeln sich um ihre Handgelenke und wandern hinab zu den Unterarmen, bis sie an ihre Grenzen stoßen. Tiefer kommen sie nicht, aber es wird reichen.

Ich höre ihr mühevolles Krächzen, während sie sich langsam an ihnen hinaufzieht. Ihr Gesicht ist vor Ermüdung und Schmerz gezeichnet. Schließlich verschwinden ihre Umrisse über dem Rand. Erleichterung durchzuckt mich. Einer ist in Sicherheit. Es funktioniert. Ich wische mir das Blut von der Stirn, das von einer kleinen Verletzung stammt, die ich mir beim Kampf zugezogen habe. Neves besorgter Blick bleibt auf mir haften.

„Es ist nur ein Kratzer", versichere ich ihr, aber sie wirkt nicht überzeugt.

„Neve, jetzt du", ruft Aros und Neve beginnt entschlossen, den wackeligen moosbedeckten Felsen zu erklimmen.

Immer wieder rutschen ihre Hände an den glitschigen, nassen Steinen ab und sie beißt die Zähne zusammen.

„Sky?", rufe ich besorgt hinauf, doch bekomme keine Antwort. Ein abscheuliches Gefühl breitet sich in mir aus, als keine Antwort kommt, während sich die Ranken bereits um Neves Arme legen und sie sich nach oben zieht.

„Sky?", rufe ich erneut, meine Stimme von Sorge überschattet.

„Neve, stopp", schreie ich, während sie schon fast am oberen Rand angekommen ist. Sie hält inne, schaut verwirrt und fragend zu mir hinab, während sich ihre Finger vor Anstrengung verkrampfen. Plötzlich taucht Sky wieder auf, eine Klinge an ihrer Kehle.

Mit vor Schock geweiteten Augen schaut sie zu uns hinab.

Pure Furcht spricht aus ihrem Blick und ich weiß, wer dort hinter ihr steht – Josias. Es gibt nur wenig, was Sky solch eine Angst einflößt wie der Mann, der ihr unsagbares Leid angetan hat.

„Neve, zurück", brülle ich, während ich gleichzeitig Josias drohende Stimme höre: „Wer ist dort unten?"

Einige Wachen erscheinen am Rand und schauen zu uns hinab. Von der Kante des Loches können sie kaum erkennen, was sich in der Tiefe abspielt, aber ihre Blicke sind auf eine bestimmte Figur gerichtet. Neve, die an den Lianen baumelt, ist nicht zu übersehen. Die Dunkelheit der Höhle sorgt hingegen dafür, dass der Rest von uns verborgen bleibt.

Die Wachen setzen ihre Bögen an, zielen in das große Loch am Boden, in dem wir uns befinden und ich mich bereit mache loszulaufen, um Neve zu helfen. Doch ausgerechnet Nereus stoppt mich.

„Du kannst ihr jetzt nicht helfen, Ayden."

„Lass mich auf der Stelle los", fauche ich zurück und versuche, mich aus seinem Griff zu befreien.

„Sei kein Narr", erwidert er eindringlich und ich sehe den Schmerz in seinen Augen. Es ist seine Tochter, die dort oben hängt.

Sie baumelt auf dem Präsentierteller in der Luft und Josias wirkt kurz sprachlos, als er Neve sieht.

„Sieh an. Wen haben wir denn da? Holt sie hoch", befiehlt er und zeigt auf sie. Zwei Wachen ziehen die

Lianen nach oben und ich kann nur zusehen, wie sie Neves Körper langsam aus der Höhle herausziehen. Die Klinge an Skys Kehle ist immer noch ein drohendes Damoklesschwert und meine Unfähigkeit, Neve oder ihr zu helfen, nagt an mir.

Adrenalin schießt durch meine Adern und mein Herz schlägt wild in meiner Brust. Neves und mein Blick treffen sich. Sie wirkt angsterfüllt, ehe sich ihr Ausdruck ändert. Entschlossenheit verscheucht die Panik und sie richtet ihre Hand auf den Steinhügel. Der Moment scheint sich wie in Zeitlupe abzuspielen.

„Tue es nicht", wispere ich verzweifelt und sie schaut mich stumm um Vergebung bittend an, ehe sie ihr Eis freilässt und ihren eigenen Plan in die Tat umsetzt. Ihre Gabe entfaltet sich mit beeindruckender Präzision. Die kalte, scharfe Lanze aus Eis schießt durch die Luft, trifft den wackeligen Turm aus Stein, bringt ihn zum Kippen und er stürzt krachend in sich zusammen. Der Lärm ist ohrenbetäubend und Staub und Dreck wirbeln auf, gefolgt von einem regelrechten Regen aus Trümmerteilen, während der Boden erzittert.

Ich weiß genau, warum sie dies tut. Sie will uns schützen. Dafür sorgen, dass wir ihnen nicht nachkommen. Ich sehe in ihren Augen die Mischung aus Mut und verzweifelter Liebe. Sie will sicherstellen, dass wir entkommen können, auch wenn das bedeutet, sich selbst in größere Gefahr zu begeben.

Ich möchte ihr den Hals umdrehen und sie gleichzeitig küssen, diese lebensmüde Frau. Der Gedanke, dass sie sich wegen uns in solch eine prekäre Lage begibt, reißt mir fast das Herz aus der Brust. Wie kann sie so töricht selbstlos sein?

„Wir müssen uns verstecken. Sofort", zischt Adan mit einem Blick in den Tunnel.

„Wir müssen den Turm wieder aufbauen", erwidere ich mit einer Stimme voller Wut und Frustration.

„Dafür haben wir keine Kraft mehr, Ayden.", Bluette schaut mich entschuldigend an.

„Lass Neves selbstloses Handeln nicht umsonst gewesen sein. Wir werden ihnen helfen. Aber das können wir nur, wenn wir leben. Josias weiß nicht, dass wir hier sind. Lassen wir ihn in dem Glauben." Nereus schaut mich eindringlich an. Ich trete voller Zorn gegen einen Stein. Er trifft auf die Trümmer des Turmes.

Die Machtlosigkeit, die mich ergreift, ist überwältigend. Hier unten, verborgen in der Dunkelheit, bin ich in einem Albtraum gefangen, in dem Neve und Sky Josias alleine gegenüberstehen.

„Josias, ich bitte dich. Lass sie gehen. Sie hat mir nur geholfen", fleht Neve, ihre Stimme ist gebrochen und ihre Verzweiflung schwingt in jedem Wort mit. Sie wirkt so hilflos, wie ich mich fühle.

„Warum sollte ich das tun, Glacies? Wart ihr auch diejenigen, die in meine Hütte eingedrungen und durch den Geheimgang gegangen seid? Du bereitest mir eine Menge Ärger."

Neve schaut zu mir herab, ohne mich wirklich zu sehen. Sie wirkt ebenso verzweifelt wie ich. Ich kann sie dort oben nicht alleine lassen. Ich werde nicht kampflos aufgeben.

Josias stößt Sky in die Arme einer anderen Wache, die ihr mit brutaler Effizienz die Arme auf dem Rücken verdreht. Sie stöhnt gequält auf. Sky, kämpfe, denke ich schmerzlich. Sie ist stark, das weiß ich und hoffe, dass noch ein Funken Widerstandskraft in ihr steckt.

„Dich kenne ich. Ich erinnere mich an den Spaß, den wir beide hatten", feixt er, sein hässliches Lachen hallt durch die Höhle wie ein ferner Donnerschlag. Sky wimmert, ein Klang, der selbst das härteste Herz brechen könnte. Die tapfere, mutige Sky. In seiner Gegenwart ist sie nicht sie selbst. Sie blickt dem Tod mit offenen Augen ins Gesicht, aber das, was Josias getan hat, hat etwas in ihr zerbrochen. Niemand weiß genau, was zwischen ihnen passiert ist, nur dass er sich an ihr vergangen hat, als er sie das erste Mal gefangen genommen hatte. Über Stunden, damals, als er uns quälte und demütigte. Dieses Wissen, dass die beiden jetzt diesem Monster ausgeliefert sind, dem Mann, der Rainn gequält, Sky vergewaltigt und Cilia getötet hat, ist zu viel für mich. Ich spüre, wie mein Magen rebelliert und Magensäure mir bitter in die Kehle steigt. Die Realität ihrer Lage ist unerträglich: Neve gilt als tot. Sie ist ihm schlicht und einfach ausgeliefert. Niemand wird mehr nach ihr fragen, wenn sie verschwindet.

„Ayden", flucht Aros und zieht mich mit sich in den schwarzen Tunnel.

Und abermals werden Neve und ich voneinander getrennt und dieses Wissen liegt wie ein Haufen Steine in meinem Magen.

Neve

„Lass sie auf der Stelle los", flehe ich Josias an, während mich das Wimmern von Sky bis ins Mark erschüttert. Meine Wut auf ihn ist unermesslich. Ich hasse diesen Mann abgrundtief.

„Warum sollte ich?", erwidert er und packt mein Kinn mit seiner eisernen Hand. Es tut unglaublich weh, doch ich zwinge mich, keine Regung zu zeigen. Diese Genugtuung gönne ich ihm nicht.

Ich höre noch immer Aydens Schrei in meinen Ohren, bevor ich den Turm zerstört habe, kurz bevor ich nach oben gezogen wurde. Sie sind vorerst in Sicherheit. Josias weiß nichts von ihnen. Hier oben kann man sie weder erkennen, noch hören. Ich bete dafür, dass sie ihre Chance nutzen und sich verstecken. Mein Leben für ihres. Ich würde alles tun, um Ayden zu beschützen. Sie haben noch eine Chance, wir nicht. Wir sind Josias Gnade ausgeliefert. Ein Wissen, das mich angst und bange werden lässt.

„Du und ich, wir werden so viel Spaß zusammen haben, Glacies. Ich werde dich direkt in meine Gemächer bringen lassen. Törichtes Weib. Was hattest du vor, wolltest du fliehen?"

Seine Worte sorgen dafür, dass die Angst in mir zu Panik wird, doch ich versuche, es mir nicht anmerken zu lassen.

„Ich habe mich verirrt und Sky hat mich gefunden und mir geholfen", lüge ich. Josias lacht freudlos auf, bevor er mir eine schallende Ohrfeige verpasst, die meinen Kopf mit einem Ruck zur Seite schleudert.

Meine Wange brennt wie Feuer und ich spucke Blut auf den Boden. Ich wage es nicht, mein Eis einzusetzen. Meine Energie ist beinahe aufgebraucht und ich kann nicht mich und Sky schützen. Wir alle sind am Ende. Körperlich und kräftemäßig ausgezehrt. Noch ein Grund, warum Ayden auf keinen Fall hier heraufkommen darf.

Josias greift fest in meinen Nacken, drückt meinen Kopf nach unten. Ein schmerzerfülltes Keuchen entweicht mir.

„Dir werde ich Gehorsam beibringen", teilt er mir mit eiskalter Stimme mit.

Ich schaue hinab in die Tiefe, zu dem Mann, den ich über alles liebe und treffe eine Entscheidung. Josias muss hier weg - und zwar schnell. Ayden wird alles daransetzen, hier heraufzukommen. Das muss ich verhindern. Außerdem muss ich Sky helfen.

„Lass sie gehen und ich gebe dir etwas, wonach du schon lange suchst."

Josias hält inne und lässt meinen Nacken los. Mühsam richte ich mich auf.

„Was könntest du mir bieten, was ich nicht schon besitze, außer deinem Körper, den ich mir später einfach nehmen werde?"

„Ich kenne ein Geheimnis. Ich weiß, was du suchst, denn ich suche dasselbe."

„Ich weiß nicht, wovon du redest."

„Gaia", flüstere ich. Seine Augen weiten sich, „ich weiß, dass du die gleiche Macht erlangen willst wie sie."

Urplötzlich schließt sich seine Hand wie ein eisernes Band um meine Kehle, drückt so fest zu, dass ich nur noch röchelnd nach Luft schnappen kann. Ich bluffe. Und das nicht zu knapp,

Als die Wache auf einmal meine Hände loslässt, schlinge ich sie um Josias Finger und versuche

verzweifelt, sie von meinem Hals zu lösen –
vergebens. Er ist zu stark.

Wütend blicke ich Josias in die Augen, die mich
eindringlich mustern. Ich bin nicht bereit aufzugeben.

„Woher weißt du es?"

„Recherche", keuche ich, "ich war nicht untätig in
meiner Zeit hier. Gemeinsam können wir dieses
Mysterium lösen. Deswegen war ich in den
Katakomben. Ich wollte dir ein Geschenk bringen,
das eines Königs würdig ist. Du und ich, zusammen
können wir dir die Macht verschaffen, die Gaia
besitzt. Ich weiß, dass du sie gefangen hältst."

Alles, was ich sage, ist eine pure Lüge. Doch ich
würde jede Lüge in Kauf nehmen, um die anderen zu
retten. Mir fällt sehr wohl auf, dass er nicht verneint,
dass er Gaia gefangen hält. Sie lebt also.

„Woher soll ich wissen, dass du die Wahrheit
sagst?"

Die Gier in seinen Augen ist sichtbar.

„Teste mich. Lass mir die Rune der Wahrheit
verpassen und befrage mich erneut", röchle ich. Er
muss nur zustimmen und mir wertvolle Zeit
verschaffen. Zeit, um einen neuen Plan zu schmieden.

Sky zieht die Luft ein, schaut mich mit großen
Augen an, als würde sie mich zum ersten Mal sehen.

Ich erwidere ihren Blick, versuche sie um
Verständnis zu bitte, dass ich mein Geheimnis nicht
mit ihnen geteilt habe. Sie wissen nichts von Colden,
dem Berg oder dem, was Gaia in Wirklichkeit getan
hat. Sky hört nur das, was auch Josias hören soll - dass
ich mehr weiß, als sie alle denken. Wie hätte ich meine
Freunde einweihen sollen, wenn alles so kompliziert
ist? Seit meiner Rückkehr überschlagen sich die
Ereignisse.

„Was forderst du?"

„Lass sie frei und schwöre mir, dass niemandem, der mir etwas bedeutet, von dir Leid widerfahren wird. Erkläre mich offiziell zur Siegerin des Wettkampfes."

Diese Worte schmecken wie Säure auf meiner Zunge. Ich will nicht die Siegerin sein. Ich will seinen Thron nicht und doch spreche ich es aus. So viele Lügen. Ich setze meine Seele aufs Spiel, um die der anderen zu retten. Um Sky zu beschützen. Sollte er zustimmen, werde ich eine Lösung finden.

„Niemals."

„Es ist deine einzige Chance."

Er beißt die Zähne aufeinander, mustert mich voller Zorn.

„Gut, Glacies. So sei es. Hiermit ernenne ich dich zur Siegerin des Wettkampfes und morgen machen wir es offiziell. Ich hoffe für dich, dass deinen Worten Taten folgen, denn sonst wird es eine sehr schmerzhafte Ewigkeit für dich. Heute Abend werden die verbliebenen Anwärterinnen in deinem Namen hingerichtet. Es wird ein freudiges Spektakel geben. Ich schwöre dir bei meinem Blut, dass ich deiner Familie und deinen Freunden kein Leid zufügen werde, sobald du die Meine bist." Er nimmt einen Dolch und Blut tropft zur Erde.

Als ich seinen Schwur höre, verspüre ich eine tiefe Erleichterung. Ich habe es geschafft, meinen Zweck erfüllt. Ich habe dafür gesorgt, dass er meiner Familie und meinen Freunden kein Leid zufügen kann, solange ich an seiner Seite stehe. Für einen Moment überwältigt mich die Gewissheit, dass er wirklich einen Bluteid geleistet hat. Das schenkt uns Zeit, wertvolle Zeit.

„Hier ist er, dein Blutschwur. Und jetzt komm. Wir haben viel zu tun."

Meine Beine zittern, als ich weggeführt werde. Ich werfe einen letzten, verzweifelten Blick in die Tiefe und forme mit meinen Lippen ein stummes „Rettet euch. Es tut mir leid", bevor ich ihm folge. Mehr kann ich nicht für sie tun. Mein Leben für ihres. Josias dreht sich um.

„Führt aus, warum wir hergekommen sind."

„Was meinst du damit? Seid ihr nicht wegen uns hier?"

„Ach, du törichte Frau. Als ob du je so wichtig gewesen wärst. Wir sind nicht wegen euch hier. Wir haben etwas anderes zu erledigen. Ihr wart zur falschen Zeit am falschen Ort. Mehr nicht. Und werft sie wieder hinab in das Loch." Er nickt in Skys Richtung.

„Was, nein! Du hast versprochen, dass ihnen nichts geschieht", schreie ich verzweifelt und werfe mich gegen die Wache, die mich festhält. Der Schock durchzuckt mich wie ein Blitz. Ich kann nicht glauben, dass er einen Bluteid bricht.

„Glaubst du ernsthaft, du hättest mich ausgetrickst? Ich habe geschworen, dass ihnen kein Leid zugefügt wird, sobald du Mein bist, Glacies. Überlege dir vorher, mit wem du dich anlegst, meine Königin. "

Sein Tonfall ist kalt und voller Überheblichkeit, als würde ihn meine verzweifelte Lage amüsieren.

„Doch noch bist du es nicht. Denn ich würde mich erinnern, wenn wir bereits das Bett geteilt hätten und ich dir Gehorsam beigebracht hätte."

„Du Schwein. Du verfluchtes Schwein!" Ich bin außer mir vor Wut. Eis kriecht meine Arme hinauf, während ich mich verzweifelt wehre.

„Sky", brülle ich und sie kämpft ebenso heftig wie ich, als sie zum Rand des Loches getragen wird. Wind zerrt an meinen Haaren, doch sie hat keine Chance. Die Wachen werfen etwas hinab und nur einen Moment später schießt eine Stichflamme, fast wie ein Vulkanausbruch, in den Himmel. Die Höhle brennt lichterloh.

Nackte Angst, wie ich sie noch nie erlebt habe, umfasst mein Herz. Schließt sich wie eine Faust darum und presst es zusammen. Die Vorstellung, dass Ayden, den ich über alles liebe, dort unten ist, lässt mich fast den Verstand verlieren. Ich sehe sein Gesicht vor mir – seine feurigen Augen, sein Lächeln – und die Vorstellung, ihn möglicherweise für immer verloren zu haben, ist unerträglich.

Meine Gedanken rasen. Meine Eltern, Kelvin, Rainn, Bluette, Aros ... sie alle sind dort unten.

„Bitte, ich flehe dich an", bettle ich verzweifelt um das Leben meiner Freundin, die plötzlich ganz ruhig wird.

„Es ist nicht deine Schuld, Neve. Vergiss das nicht", ruft sie mir zu, bevor Sky über den Rand in das feurige Inferno geworfen wird und verschwindet. In mir bricht etwas und meine Beine geben unter mir nach. Ich sinke zu Boden. Verzweifelt schreie ich ihren Namen. Immer wieder, doch Sky wird mir nicht mehr antworten. Nie wieder. Noch immer züngeln die Flammen aus der Höhle empor. Verschlingen scheinbar alles, was ich je geliebt habe.

„Bringt sie zum Schweigen", zischt Josias und eine der Wachen schlägt mir mit dem Schwertkopf gegen die Schläfe und der Schmerz explodiert in meinem Kopf. Als ich in die Dunkelheit stürze, hallen Bilder von Ayden in meinem Geist wider. Im letzten Moment der Klarheit sehe ich ihn – bevor die Dunkelheit mich umhüllt und in eine tiefe Leere zieht.

Danksagung:

Wenn ein Autor ein Buch schreibt, gibt es im Hintergrund immer Menschen, die uns unterstützen und einen großen Teil an unserem Werk haben. Sei´s, weil sie mit uns arbeiten, uns unterstützen oder einfach für uns da sind.

Mein besonderer Dank geht deswegen an:

Meinen wundervollen Ehemann und meine Familie.

Meine Lektorin Sandra Van Heule, auf deren Meinung ich unglaublich viel Wert lege.

Meine Korrektorin Michelle Krabinz, die schneller arbeitet als jeder Superheld.

Danke für eure großartige Arbeit. Es ist mir immer wieder eine Freude, mit euch beiden zu arbeiten.

Und ganz am Ende: Ich danke dir! Ja, genau dir. Wofür? Dass du genau mein Buch ausgewählt hast, um Neve und Ayden auf diesem Abenteuer zu begleiten. Ich hoffe, du hast sie ebenso ins Herz geschlossen wie ich.

Liebe Grüße
Annika

Grafikverzeichnis

Alle Grafiken wurden mit Canva erstellt

Cover:

Eye man Brown light shadow – Petit Nuage
Fog white illus – Anna Kurz
Female Warrior Silhouette 01 – wiryani
Snow Fall – Annkreatif
White Fog – Ohh creative
White fog Decoration – mudiono
Glowing white dust – tania – Chaban
Glitter Transparent Overlay – Vik_Y.
Fog Illustration – DesingNFMR
Bottom Edge Flames Vision 4 – Richard Davies

Zitat am Anfang.

Fairytale Female Warrior – David Luu
Snow Wind doddle blizzard - Chorna_L

Mögliche Trigger:

Gewalt
Sexueller Missbrauch
Panikattacken
Tod
Spinnenphobie